幕府パリで戦う

南條範夫

集英社文庫

目次

九十歳の老翁 9
ロセスと幕府 22
パークスと薩摩 36
小栗上野という男 51
青年渋沢篤太夫 65
愛想のよい通訳 79
航西日記 93
丸に十の字 106
万国博覧会 120
パリの夜 134

虚々実々　148
皇帝謁見式　162
傷ついた威信　176
皇后の風呂番　190
パリで痩せる篤太夫　204
二座競演　218
競馬場の椿事　232
安芸守派遣　246
巡国日録　260
ミス・ジェーン　274

大政奉還 288
借款問題の帰結 302
公子の恋 316
英国《イギリス》政府のスパイ 330
最後の抵抗 344
幕府敗れたり 358
老翁の微笑 372

解説 細谷正充 385

幕府パリで戦う

九十歳の老翁

昭和四年の二月末のことである。貧乏大学生の私は、飛鳥山《あすかやま》の渋沢《しぶさわ》子爵邸の前に立ったとき、さすがに少なからぬ気おくれを感じた。

なにしろ邸《やしき》の主は、明治から大正にかけて、銀行・鉄道・鉱山・汽船・製鋼・造船・製紙・紡績・ガスなどあらゆる産業の指導的地位に立ち、第一線から退いた当時でも、日本はおろか世界的な名士として、財界の太陽と呼ばれている人である。

年齢も、私の四倍を確実に越えていた。

――出しゃばるんじゃなかった。

私は、前日来の昂《たかぶ》った気持ちが、急に萎えてゆくのを感じた。

だが、B――誌の〝編集室〟で、子爵渋沢栄一《えいいち》に会うといい出したのは、ほかならぬ私自身なのである。

私は、学費稼ぎにB――社の仕事をしていた。知名の人の原稿の代筆をしたり、そういった人たちの意見を聞いてまとめたりするのだ。私が最初にやったのは、日本女性として初めてスカラ座の舞台で唱《うた》ったS――という高名な歌手の原稿代筆である。巨大な体軀《たいく》を持ったS——嬢は、声はすばらしかったが筆のほうはまるでだめだったのだ。

私は、上野《うえの》図書館に行って数冊の本に目を通したうえ、その大空が、コバルト色に輝く音楽の都ミラノで、全世界の歌手の憧憬《あこがれ》の的《まと》であるスカラ座のステージに立ったときの、大波の崩れるような感激について書いた。

そいつが案外好評だったので、B——社では引き続き、同じような仕事を与えてくれた。眼前に突きつけられた鉄砲もろとも、相手を一刀のもとに斬り捨てた満州《まんしゅう》馬賊K——、アフガニスタンで十二年暮らした男D——、私の母は西郷《さいごう》さんの恋人でしたという乙女——などの手記をつぎつぎに私は書かされた。

後藤新平《ごとうしんぺい》に会って、東京市長時代の思い出を聞いたり、往年の大力士太刀山《たちやま》に現代角力《すもう》道の改革に関する意見を聞いたり、七歳のチンピラ女優の舞台感想を拝聴したりした。

渋沢栄一氏に会わなければならなくなったのは、そうした仕事の一つとしてである。

青年の左傾化について——という特集で、各界の代表者にインタビューをするという計画を立てた編集長が、

「財界から、誰にするかな」

といい、みなが考え込んでいるとき、たまたま編集室に顔を出していた私が、ふっと、

「渋沢さん——どうですか」

といってしまったのだ。

「渋沢さんなら問題なく、財界代表者に違いないが——会ってくれるかな」

さあ、と編集員たちは、自信のなさそうな顔になった。渋沢氏が九十歳の老齢で、いまだに朝から晩までいろいろな仕事に忙殺されているということは、周知のことだったからである。

「私が会って来ましょうか」

またしても、私はふっと口をすべらした。私の悪い癖である。

「君が――できるかい」

編集長は、驚きと皮肉とを交えた目つきで私を見返した。

「だめかもしれませんが、やってみます」

と私が少し意地になって答えたのは、多少の心当たりがあったからだ。私の大学における民法の先生穂積重遠《ほづみしげとお》博士は、渋沢栄一の外孫《がいそん》に当たる。穂積教授に頼んで紹介してもらえば、会ってもらえるだろう――とっさにそう考えたのである。むろん、そんなことは、口には出さなかった。

編集長は三〇パーセントぐらいしか信用していないような顔で、ともかく私にその仕事を委託した。

幸いにも穂積博士は意外にあっさり私の願望を受諾してくれ、即座に電話で渋沢氏の秘書と連絡し、面会の日時を決定してくれた。

私はその日までの三日間、渋沢氏に関するあらゆる刊行物を読みつづけた。

そして、いまや、編集長の鼻をあかしてやるという意気込みと、渋沢氏に会えるという期待とで、すっかり興奮して飛鳥山までやってきたのだが、いざとなると、情けないことに、胸がどきどきしてくるのを、どうしようもなかったのである。

応接間に案内された。

そこに、渋沢氏の顔があった。写真では熟知している顔だった。円《まる》くて皺《しわ》だらけだ。鼻翼から口もとに下がっている皺がことに深くて、柔和な表情に、一脈の厳しさを与えている。長命の人にしばしばみられるように鼻の下が広く長い。瞳が、老人とは思われないきらめきをもっていた。

九十歳という、私にはほとんど想像のほかにある年月を生きてきた人に会うと、私は人間というよりも、妖怪のような気がする。ましてその人が、私にとってはすでに歴史上の事件になっている明治維新をその身で体験し、その後、日本資本主義のパイオニアとして、超人的な活動をつづけてきた人というのでは、偉い人という感じよりも、違う世界に住むデーモン（魔神）のようにさえ思われた。

だが、口を開いた渋沢氏の声は、ただの優しい老人のそれであった。

私に与えられた時間は、十五分である。その間に順序よく質問するつもりで考えて来たのだが、その第一問をど忘れしてしまって、私があわてている様子をみて、渋沢氏のほうから、助け舟を出してくれた。

「若い人たちの左傾を、どう思うかということでしたね」

当時、青年学徒は滔々《とうとう》としてマルクシズムの潮流に押し流されていた。革命の夢が彼らの頭を真っ赤な炎で燃やしていた。共産党の第一回大検挙が行なわれたのは、この前年の三月十五日であった。

政府も、財界も、学界も、この情勢に震え上がっていたのである。

私は、渋沢老人が何をいい出すか、息を詰めてつぎの言葉を待った。

「私は、その問題については、ほんとうのところは、たいして心配はしていませんよ」

渋沢氏は、そういった。日本資本主義の精髄ともいうべきこの老人が、そうした自信を持っていることはべつに不思議ではない。私も、そのくらいの回答は予期していた。

だが、その次に聞いた渋沢氏のひと言に、私は思わず、目を見張った。

「私も昔は、マルクスボーイの一人でね」

老人の、いつも微笑しているような表情が、そういったときは、はっきり大きく笑っていた。

「むろん、私の若いころはマルクスなんていう名前は聞いたこともない。そのかわり、尊《そん》皇攘夷《のうじょうい》という言葉があった。各藩の下っ端の武士や、地方の郷士《ごうし》や豪農の若い子弟が、夢中になってこの言葉に飛びついた。考えてみればむちゃな話でねえ、武力も財力も何もない素寒貧《すかんぴん》の若造が、二百七十年の歴史と、強大な兵力と財力——少なくとも当時はそう思われていた——を持っている幕府に挑戦してこれを叩《たた》きつぶし、格段に発達した新鋭の文明をもつ外国勢力を追い払おうとしたのだから——親がかりの学生諸君が、三十万の常備軍を持つ日本政府をぶっ倒そうと夢みているのと同じようなものでしょう。維新当時のいわゆる志士などというものは、まあ、いってみれば、今のマルクスボーイみたいなものだ。埼玉県の田舎《いなか》の農家に生まれた私も、尊皇攘夷論に熱中して、あっぱれ天下の志士気取りで、仲間を集めて幕府を叩きつぶしてやろうとまじめに考えていた。だから父親が心配してねえ。ちょうど今の左翼学生を持った父親と同じ気持ちだったんでしょうな。もっとも、私の父は理解のあるひとで、私のしたいようにはさせてくれたが、内心おちおち眠れなかったんじゃないかと思う」

渋沢氏の伝記をひととおり読んでいた私は、そのことは知っていた。

渋沢氏が生まれたのは、武蔵国榛沢郡血洗島《むさしのくにはんざわぐんちあらいじま》、今の埼玉県大里郡八基村《おおさとやもと》（現深谷市《ふかや》）である。渋沢氏は農家といったが、農耕・養蚕《ようさん》のほかに、藍《あい》商、荒物商を兼ね、金融業も行なっていたらしい。

十四歳のとき、ペリーの来航があり、十九歳のときは、安政《あんせい》の大獄《たいごく》という激動する時勢の影響下に、尊皇攘夷論者となった。

文久《ぶんきゆう》三年（一八六三年）二十四歳のとき、同志とともに討幕攘夷の実践を計画した。ひそかに武器を集め、同志六十九名をもって高崎《たかさき》城を乗っ取り、義軍を募って横浜《よこはま》に侵入し、焼打ちを敢行して在留外国人を皆殺しにし、幕府を窮地に追い込もうというのである。

この無謀な計画は、実行まぎわに同志の自重論によって崩壊し、渋沢氏は従兄《いとこ》の喜作《きさく》とともに、京都に逃れ、旧知の一橋《ひとつばし》家家臣平岡円四郎《ひらおかえんしろう》を訪ねる。そして、結局、一橋家に出仕する運命となってしまうのだ。

こんなことは一応知っていたのだが、維新の志士を一種のマルクスボーイだという見方は、私には非常に新鮮なものに思われた。

「ところが、その私がね、徳川《とくがわ》の御三卿《ごさんきょう》の一つである一橋家に仕え、一橋慶喜《よしのぶ》公が将軍になられると、自然に幕臣になってしまったのですからね。尊皇討幕論者、いや、それを実行しようとした私が、当の仇敵《きゅうてき》の幕府の家来になってしまって、そのうえ、攘夷論者一転して、最も熱心な泰西《たいせい》文明輸入論者になってしまった。面白いものですね。今のマルクスボーイ諸君も、大学を出て就職でもすると、数年後には最も忠実な課長か部長になって、会社のために粉骨砕身するんじゃありませんかな」

渋沢氏の円い顔が潰れたようになり、顔じゅうの皺が動いた。また、笑ったのである。

「当時の若い連中が、尊皇攘夷という旗印に飛びついたのは、何よりも現状に不満だったからだ。こんな状態じゃいけない。生きている甲斐《かい》がない。もっとよい人生があるはずだと考えていたから、現状を打破することが可能と思われる旗印に、命をかけて飛びついていった。マルクスボーイ諸君も同じことじゃないのですかな。本人の環境が変わってくれば、考え方もおのずから変わってくる。元来攘夷論だった維新の志士のすべてが、後に開国論者になり、泰西文明を謳歌《おうか》するようになっているのですし」

「しかし——」

私は、熱くなって口を容《い》れた。

「少なくも、往年の志士たちは、幕府打倒という目的は果たしたではありませんか」

「そう、そうですね。だが、そのかわり、薩長《さっちょう》中心の藩閥政府を作り上げてしまった。多くの志士たちが期待していた一君万民の新政権とはまるで違う。その藩閥政府のために、明治以来、われわれ民間人はどれだけ威張り散らされ、どれだけ苛《いじ》められたかわかりませんよ」

私には、なんだか話の論点がごまかされてしまったように思われたが、どこでどうごまかされてしまったのかよくわからず、なんとかしてこの老人を、とっちめてやりたいというらいらしてきた。

「尊皇討幕論だった先生が、どうして一橋家に仕えたり、幕臣になったりされたのですか。先生の伝記を読んでみても、そこがどうもはっきりいたしません」

「それは私にも、はっきりわからない。先刻いったように、マルクスボーイが、忠実な課長になるようなもので、そのときどきの環境のせいでしょう。具体的には、一橋家に仕えるようになったのは、京へ逃げてから幕府の追及の手を脱《のが》れるという気持ちもあったし、ぶらぶらしていては生活に窮してくるという点もあった。しかし、幕府を倒さなければならんという気持ちは、依然持っていたでしょうね。一橋慶喜公が将軍になったので、私も幕臣ということになってしまったが、もうそのころは幕府がそう長く続くとは思っていないし、また、存続させるべきでもないと思っていた。まあ、幕府にとっては不忠の臣ですね。パリで、大政奉還のことを聞いたときにも、同行の人たちは、まさかそんなことがあるものかと誰一人信用しなかったが、私は、当然来たるべきものが来たと考えてね、それを口外して、ずいぶんみなに憤《おこ》られましたよ。しかし、私は昔気質《むかしかたぎ》だから、幕府が倒れても、いったん臣下となった以上、慶喜公の家は潰したくないと考えて、その後も、自分としてはできるだけのことはしてきましたがね」

これも、私はよく知っていた。だが、やっぱり釈然としない。

「どんな理由があるにせよ、幕臣になりながら、幕府が倒れてもいい、あるいは、倒れるべきだとお考えになっていたのは、どうも納得できないのですが」

「それはね、もともとは、尊皇論から来ている。幕府が政権を握っているのはけしからんという――しかし、後には、もっと現実的な理由から考えるようになった。というのは、勝《かつ》（海舟《かいしゅう》）さんなんかの影響もあったでしょう。幕府と薩長らがいつまでも争っていては、外国の勢力が介入してきて、大変なことになる。どんな犠牲を払ってでも、国内の争いを早くやめなけりゃならん。それには幕府が倒れる以外にない――と考えるようになったからだ」

渋沢氏は安楽椅子の上で少し、からだを起こした。

「明治維新というものは、薩長と幕府の争いというふうにみられているし、事実そうした一面が非常に強いのだが、同時にあれは、イギリスとフランスの戦いだったからね。両国とも直接には経済的利益を狙ったので、始めから領土的野心があったとは思われないが、日本国内の内乱が長く続けば、どうなったかわからない。現に、馬関《ばかん》戦争の和平談判のとき、連合国側は、彦島《ひこじま》の租借を要求している。幸いに高杉晋作《たかすぎしんさく》が激しく拒絶したからよかったようなものの、悪くしたら香港《ホンコン》や九竜《きゅうりゅう》のようなものが、日本の西玄関に生まれていたかもしれん。幕府がいよいよ倒れそうになったとき、小栗上野介《おぐりこうずけのすけ》は北海道を抵当にして、フランスから軍資金や兵力や武器を借りようともしている。考えてみれば危うい状態だった。幕府が案外早く倒れたので助かったようなものですね」

「フランスは、そんなに強く幕府をバックアップしていたのですか」

「そう、フランス公使のロセスというのがなかなかやり手でね。幕府の最後の数年というものは、幕府の機構改革、軍備、財政から長州《ちょうしゅう》征討の方策に至るまで、すべてこのロセスが指導していたといってもよいくらいだ。これに対して薩長を支援したのがイギリス公使のパークスだ。むろん、私は当時幕府の下っ端役人だから、詳しいことは知るはずもなかったが、大体のことは推測できたし、民部公子《みんぶこうし》（徳川昭武《あきたけ》）についてパリにゆくことになってから、この間の事情は、はっきりと摑《つか》めてきた。日本をめぐるフランスとイギリスとの戦いは、京都や長崎や江戸で行なわれたばかりではない、パリでも、はげしく行なわれたのですよ」

――パリにおける幕薩《ばくさつ》戦争！

この思いがけない新しいテーマに私はすっかり興奮して、からだを乗り出した。

「先生の書かれた航西《こうせい》日記や巴里《パリ》御在館日記、御巡国日録などを拝見しても、そうしたことは、まったく出ていないようでしたが」

「ほう、あんなものまで読んでいてくれたのかね。あれには上《うわ》べに起こった出来事以外には何も書いてない。書くわけにはゆかないことばかりだからね。しかし、私は私なりに、パリ滞在中、そう、もう六十年も前のことだが——全知能をしぼってフランスともイギリスとも戦った。いや、同じ幕臣仲間とも戦わなければならなかった。本来なら、幕臣としての私は、フランスと手を握って、イギリスと対抗するのが使命だったのだろうが、私は私自身の判断で行動したのだ。間諜《かんちょう》や謀略将校のようなことさえやりましたな」

　私は九十歳の老翁の頰がかすかに紅潮しているのをみて、驚いた。

「間諜や、謀略将校？」

「そう——もっとも私はその前にも一度幕府のためにスパイになったことがある」

「あ、それは、知っております」

一橋家在勤中、渋沢氏は、薩摩《さつま》の軍学者折田要蔵《おりたようぞう》のところに弟子入りして、築城学修業を口実に、薩藩の内情を調べたことがある。それをいっているのだ。

「あれは、一橋家の平岡という人の命令でやったことだ。人に話したこともあるし、何かに書いたこともある。しかし、パリでやったことは誰に命じられたものでもない。むしろ幕命に反して、自分の考えでやったことだ。誰にもいうわけにはいかないし、どこにも書いたこともない」

「先生、ぜひ、そのお話を聞かしてください。お願いです」

「うむ、一度はほんとうのことを誰かに話しておこうと思っていたのだが——」

と、渋沢氏が、どこか遠くを見つめるような目つきになったとき、秘書がはいってきた。

渋沢氏は、ふいと我にかえったように苦笑を洩《も》らした。

「時間だね、わかっている」

約束の十五分は、とっくに過ぎていたのだが、私は、秘書の尻を蹴っ飛ばしてやりたい気がした。

「残念ながら時間がない」

渋沢氏は私を見てそういったが、すぐに付け加えた。

「君のような若い人と話をしたのは久しぶりだ。今の話を、君が聞きたいというのなら、一度、ゆっくり話そう」

「お願いします、先生」

「土曜の夜、少しおそくなって悪いが、十時ごろ、来られるかね、私はその時刻にならないと、自由なからだになれないのでね」

私は二つ返事で承諾した。

夜の十時どころか、暁方《あけがた》の三時といわれても、すっとんで行っただろう。

渋沢氏の思い出話はつぎの土曜一回では済まなかった。三回にわたって、私は、この往年のマルクスボーイと自称する老翁の秘密に夢中になって聞きほれた。

渋沢氏は抜群の記憶力を持っていたが、それでも六十年も前のこととなれば、記憶の間隙はあったし、氏にとっても不可解の事象もかなりあった。が、とにかく、私にとって維新史というものが、このとき以来まったく新しい側面をもってあらわれてきたことは事実である。その当座私は夢中になって維新の資料を漁《あさ》った。

それからもう、四十年近く経《た》つ。

敗戦後、多くのタブーが解禁され、秘匿されていたおびただしい資料が自由に利用できるようになって、渋沢氏の話のうち、不明であったものが、いくつか明白になった。

たまたま、一昨年パリに赴いた私は、トロカデロ近くのギメー博物館資料室の一隅《いちぐう》に、積み重ねられた多くの古い冊子の中に、ロッシュ、カション、モンブランなど、幕末の日本で活躍したフランス人たちに関するいくつかの記述を発見し、また当時のフランス新聞をも閲覧することができたので、長年私の謎としていたものの大部分は解明された。

それでもなおかつ、必ずしもすべてが明らかになったといいえないのは、事の性質上当然であろう。それらの空白は、私の作家的イマジネーションによって埋めていくことにして、以下に、若き日の渋沢氏が、祖国日本のためにパリでいかに闘ったかを記すことにしよう。それは同時に、パリにおける幕薩戦争というべきものであり、また、パリにおける英仏抗争秘史ともいうべきものとなるであろう。

ロセスと幕府

新任の駐日フランス公使レオン・ロッシュ（日本ではロセスと呼ばれ、魯節という字を当てられた）が、フランス郵船ヘータッス号で上海《シャンハイ》に到着したのは、元治《げんじ》元年（一八六四年）三月十四日である。

アスターハウスに投宿し、その夜は、フランス総領事エダン主催の歓迎宴に列席した。在留フランス人のおもだった者はもちろん、英国総領事メドハースト、米国総領事マーフィ、オランダ領事クルースらが出席し、盛大な宴席になったが、来客の誰もレオン・ロッシュの経歴について詳しいことは知らない。

「これまでチュニスの総領事をしていたということは知っているが、外交官としての活動はあまり聞いたことがないね」

マーフィがメドハーストの質問に答えて、そういうと、クルースが傍らから、

「もともと、アルジェリア駐屯軍の通訳官か何かしていたので、外交官としての正規のコースを踏んだ人じゃないということですよ。年ももう、五十五、六になっていますかな」

と、付け加える。

当のロッシュは、エダン総領事を相手に、パリでナポレオン三世に拝謁したときのことを、いささか得意気に話していた。

やや下膨れの大きな顔に濃い顎鬚《あごひげ》を生やしているロッシュは、自分の才能だけを頼りに成り上がってきた男特有の、頑強な意志と不屈の自信とをその口辺《こうへん》に示していたが、話しぶりは、外貌とは反対に、非常にもの柔らかく、腰の低い感じである。

ジャディン・マジソン商会の支配人ケスウイックが、ジェスイット派の宣教師と思われる背の高い男を伴って、そのロッシュの前に現われた。

「公使閣下、私の友人メルメ・ド・カションをご紹介したいのですが」

ロッシュは愛想よく、カションと呼ばれた男の手を握った。奇妙にも、その両方とも大きなぬるっとした手であった。

「公使、私は公使がこれから赴任される日本に永らくおったことがあります。何かお役にたてば光栄です」

宣教師というよりも、有能な商人のような世慣れた態度でカションが挨拶した。

「それはありがたい。実は日本については具体的な予備知識がほとんどないので、心細く思っていたところだ。ぜひ、お話を承りたい」

ロッシュは、カションを、翌日の昼食に招待した。

黄浦江《こうほこう》の見えるアスターハウスの二階の部屋で、この二人は互いに相手が自分と同じカテゴリーに属する人間だということを、ただちに認め合ったらしい。

力強い握手が、何度も交わされた。

――一八五三年フランス海外布教協会《ミッション・エトランゼール》から上海に派遣され、そこから琉球《りゆうきゆう》に渡った。薩摩の国主島津《しまづ》斉彬《なりあきら》が死んで、その注文が破棄されたので上海に戻った。一八五八年（安政五年）神奈川条約締結のために派遣されてきたグロー男爵の通訳として初めて日本の土を踏み、その後一昨年秋まで箱館《はこだて》にいた。その間、教会を建てて布教する傍ら、英仏語の教授をして暮らしたが、雇人《やといにん》の金蔵《きんぞう》という者のことで日本の役所と争い、賠償要求を拒否されたので、上海へ引き揚げてきた。

カションの語ったのは、大略こんなところである。

「で、君はこれからどうするつもりかね」

「フランスへ帰ろうと思っています」

ロッシュは、相手を碧《あお》い巨《おお》きい目で、じっと見据えた。

「あまり帰りたくないようだが」

「できれば、もっと日本にいたいですよ、日本では外国人だというだけで、かなり楽な生活ができるし――日本の女も、なかなかよいですからね、公使」

このはなはだ宣教師らしからぬ答えが、かえってロッシュの気に入ったらしい。

「カション君、どうだね。私といっしょに、もう一度日本へ行かないかね」

「どういう資格で――」

「フランス公使館書記官としてだ。君の日本と日本語に関する知識は、皇帝陛下の対日本政策を実行するうえに、大いに役だつものと思われるからね」

「皇帝陛下の対日方策というのは、どういうものなのです？」

「日本におけるフランスの経済的利益の拡大、できれば、その対外貿易における独占的地位を獲得することだ。これを見たまえ、現在のところ、わがフランスの日本において占める地位はすこぶる貧弱だ」

　ロッシュは机上に一枚の紙をひろげた。

「まだ概算にすぎないが、イギリスは横浜における昨年度の全貿易の約八〇パーセントを占めているのに、わが国はわずかに四パーセント弱、プロシャやオランダより下位にある。この点について皇帝陛下は、私の前任者ベルクール氏に対して強い不満の意を表されている」

「陛下のご不満はまったく正当です。だが、公使は、どのようにして、陛下のご期待に添うつもりですか」

「その点についてこそ、君の豊富な知識の助けを借りたいのだ。ただ、私が今、漠然と考えているところでは、開国に積極的な大君《タイクーン》（将軍）を援《たす》けて、鎖国主義のミカドや、これを担いでいる諸侯《ダイミヨー》たちを押えつけるのが、第一段階ではないかと思う」

　カションは、何も知らないというロッシュが、その実かなり深く日本の現実の情勢を研究しているのを知った。

「公使、そのとおりです。大君の政府（幕府）をしっかりと把握し、これを極力援助することが第一です。幕府はこのところ、ミカドと大名たちの勢力の増大に当惑しています。だが、それを一挙に押えつけるだけの実力を持たないのです。幕府を財力と武力の両面で支持してやれば、大いに感謝して、どんな利便でも図ってくれるでしょう」

「それを、イギリスやアメリカやオランダにじゃまされないようにやるのがむずかしいところだと思うね。それに、私にはまだ、大名とミカドとの勢力関係が、どうもはっきり摑《つか》めないのだ」

「それは、日本の現在の政治情勢の中で、最も微妙な、最も理解しにくい問題ですね。おそらく大君やミカド自身にもわかっていない、このところ、とくにはなはだしくゆれ動いている問題でしょう。だが、私は、自分の滞日中の経験からいって、大君の潜勢力は、弱ったとはいえ、まだまだ非常に強大で、ミカドを担いでいる大名たちも、結局は頭を下げなければならなくなるのではないかと思いますね、いや、そうでなければ日本の国内の平和は保たれないし、外国貿易の伸長も望めませんよ」

ロッシュは軍艦モンジュル号に乗りかえて、三月二十四日、横浜に入港した。

同二十八日、大坂《おおさか》に滞在中の将軍家茂《いえもち》（外国使節からは陛下《マジエスティ》と敬称されていた）に対して提出された委任状は次のごとくである。

――天恵《てんけい》と人望を有するフランス皇帝ナポレオンより、わが有徳英明《うとくえいめい》なる親しき友日本の大君へ。
わが国公使ド・ベルクールは他国へ転任せしむることとなりたるも、日仏の親交情義はいささかも途絶せしむることを欲《ほっ》せざるがゆえに、レオン・ロセスをもって全権ミニストルに任じ陛下の政庁に差し送る。彼はわが全信任を受くる者、日仏和協の条約履行につき怠りなきことを命じたり。ロセスの才幹と勤勉とはよく陛下の愛敬を受け、わが真意にたがわざるべきことを疑わず。よって、わが国民の渡航する者の利益を守り、貴国とわが国との帝位を合和する永世不易の友誼《ゆうぎ》を全うするため、われらに代わって申し立つることに深く信頼を賜《たま》い、親睦に待遇あらんことを願う。神が陛下に恩寵《おんちょう》を賜わらんことを。

一八六三年十月二十七日、チュイルリー宮殿において記す。

ロッシュと最初に連絡をとった幕閣の代表者は、土屋豊前守《つちやぶぜんのかみ》と竹本淡路守《たけもとあわじのかみ》とである。が、もちろん二人ともフランス語は理解しない。カションが有能な通訳官として活動した。

当時幕府は朝廷に迫られて、いったん開いた横浜を鎖《とざ》すための交渉を、英米蘭仏四国との間に開いていたのであるが、もちろん、英国はじめ各国それに応じようとはしない。幕府としても、やむをえず交渉はしているものの、その要求が通るとは思っていないのである。

いわば八百長的な談判がだらだらと行なわれていたが、七月のある日、外国奉行竹本が伴ってきた怖《お》っかない顔をした巨大な中年男を一目みて、カションが悦《よろこ》びの声をあげた。

「クリモト——クリモトではないか」

外国掛《がいこくがかり》の栗本瀬兵衛《くりもとせへえ》(鋤雲《じょううん》)も、魁偉《かいい》な顔をにやっと笑わせた。

「メルモッチ僧正ではないか」

宣教師メルメ・ド・カションは、以前の滞日中メルモッチ僧正と呼ばれていたのである。

「そう、そうだ。だが、今は公使館書記官だ。公使、このクリモトは、私が箱館にいたころ、フランス語と日本語との交換教授をやっていた仲ですよ。クリモト、君はあのころはたしか幕府のお咎《とが》めを受けて、箱館へ左遷させられていたということだったが、どうやら今は中央政府で働いているようだね、おめでとう」

「メルモッチ——いや、カションだったな、昔馴染《むかしなじみ》の君に会えてうれしい。君となら、なんでも話せる」

カションは栗本に再会したことを大いに悦んだが、それ以上に悦んだのはロッシュである。

「カション、栗本を使って幕府当局と密接に連絡してくれ。幕府側の希望を探り出して、できるだけのことをしてやるのだ。そして、幕府の信頼を獲得するのだ」

「公使、委《まか》せてください」

カションは自信ありげにいったが、事実その自負にそむかないだけのことをやってのけた。栗本をすっかり抱き込んで、幕府の内情を逐一ロッシュに報告したのである。

「カション、聞いたよ」

ある日、栗本がにやにや笑っていった。

「お梶《かじ》というそうだね」

これは、カションが召し抱えた洋妾《ラシャメン》で、本郷《ほんごう》への鐘つき堂の娘だという噂《うわさ》だった。

「すてきな娘だ、あれは。小柄で、肉がしまって、匂いがよくて、肌がすべすべしている。フランスの娘は、毛深くて皮膚がざらざらしているが、お梶の皮膚は絹のようだ」

「港崎《みなとざき》の遊郭にも通っているそうではないか」

「お梶のからだの具合の悪いときはね」

「達者なものだ、西洋の坊さんは」

「もう、坊主ではないよ。栗本、私が最近つくった俳句を教えようか。ひとかまい別れ世界やさくら花――というのはどうだ」

「どういう意味だ。別れ世界というのは」

「遊郭のことを別世界、別天地というじゃないか、あれだよ」

栗本は苦笑した。

「ところでカション、頼みがある」

「なんなりと」

「幕府の運送船の翔鶴丸《しょうかくまる》が破損したのだが、どうもわが国の技術で修復したものは長持ちがしない。すぐにまた、壊れてしまう。いまフランス軍艦ケリエル号が横浜に碇泊《ていはく》しているが、あの軍艦から技師や工人《こうじん》を呼んで、修理してもらえないだろうか」

「たぶんできるだろう。さっそく、公使に話してみよう」

カションからロッシュに、ロッシュから、ケリエル号のジョウライス提督に話が通じた。ケリエル号から士官ドロートル以下技師職工十余人がやってきて、六十日足らずで、翔鶴丸を見違えるように修復してしまった。

ロッシュが、カションを通訳として栗本に、新提案をしたのは、その直後である。

「栗本、翔鶴丸の修理はできたが、これから先のことを考えたら、幕府でも西洋式の造船所一つぐらいは持っていたほうがいいのじゃないかね」

「それはむろん、そうだが、その設備も技術もないし――」

「幕府にその意志があれば、わたくしはどんなにでも援助する」

栗本が、この話を、勘定奉行の小栗上野介のところに持ってゆくと、

「すばらしい話だ。私も万延《まんえん》元年（一八六〇年）アメリカに行ったときから、造船所が必要だと思っていたのだ。造船業は他のいっさいの工業の基礎になるものじゃからな」

「しかし、上野介殿、莫大《ばくだい》な費用がかかると思いますが、今の幕府の財政では――」

「幕府の台所はどうせやりくり算段、苦しいのだ。造船所設立に金がかかるからといえば、ほかの冗費を節約できるからかえってよいくらいじゃよ」

「それにしても、いよいよでき上がって活動するには、何年もかかります。急場の間《ま》には合わないでしょう」

「そうだ、完成したとき、世の中がどうなっているか、このごろの様子ではまるで見当もつかん、が、どんな世の中になっているにせよ、でき上がった造船所はこの日本の役にはたつ。そうじゃないかな」

場所は横須賀湾《よこすか》。規模は、製鉄所一、ドック大小二、造船所三、武器廠《ぶきしょう》一。完成まで四カ年。経費、年額六十万ドル、総計二百四十万ドル。——という膨大な大計画が立案された。

造船所設立のために必要な技術も資材もフランスから供給してもらうことはもちろんだが、問題は年々支払わなければならない六十万ドルを、どうやって調達するかである。

老中諏訪因幡守《すわいなばのかみ》の邸《やしき》に、水野和泉《みずのいずみ》、阿部豊後《あべぶんご》、小栗上野介らが集まり、ロッシュを招いて、この問題について相談すると、ロッシュはかねて腹案があったらしく、即座に回答した。

「フランスはご承知のように世界第一の織物国で生糸《きいと》の需要がすこぶる盛んです。幕府直轄領に産出する生糸をすべて幕府の手に一括して収集し、これをフランスに売り渡していただければ、フランスとしては他国よりも幾割か高値でお引き受けしましょう。それだけで造船所建設費は十分賄えると思いますね」

幕府が生糸の専売をやれというのである。それが同時にフランスの対日貿易の大躍進となるわけだ。

最も難関と思われた経費捻出について生糸専売という解決案が出たので、交渉はトントン拍子に進捗し、年が明けてすぐ、すなわち慶応《けいおう》元年（一八六五年）一月二十九日幕府とフランス政府との間に、横須賀造船所設立に関する正式契約書が調印された。

四月、柴田《しばた》日向守《ひゅうがのかみ》が特命理事官《スペシアルコンミツシヨネル》として、六人の随員を従えて渡航する。ツーロン港の造船所その他を視察し、推薦された主任技師ウェルニー以下の技師職工を雇い入れ、日仏貿易促進のためのコンペニー（商社）設立準備などをするためである。

ロッシュは、フランス船で運ばれたボルドー酒で乾杯しながら、

「カション、これでどうやら、大君の幕府と緊密に提携する糸口ができた。だが、幕府の勢力はけっして全国的ではない。大君の権力を拡大させるためには、幕府の武力をもっと充実させなければだめだな」

「その点は、先日、栗本と話し合いました」

「ほう、もう手を打ってあるのか」

「栗本というよりも、小栗の意見でしょうが、フランスから教官を招いて、歩兵・騎兵・砲兵の三兵編成を西洋式に取り立てたいという希望を伝えてきたのです。それにはまずフランス語学校の建設が必要だろうからもう少し研究してみるようにといっておきました」

「小栗という大蔵大臣（勘定奉行）は、非常に優秀だね。あの男を摑むのが、幕府を摑む最《さい》捷径《しょうけい》かもしれん。とにかく、カション、その三兵伝習の件とフランス語学校の件とを、どんどん進めてくれたまえ」

カション（日本では和春と書いた）を校長とするフランス語学校が横浜に建てられ、第一期生として二十一名の学生が入校した。
つづいて、フランス政府から士官下士官合わせて二十余名が派遣されてきて、三兵の訓練が始まる。いわゆるフランス伝習隊だ。

「これから始まろうとしている長州征伐に間に合わないのは残念だが、ここ数年のうちに幕府の兵隊は、日本で無敵のものになるでしょう。ちょうど、ヨーロッパでフランス陸軍が無敵の陸軍であるように」

ロッシュは、小栗にいった。小柄ながら全身に精気溢《あふ》れ、才知のかたまりのように見える小栗が、珍しく深刻な顔つきになって、

「公使、その長州征伐ですが、何よりも、軍資金と兵器の不足に困っています。上様《うえさま》も大坂まで出向されながら、まだ開戦の命を下しておられない。なんとか長州が折れてくるのを待っておられるらしい。長州は鼻息が荒くて、容易に屈服しそうもありません」

「軍資金や武器については、いくらでも援助しましょう。大君の政府はもっともっと、このロセスを信頼してくださるべきですよ」

「公使、まったくかたじけないと思っています」

「長州は結局、武力で完全に屈服させるほかはないでしょう。そして、長州に対しては厳重な処罰を加えるのですね。たとえば沿海の領土すべての没収、領主の追放または死刑——厳しい処罰のみが、他の反逆者や不服従者の続出を防止しうるのです」

「私はかねてそう主張しているのだが、閣老の中に弱気のものが多くて、上様が、ともすればその連中の言葉に動かされてしまうのです。私は、いつも孤立し憎まれている」

「孤立し憎悪されるのはどの国においても、有能な大蔵大臣の宿命ですよ」

「ご承知のように、生糸専売案には、英米蘭各国から強い反対が出て、実行が困難になりつつあるし、征長軍のために新しい資金が必要になるし、どうですかな、お国から少しまとまった資金を借り入れることにして、その支払い方法を考えてみたいのですが」

「まとまった金というと――」

「六百万ドルぐらい」

ロッシュが少し瞳を大きくした。額の大きいのに驚いたというよりも、小栗がますます深く自分の懐中に飛び込んでくるのが、うれしかったのであろう。

「支払い方法は？」

「やはり、合本《がっぽん》組織のコンペニーを設立して、日本商品の一手販売またはそれに近いなんらかの方法を考えるしかないでしょう」

「さよう、具体的なことは、私も、もう少し研究してみますが、先刻お話の長州征伐のために必要なさし当たりの資金は遠慮なくいっていただきたい。融通いたしましょう」

小栗と別れた後、ロッシュはカションと驚くべき会話を交わした。

「カション、幕府内で長州征伐に最も弱気なのは、誰かね」

「将軍自身でしょう」

「最も強気なのは」

「後見職の慶喜でしょう」

「では慶喜が将軍になればよいわけだね」

「えっ――」

「現将軍が死ねばよいのだね――後継者はその慶喜のほかにはないのだから」

ロッシュの碧い瞳の底に、ぎらっと真っ黒な光が走ったように思って、カションは、ぞっと背筋を寒くした。

パークスと薩摩

一八六五年五月のある日、英国下院議員オリファントが、三人の日本人を伴って、ホワイトホールの英国外務省に現われ、外務次官のレイヤードに面会を求めた。

「この人たちは、日本の最も有力な大名薩摩《サツマ》侯の家臣で新納刑部《にいろぎょうぶ》、五代才助《ごだいさいすけ》、松木弘安《まつきひろやす》の諸君です」

と紹介する。

オリファントの首筋には傷痕が見えた。外からは見えないが左腕の上膊《じょうはく》にもかなり深い傷痕があった。どちらも四年前、彼が書記官として、日本の江戸高輪東禅寺《たかなわとうぜんじ》の英国公使館に在勤中、水戸《みと》の浪士たちに襲撃されて受けた傷である。

オリファントは、この事件によってひどい負傷をしたのだが、彼の日本人に対する好意は、それほどひどくは傷つけられなかった。

——無知からくる盲目的な愛国心が、こんなばかげたことをさせたのだ。日本人たちの目を大きく世界に向かって開かせてやれば、われわれは友人になれる。

この若い理想主義者の外交官は、帰国後政界に身を投じて、下院に議席を得たが、英国の対極東政策については、常に日本の同情者として発言していた。

「次官、この人たちのいうことを聞いていただきたい。そして、新任の駐日公使パークスが、日本において正しい政策をとるように、十分の指令を与えていただきたい」

三人の日本人はいずれも二十二、三歳であった。

新納は薩摩藩主の一門で大目付《おおめつけ》という重職にあるというだけであるが、五代と松木とは、その才知と俊敏さのために、藩を代表しているらしい。

英語をかなり巧みにしゃべる松木が口を切った。

「昨年春、フランス公使レオン・ロッシュが着任以来、フランスは極力、幕府を支援して、諸大名を抑えようとしていますが、それは明らかに誤った方策です。現在の幕府は全日本を支配している政府ではない。単にミカドのもとにある多くの大名のなかの最大のものであるにすぎないのです。幕府のみと交渉することによっては、貴国は何ものも得られないでしょう」

「しかし開国を望んでいるのは幕府であって、各大名、ことにサツマは鎖国主義だったのじゃありませんかね、生麦《なまむぎ》事件や、鹿児島での交戦は、つい三年ほど前のことですよ」

レイヤードがやや皮肉な口調で答えると、オリファントがすぐに反駁《はんばく》した。

「そう、そのとおりだ。しかしその三年間に情勢はまったく変わってきているのです。サツマは生麦事件についての賠償を完全に履行した。サツマとの関係は、その後非常に緊密になって、英国からサツマに軍艦や兵器の供給を約束しているし、サツマからはこの人たちが十五名の若い留学生を連れて来たくらいなのですよ」

「もちろん、それは知っている。しかし、それは日本の対外態度が猫の目のように変わる——という過去の事実に、また一つ新しい例を加えたにすぎない。われわれは、サツマの友好的態度をどこまで、信頼してよいものですかな」

「次官、率直にお答えしましょう」

松木は昂然《こうぜん》とレイヤードを見つめて、やや堅苦しいが文法的にはすこぶる正しい英語で話し出した。

「サツマ藩が、過去において排外的であったことは事実です。藩の人びとは外国について何も知らなかったし、ミカドの命令が攘夷《じょうい》ということになったから、それに忠実に服従しただけです。だが、すべての者が排外的だったわけではない。長崎や横浜で外国人に接触し、外国文明の進歩をよく認識し、開国が絶対に必要であることを認めていた者もかなりいるのです。私も、この五代も、そうだ。そして、一昨年イギリス艦隊が鹿児島を砲撃したとき、多くの者が、外国文明の優秀さを、身にしみて体験したのです。だが同時におそらく、貴国もサツマ武士の勇敢さは認められたでしょう。比較にならない貧弱な武器をもって、サツマはイギリス艦隊と闘って、見事にこれを撃退したのですからね」

これは、イギリス議会でも大問題となり、当時英国艦隊を率いていたキューバー提督が大いに非難されたものである。レイヤードは、苦笑した。

「雨ふって地固まる——という諺《ことわざ》が、わが国にある。あの戦争のあとで、相互が相手をより深く知りえたうえで、サツマとイギリスとの間に新しい友好関係が生まれたことは、次官もご承知のとおりです。次官は幕府は開国を望んでいるのに、大名は鎖国主義だといわれたが、それは違う。幕府の望んでいるのは、幕府の完全統制下の開国、いいかえれば、幕府による貿易の独占なのです。サツマをはじめ有力な大名が望んでいることは、各大名も同じように貿易の利益を受けたいということだ。そのためには、真に日本の統率者である天皇《ミカド》が、有力諸大名のすべてを集めて会議を開き、全体の賛成を基礎として、開港条約を結ぶことが必要でしょう」

レイヤードが、片手をあげた。

「待ちたまえ、われわれはそのミカドなるものの実体が、よくわからないのだ。われわれは少なくも、いままでのところそれを単なる宗教的——いや、儀礼的、象徴的な君主にすぎない、江戸の大君《タイクーン》こそ実質的支配者だ、と解釈してきた。ところが、その解釈では理解できない多くの事柄が起こってきているのですね」

「そこが、あなたがたの基本的な誤りなのです。江戸の将軍は単に江戸の君主であり、日本のきわめて一小部分しか保有していない。大君という名称そのものが、不当な僭称《せんしょう》ですよ。現に、将軍は彼の意志を各大名たちに強制できない状態にある。長州は公然と彼に反旗をひるがえしているし、サツマは彼の命令を無視して、若い藩士をこうしてロンドンまで留学させているではありませんか」

「そうなのだ。レイヤード次官、この点はラッセル外相にも、よく納得してもらいたい。

でなければ、イギリスの対日政策は、フランスに引っ張り回されてしまう結果になってしまうかもしれないのだ」

オリファントが、熱心に付け加えた。

オールコックの後任として、ハリー・スミス・パークスが、上海領事から駐日英国公使に転任してきたのは、英国外務省で以上のような会話が交わされてから少し後、慶応元年（一八六五年）閏《うるう》五月十六日である。

新公使は三十七歳の働き盛り、先に広東《カントン》領事在任中、アロー号事件で大活躍をし、清《しん》国に対する英国権益の拡大に成功した男だ。

上海に移ってから間もない再転任であるが、日本の政情については、かねてからかなり注意していたので、この新しい職場については、自信に満ちていた。

英国公使館にはいると、永らく日本に駐在している書記官アーネスト・サトウを呼びよせて、長い間話し込んだ。

「公使がアロー号事件で示された果断な処置については聞いています。しかし、日本で同じような態度をとるのはかなり危険でしょう。日本人というのは、恐ろしく自尊心が強く、侮辱に対して敏感ですからね」

「わかっているつもりだ。私は時によっては恫喝《どうかつ》も用いるが、それが真の怒りに見えるようなギリギリの線でやめておくよ」

両方に少し下がってみえる眉毛を寄せて、パークスはおどけ顔をしてみせた。

「ときに、君は、日本語は自由なのかね」

「と、思っています」

「通訳はいたね」

「アレクサンダー・シーボルト。ドイツの医師で、幕府の顧問をしていたフランツ・シーボルトの息子です」

「会ってみよう、呼んでくれたまえ」

シーボルト二世との会談はきわめて短時間で終わった。パークスは、この男には、サトウに対するほどの興味を持たなかったらしい。

サトウが「不屈の活動家」、「最も献身的な公僕」と批評したパークスは、着任早々、はなばなしい活躍ぶりをみせた。

開港条約の勅許を強要するため、英仏米蘭四国代表が九隻の軍艦を率いて横浜を出帆し、兵庫に赴いたのは、パークスの強引な主張によるものである。

大久保《おおくぼ》、西郷、吉井《よしい》などの在京薩摩藩士は、条約勅許は有力な大名を招集し、「天下の公論」で処理すべきだと論じて、この機会に、外交問題の処理権を幕府の手から大名会議に移そうとしていた。艦隊を率いたパークスの幕府に加えた威圧は、まさしくこの考えをバックアップしようとしたものである。

「パークスめ、なかなかやる」

向かった。

兵庫沖に碇泊《ていはく》したケリエル号の船室で、ロッシュは、大きな顎鬚《あごひげ》を動かし、カションを呼びよせた。何事か長い間、話し合った結果、カションが大急ぎで兵庫に上陸し、大坂に向かった。

条約勅許の沙汰書が朝廷から出されたのは、その翌々日である。

カションから閣老小笠原壱岐《おがさわらいき》へ、壱岐から後見職慶喜へ伝えられたのは、次のようなロッシュの意見だったのだ。

——条約勅許不能ならば、四国艦隊は大坂に侵入し砲撃を加えるであろう。私にもそれは防止できない。大名会議によって勅許を得れば、幕府の権威はまったく地に堕《お》ちるだろう。それも私には防止できない、私にできる忠告はただ一つ——ただちにミカドに迫って、いかなる強圧によってでも勅許を獲得なさい、大名たちに一言も挟ますことなく。

将軍家茂は、天皇に対するそのような弾圧をしぶったが、慶喜は、その代弁者である中《なか》川宮《がわのみや》を使って、帝《みかど》に迫った。

——勅許を与えねば、開戦となって、京も大坂も火の海となり、伊勢《いせ》神宮も灰となり、皇位の安泰は図りがたくなりましょう。

砲火の幻影の中で、孝明帝《こうめいてい》はついに勅許を決意したのである。

「ロッシュが動いたのでしょう。政権を幕府の手から雄藩会議に移すという、サツマの計画は、容易なことではありませんね」

サトウが、パークスにいったとき、パークスは、首を振って答えた。

「ポートマン（米代理公使）や、ポルスブルック（オランダ領事）がもっと強力に私と手を握ってくれれば、ロッシュもかってなことはできなかったはずだ。彼らが事態を明確に把握していさえすればね。サトウ、彼らをはじめ、在日外国人たち一同を啓発するために、幕府の正体を暴露した論文を書いて発表してくれないかね」

「大変むずかしいですが、やってみましょう」

「ロンドンで、松木という薩摩人から外務大臣に提出された意見書が送られてきているはずだ。あれも参考にしてくれたまえ」

一カ月後、サトウが、横浜で発刊されている英字新聞ジャパン・タイムズに発表した論文は、外国人たちの将軍に対する認識を大いに啓発したばかりでなく、日本訳されて「英国策論」という名のもとに広く読まれ、大きな影響を持った。

だが、このとき、

——将軍は単なる一大名にすぎない。彼と権勢を同じくする多数の大名が存在する。真の大君の名に値するのは天皇のみである。

——各大名は貿易を希望し、領内の港を開きたいと望んでいる。これを妨げている現条約は全面的に改訂しなければならぬ。新条約は当然、天皇の主権のもとに作られた諸大名の合議体との間に結ばるべきである。

というサトウの論旨に挑戦するかのごとく、幕府は、ながらく躊躇《ちゆうちよ》していた長州再征の軍を動かしはじめたのである。

ロッシュは、幕府に対してあらゆる援助を約束し、老中小笠原壱岐に対して、下関《しものせき》攻撃の具体的方策まで指示した。

にもかかわらず、六月七日火蓋を切った長幕戦争は、幕軍方にとってすこぶる形勢が悪く、到《いた》るところで敗退した。

パークスは、ロッシュに対する面当《つら》てのように、同じこの六月、キング提督の率いる艦隊とともに鹿児島を訪問した。

薩藩では藩主忠義《ただよし》以下総力をあげて大歓迎をする。わずか数年前、砲火を交えた仲とは思われぬ異常な親密ぶりである。

長州と薩摩の連合が成立していることは、もはや公然の秘密であったから、このパークスの行為は、直接には幕府権威の否定、間接には長州に対する支援となったことはいうまでもない。

ロッシュは、パークスの果敢な対抗政策にしぶい顔をみせ、新しい思い切った手段を決意した。

「こうなっては、将軍があらゆる手段を講じて、徹底的に長州をうちこらして、幕府の権威を実力によって示すほかはないね」

「そうですよ、公使」

「私はいっさいの方法で、幕府を援《たす》ける気でいる。不足しているのは、将軍自身の強い意志だ」

「そのとおりです。公使」

ロッシュとカションとは、いつものような会話を交わしていた。つまり、ロッシュが一方的にしゃべり、カションはそのすべてに賛成しつつ、ロッシュが下す新しい命令を待っているのだ。

「いつか、私はいったね、長州征討の意欲のない将軍の死亡することが、幕府のために、いや、日本のためにいちばんよいのだ――と」

「そうです、公使」

「あの意気地のない病弱の将軍が、もっと早く死ぬべきだったな。慶喜公ならば、おそらく、断固として、自ら陣頭に立って長州に鉄槌《てっつい》を下すだろう」

「そうでしょう、公使」

「では、現将軍は、すみやかに死ななければならん」

「彼は死ぬでしょう、公使」

「カション、君は、将軍の侍医を知っているかね」

「御典医《ごてんい》――将軍の奥詰《おくづめ》に専属している医師のうち、最も著名なのは、謂川院《いせんいん》、瑤川院《ようせんいん》、櫟仙院《れきせんいん》の三名です。一般の医師のうち、松本良順《まつもとりょうじゅん》、浅田宗伯《あさだそうはく》、石川玄貞《いしかわげんてい》の三名も、時に応じて、将軍の治病のために喚《よ》ばれることがあるようですが」

「彼らのうち、今、大坂に行っているのは」

「ただいま申した六人のうち、浅田を除いた他の五名はすべて、今、大坂におります」

「使えそうなのは」

「さっそく、調べてみましょう」

カションが、どこにでも連れてきていた妾《めかけ》のお梶が、こんなときには、最もよく役にたつ。

十日も経《た》たないうちに、カションはロッシュに報告した。

「櫟仙院が、よいようですね、公使」

「その男を選んだ理由は？」

「彼は独身です、よく遊びます、したがって、たえず金を欲《ほっ》しています」

「一応、及第だね」

「彼は若い、野心家です。年長の同僚に嫉妬しています」

「資格十分だね」

「彼はやや残忍な性格で強情で、無口だそうです」

「上等《トレビアン》だ！」

「支払いは？」

「いくらでもよい、君に委《まか》す」

「私のコンミッションは？」

「一五パーセント」

「いいだろう、私は今夜、病気になる」

「二五パーセント」

「病名は？」

「糖尿病《ジアベデス》」

「それなら、日本の医師たちには、治療どころか、病名もわからないでしょう」

「彼が悧巧《りこう》なら、すぐにほんとうの病名を考え当てるさ。つまり私が、まったく健康だが、何かを医師に望んでいるということをね」

カションから、大坂城の大目付兼外国奉行山口駿河守《やまぐちするがのかみ》に対して、

――ロセス公使が病気ゆえ、高名の典医櫟仙院を派遣していただきたい。

という申し入れが行なわれた。

ロッシュが、カションを通訳として、どのような取引を、櫟仙院との間に、とり結んだものか、もとより不明である。

数日後、ロッシュはいった。

「カション、私は、明日、横浜へ帰る。あとを頼む」

「わかりました、公使」

これは、七月二日である。

それから十日ほど経って、将軍家茂の病状について、大坂城内で、憂《うれ》わしげな囁《ささや》きが交わされはじめた。

家茂の病気は、この四月以来である。脚気《かつけ》で、足がむくんで、食事がすすまなかった。が、べつに容体が急に悪くなる様子も見えなかった。七月四日朝廷から見舞に遣わされた御寮医官高階安芸《たかしなあき》、福井豊後《ふくいぶんご》の二人も、

——さしたる事も見えず候《そうろう》。

と、報告している。

十四日、病状が、激変した。

石川玄貞の手記によれば、

——食事は残らず吐き出してしまうし、昼夜睡眠できず、四肢痙攣《けいれん》し、気がいらだち、胸痛を訴えられた。

という。讃川院、瑤川院、櫟仙院の三名が昼夜交替で枕頭《ちんとう》に詰めた。

櫟仙院が、最も深刻な顔をしていた。

彼こそ、将軍の容体にいっさいを賭けていたからだ。

十九日深更——というよりも二十日早暁、将軍家茂は死んだ。

櫟仙院が、不寝番を讃川院に引きついでから二時間ほど経ってからである。讃川院は、急変を聞いてあわただしくかけつけた慶喜と、閣老板倉勝静《いたくらかつきよ》とに、

——上様、ご臨終でございまする。

と告げると、おのれの控室に戻ってきたが、臨終の際に、看護の責《せめ》を負っていたのが不運だったとあきらめ、潔く自害した。

板倉は、松平春嶽《まつだいらしゆんがく》、松平容保《かたもり》らと密議をこらしたうえ、慶喜に、あとを嗣《つ》ぐことを要請、朝廷に対しては、家茂の死を秘したまま――、家茂、病いのため、一橋慶喜をもって宗家を相続いたさせたく、と届け出る。

――長州を、いかがなさるや。

松平春嶽が、慶喜に問うと、慶喜は言下《げんか》に答えた。

「勇奮出陣、大痛撃を与える所存」

将軍の喪が公けにされたのは八月二十日であるが、とっくにその死は知れわたっていた。慶喜が、前将軍とは打って変わった対長州強圧方針を明らかにし、その準備を活発に開始すると、これまでの前将軍の因循《いんじゆん》ぶりにあきたらなかった連中が、大いに意気込んだ。

その噂《うわさ》が江戸に伝わると、ロッシュが、

「カション、予定どおりになったね」

「そうです、公使」

「あの男は、どうしたかね」

「昨日、江戸に戻ってきました。二千両は安いものです。その二五パーセントはもっと安い」

「欲ばるな、カション。京・大坂で、将軍の死について特別の噂はないかね」

「青蓮院《しようれんいん》の白塀に落書があったそうです。前将軍を毒殺せる者を新将軍という――もっとも慶喜はまだ将軍になることを躊躇していますがね」

「慶喜公が疑われているのか、それはお気の毒だな」

ロッシュの巨《おお》きな碧《あお》い目に、悪戯《いたずら》に成功した悪童のような愉《たの》しげなものが動いていた。

小栗上野という男

神田駿河台《かんだするがだい》の小栗邸を、夜にはいってからひそかに訪れた原市之進《はらいちのしん》は、邸内の一隅《いちぐう》にある石造洋館に導き入れられて、驚いた。

江戸にいる日本人で、洋館に住んでいる者があろうとは思ってもいなかったのである。いっぽう、小栗のほうは、大坂にいるとばかり思っていた原が、突然こんな時刻に、姿を現わしたことに驚いていた。

洋間に主客二人卓子《テーブル》をはさんで対座した。

「小栗殿が、洋館住まいとは意外でした」

「万延のアメリカ行きで、洋館の便利なことを知りましたのでな。しかし、家の者はいやがっております。なに、そのうち、日本人もすべて洋館住まいをするようになりますよ」

なんでもないことのようにいい切った小栗が、鋭い目で、原の表情を窺《うかが》った。

原は、慶喜の古くからの腹心であり、慶喜の知恵袋といわれている。小栗は、これまで、その才幹は十分に認めながらも、自分と肌の合わない何か異質なものを感じていた。

「あなたは大坂在留のはずだったが」

「急の用件で戻ってきました。小栗殿にお会いするために——といったほうがよいでしょう」

「承ろう、ご用件を」

「上様（慶喜）は、徳川宗家の家督を継ぐことは承諾されましたが、将軍職を受けつぐことは拒んでおられます。そのため、将軍職が空位になっていることはご承知のとおり」

「不可解なことと思っておる。徳川宗家を継がれた以上、将軍職をも嗣《つ》がれるのは、当然のことではありませんかな」

「この地位が、事実上もその名にふさわしいものならば、上様はもちろん、それを引き受けられたでしょう。だが、今や将軍職がその権威を喪《うしな》ってしまっていることは明白、上様は、そのような虚名の地位はほしくないといっておられるのです」

——お主が、そう吹きこんでいるのだろう、したたかな奴《やつ》、何がほしいのか。

痩せて小柄で色の浅黒い、知略のかたまりといわれている原市之進の、引き緊《しま》った顔が、異常な迫力で何かを訴えようとしているのを見ながら、小栗は、腹の中で、それがなんであるかを考えめぐらせていたが、

「それならば、宗家ご家督の儀も、ご遠慮なさるべきでしたな」

ずばりと、思い切ったことを口にした。今は慶喜の家臣となっている身としては、いうべからざることである。

「たびたび、拒絶されたのです。紀州《きしゅう》殿、尾州《びしゅう》殿、越前《えちぜん》殿などのたってのおすすめで、

やむなくお受けになられただけのこと」

べつに徳川家の当主などになりたくなかったのだ、頼まれたからしかたがなくなってやったのだ——と、原は、即座に反撃した。

「で、あくまで、将軍職はお受けにならぬお考えですかな」

「いや、将軍職が真にその名に値する威信を持ちうるという見込みさえつけば、お受けになるでしょう」

原は、急にパッと瞳を開いて、思いもかけないほど澄んだ、深い輝きのある、大きな黒目で、じっと小栗を見つめた。

——この男、存外、いい男だ。しかし、短命かもしれぬ。

小栗は、ふっとそんな気がした。

「小栗殿、取り急ぎ内密に江戸へ戻ったのは、この点について、とくとあなたのご意見を承りたいからです。あなたよりほかには、ここまで打ち明けてお話しできるかたもないし、お話し甲斐《がい》のあるかたもありません。上様は、外見強そうに見えても、内実は気の弱いかたなのです。誰かが支えの柱になっていなければ、崩れるかたです。小栗殿、お願いいたす、上様の心の支えになってください」

突然、腹の底へ、どかどかと踏み込んできた——というより、泣き込んできたという感じだった。

——この手で、やられるのだ。

小栗は一方で、冷静にそう判断しながら、

——しかし、この男、慶喜公のことを、必死になって思っている。りっぱだな。

と、相手のペースに巻き込まれてゆく自分を是認しかけていた。

「微力の私が主君《との》の支柱など、とても」

「将軍職を実際にその名にふさわしいものにするためには、幕府の武力を、各藩と比倫《ひりん》を絶するほど強大なものにするほかはない。それが、現実に可能なのかどうか、小栗殿のお考えを承りたい。そしてもしそれが可能ならば、小栗殿、あなたにその仕事をやっていただきたいのです。その見込みさえ確実ならば、上様は将軍職をお引き受けになるでしょう」

「そこまで責任を負わされては、お答えできない。しかし、主君《との》が万難を排するお覚悟で将軍職をお引き受けになるならば、この小栗は全力をつくして、幕府の武力強化を実現することをお約束いたしましょう」

「かたじけない、小栗殿、それで結構です。で、幕府の武力強化の具体策は」

「すでに三兵伝習を始めております。フランスから歩兵少佐シャノアン、砲兵大尉ブリュネ以下の士官下士官もきておる。武器弾薬の大規模な輸入も逐次約定がととのいつつある。横須賀の造船所の建設も、順調に進行中——この情勢を推し進めてゆけば、数年後には、幕府の武力は見違えるようになろう。ただ——」

「ただ？」

「そのために必要な膨大な資金をどうするか、これが最大難点なのですよ」

小栗は、立って行って、二枚の書類を取り出して机の上にひろげた。

「これが、所要費用の概算です」

その一枚には、次の数字があった。
一、三兵局奉行以下御雇医師給与。十万七千九百四十両
一、同役職手当　四百二十人分。十一万六千二十両
一、三兵各場所諸入用金。十五万両。内訳、歩兵方八万両、騎兵方二万両、大砲方二万両、御持小筒方二万両、陸軍局一万両
一、三兵陸軍局臨時入用金。一万六千六百両
一、外国人教師給与。四万二千五百二十両
以上計四十三万三千八十両
差当り五カ年分、二百十六万五千四百両。
他の一枚は、フランスへの注文軍需品のリストであった。
一、元込銃一万挺《ちょう》、ムスケットン銃四百挺、エニヒイルト小銃五千挺、山砲二バッテリー、野戦砲一バッテリー
一、歩兵隊装具二万五千人分、大砲隊装具千二百五十人分、騎兵隊装具六百五十人分、その他兵装具三百七十三種
一、羅紗《らしゃ》四櫃《ひつ》、木綿襦袢《もめんじゅばん》百二十反、黒羅紗二百八反、衣服九櫃、股引《ズボン》千五百等々

「これは大変なものですな、この輸入品の総額はどのくらいになるのです？」

「はっきりはわからないが、五百万フランぐらいになる。一両五フランとして、百万両」

「陸軍局の二百十六万両と合わせて、三百十六万両になりますな」

「それに、横須賀造船所にも、ここ四カ年間、毎年六十万ドル、合計二百四十万ドルは必要だ」

「小栗殿、いったい、そんな膨大な資金が出せる目当てがあるのですか」

「むろん、国内にはありません。外国から、つまり、フランスから借金するつもりですよ」

「フランスは、承諾したのですか」

「さしあたり必要な分は、横須賀造船所建設契約調印のときから借り入れているが、まとめて六百万ドル、借り受け方を交渉中なのです。その支払いのため、ロセスは生糸専売業を打ち出してくれたのだが、ご承知のように、これは国内の反対が多くて実行できぬ。栗本の意見を入れ、北海道の産物を抵当にとも考えているが、この借款問題でフランスから来ているクーレー使節とも、もう少し相談してみなければ、結論はでない」

「およその見通しは？」

「それはむろん、成立させてみせる」

きっぱり言い切り小栗が、

「ただし、契約の成立したあとで、主君《との》がぐらつき出して、三兵取立てなど中止、軍力強化はやめじゃ、などといい出されたら、何もかもおしまいです」

原が、慶喜を上様といっているのに対して、小栗は主君《との》としかいわない。将軍職につくまでは、上様といわないつもりなのだろう。

「断じてそのようなことはありませぬ」

「ないと信じなければ、私にはこれ以上一歩も話を進められぬところに来ている。あなたのお話で、やや自信がつきました。さっそくクーレーとの話を進めましょう」

「ぜひ、お願いします。小栗殿」

「引き受け申した」

老中でもなく、若年寄でもない、ただの勘定奉行である小栗が、幕府の全権力を代表しているかのように、大きくうなずいた。

「ところで、主君《との》にお伝えしていただきたいことがある」

「何事なりと」

「昭徳院《しょうとくいん》（前将軍家茂）様ご在世中、フランス皇帝ナポレオン三世の名で、明年五月パリに開催される万国博覧会への正式の招待状が来ている。この博覧会にはヨーロッパ各国の君主またはこれに代わるかたがたがことごとく参列されるとか。わが国では当然、主君《との》がこれに当たるわけだが、この際ちょっとむりではないかと思われる」

「上様がフランスへなど、とても不可能です。少なくも現状では」

「で、主君《との》に代わる適当なかたを名代《みょうだい》として差し遣わされるよう、至急、ご決定いただきたい」

「承知しました。帰坂次第、さっそく、ご決定あるように言上《ごんじょう》しましょう」

「これはただ万国博覧会に出席するというだけのことではない。フランスはもちろん、ヨーロッパ各国君主と誼《よしみ》を結ぶこと、徳川将軍家が全日本の真の支配者であり代表者であることを、万国の前に誇示することのほうが大切なのだ。それは延《ひ》いては六百万ドルの借款、あるいはそれ以上にも増大すべき借款の成立を促進することにもなるし、さらにまた開港問題その他、多くの行詰まりになっている問題の打開にもなるのですからな」

「お説のとおりです」

と答えた原が、飾り棚の上の時計を見て、

「これは、夜分、大変長座して――」

と腰を上げかける。小栗は首を振った。

「いやいや、お疲れでなくば私のほうはいっこうにかまいません。ロセスから贈ってもらったフランスの葡萄酒《ワイン》でもどうですかな」

侍臣を呼ぼうとはせず、自分で立っていって、硝子《ギヤマン》の杯《コップ》に赤い酒を満たした。

「小栗殿じきじきに、このようにおもてなしいただいては恐縮です」

「なあに、アメリカでは、大統領でも、自分でなんでもやりますよ。目の前のものをとるにも、いちいち手を鳴らして近習《きんじゅ》を呼ぶなどという、ばかげたことをしていては、とても世界の各国とつき合ってはゆけません」

酒がはいるにつれ、二人の間の話は、しだいに、歯に衣《きぬ》を着せないものになっていった。

「あなたとこんなに親しくお話しするのは、初めてだが、正直のところ、徳川家の将来をどう考えていますかな」

小栗が、突っ込んだことを訊《たず》ねた。一見まったく自分と異質の存在と思われた相手が、その本質的な面で何か共通していることを理解しかかっていたからであろう。

原は、すぐには答えなかった。いや、答えられなかったのだ。

「即座に、自信のある回答がはね返って来ないのは、暗い見通しだからでしょう。――暗い、きわめて暗い、もしかしたら、いっさいの努力にもかかわらず、徳川家は滅亡するかもしれぬ」

小栗が、その言葉どおり暗い瞳になり、暗い声でそういうと、原はうなずいて、

「小栗殿、勝（海舟）や大久保（一翁《いちおう》）などは、もう内心、見切りをつけているのではないかと思われるふしさえある。しかし、私は、まだ、なんとか現在の窮地を脱出する機会があるのではないかと思って、必死に闘っているのです」

「それでいいのではありませんかな。親の病気が、どうも見込みがないほど悪いからといって、治療をやめてしまうのは、子として採るべき途《みち》ではない。だめとわかっていても最後まで努力するはずでしょう。かりに幕府が滅びるとしても、一身斃《たお》れるまでこれに尽すのが、幕臣たるものの務めだと思いますね」

「そうなのです。ところが勝や大久保は、横須賀造船所など拵《こしら》えたって、でき上がるころ

には、幕府は倒壊してしまっているかもしれぬ、ばかなことだ、とさえいっているそうです」

「ばかなことかもしれぬ。でき上がったころには、幕府の屋台骨に熨斗《のし》をつけて他人に譲り渡さなければならぬようなことになるかもしれぬ。しかしその場合でも、造船所という土蔵付きの売家のほうが気が利いているというものだ——と、私は思っておりますよ。ははは」

小栗は、かすかに笑った。

が、その笑いは、泣き声よりも陰惨なひびきをもって、原の胸に浸《し》み込んだ。

よくいうものからは剛毅《ごうき》果断、直情径行、悪くいうものからは傲慢増長、独断専行と評されている小栗上野という人間が、分裂しかかっている自分自身の感情を必死になって抱きとめようとしているのだ。しかも同時に、その必死の自分を冷たく凝視して、故意に泣き笑いしている小栗上野の姿が、そこにあったのである。

大坂の、薩摩人が定宿にしている霧島屋《きりしまや》という家の離れで、薩摩の小松帯刀《こまつたてわき》、西郷吉之《きちの》助《すけ》、五代才助の三人が、英国公使館のA・サトウと話していた。

サトウは、彼が「木綿のガウン」と呼んでいる浴衣《ゆかた》を着て、どてらを引っかけていた。座の取りもちをしているのは、「五代の情婦といわれる美貌の若い女性」だったと彼はその著書に記している。

「一橋が各国代表のすべてを大坂に招くという噂《うわさ》を聞きましたが、いったい、将軍でもない彼がどんな資格でそれをやるのですか」

サトウは流暢《りゆうちよう》な日本語でいった。

「一橋は、昨日、将軍職につく意向を示しましたよ」

西郷が、黒ダイヤのように光る大きな目玉を笑わせて答えた。いつも無口で、とっつきの悪い男なのだが、たまに口を開くと、なんともいえぬ親しみがにじみ出すのは不思議だった。

「ほう、それは意外ですね。私は、一橋は長州問題を解決してからでなければ、将軍職にはつかないと思っていたのですが」

「彼は、将軍になってから、長州問題をかたづけようと決心したのです。昨日まではただ幕府の居候《いそうろう》大名にすぎなかった彼も、今は征夷大将軍《せいいたいしようぐん》なのです。だが、三年後には、どうなっていますかね」

五代が皮肉な笑いを洩《も》らした。

「とにかく彼は、前将軍の死後、懸命になって、徳川家の権威回復に努力していますよ。将軍になった以上、全力をあげて再び、長州征討をやりはじめるでしょう。そして、フランスが全面的に彼を支援するでしょう」

小松が、言葉をついだ。

「彼は今、ミカドにひどく信用されている。宮臣たちにも、大もてですよ。板倉周防守《すおうのかみ》を通じて、宮廷に莫大《ばくだい》な金をばら撒《ま》いていますからね」

「パークス公使は、ロセス氏の策動に対して、どういう態度に出られるつもりですか」

西郷が、サトウに訊ねた。

「公使は、将軍が長州と闘うことを望んでいません。日本は今、国内で闘っているときではありませんからね」

「しかし、新将軍は、明らかにそれを望み、ロセス公使はこれを援助、否、使嗾《しそう》していますよ」

「どうしても開戦ということになれば、イギリスは長州を援《たす》ける。むろん直接にではなく、薩摩を通じて」

「われわれは、長州征討を中止させ、将軍が各大名を集めた列侯会議による新しい政治機構を考えることを期待していたのですが、どうやら、その望みはなくなってきたようですね」

「必ずしもそうではないでしょう。パークス公使は、ついこの間、はなはだ興味あることをいっていましたよ」

「ミスター・サトウ、それはなんです。話してみてください」

五代が膝を乗り出した。

「幕府はもう大名を統御する力を喪っている。今、幕府の権威をわずかに支えているのは、ミカドとその周囲の宮臣たちを利用して公けにする勅旨というものの精神的権威と、フランスの内密に与えている財政的援助との二つだ。そのどちらか一方でも喪えば、幕府は倒壊するほかはない、というのです。つまり幕府と宮廷との結合、または幕府とフランスとの結合を切断すれば、幕府は、おのずから崩れ去ってしまうだろうということです」

「まさしくそのとおりだ」

「フランスが、きわめて短い期間に、幕府に深く食い込んだのは、ロセス公使の辣腕《らつわん》による。ロセスがいてはまずい。私は、パリにいるモンブランを使って、フランス政府にロセス排斥工作をつづけました。その効果はようやくあらわれて、このごろ、ロセス召還の噂がちらほら出ています。カションがついこの間、フランスへ帰っていったのは、ロセスの意を受けて、その留任運動に行ったのです」

五代が、驚くべき情報を率然として披露した。これは小松も西郷も初耳だったらしい。おそらく、五代は大久保一蔵《いちぞう》（利通《としみち》）と極秘のうちに、この謀略を実行したのだろう。

「それは大成功で。しかし、朝廷と幕府とを切断するのは、より困難でしょうな」

「いや、岩倉《いわくら》さんの話では、幕府に好意を持っている者は、宮廷でもきわめてわずかだ。その人びとを除きさえすれば、宮廷は明日にも反幕開国にひっぱってゆかれる——という」

「除く——というのは？」

「はっきりいえば、存在を抹殺することでしょうな」

物騒な話を、この不敵な男たちは、平然として続けた。

これは十二月六日の夕刻である。

それから二十日ほど経《た》った二十五日夜、ミカド（孝明帝）は、急に病死された。

公式の発表は、天然痘《てんねんとう》ということであったが、浮説は乱れ飛んだ。

岡本肥後守《おかもとひごのかみ》という典医が抱き込まれて、毒を献じたという説。

岩倉の異母妹堀河局《ほりかわのつぼね》が、病いのようやく癒《なお》りかけた帝に毒を含ませて急逝させたという説。

厠《かわや》から出られたところを、縁の下にひそんでいた曲者《くせもの》が、槍《やり》で刺殺したという説。

その他多くの説があったが、そのどれも不思議に、岩倉の名と結合していた。

もちろん、なんの確証もあったわけではない。

天皇の喪中——という理由のもとに、長州征討軍に対して、休戦が布告された。

幕府と宮廷の結合はどうやら切断されかかっているらしい。もう一つの結合はどうなるか？

——このうえは、フランスをますますがっちりと摑《つか》む以外にはない。

孝明帝崩御の報《しら》せを受けたとき、小栗は、きりっと双歯《もろは》をかみしめて、そう心の中で呻《うな》った。

青年渋沢篤太夫

慶応二年（一八六六年）十一月二十九日午後のことである。

新将軍徳川慶喜は、二条城《にじょう》にいた。

これに扈従《こじゅう》する陸軍奉行浅野美作守《あさのみまさかのかみ》の詰所の傍らにある屯所《とんしょ》の一室で、調役《しらべやく》の渋沢篤《とく》太夫《だゆう》は、面白くもない顔つきで腕組みをし、すすけた天井を睨《にら》みながら考え込んでいた。二十七歳。色は浅黒く、背丈はそれほど高くないが、まるまると肥《ふと》っている。頭髪が濃く、眉が太い。腕力も相当ありそうだし、剣は父親ゆずりの神道無念流《しんとうむねん》、師匠の渋沢新三郎《しんざぶろう》の批評によれば、技よりも気に優るという。

つい最近、大沢源次郎《おおさわげんじろう》という政事犯の強か《したた》者を、単身とり押えて、大いに面目をほどこしたばかり、同僚からみれば、格別不足をいうべき身でもないはずだ。

ところが、本人すこぶる不満でたまらないのである。

このごろは、勤務のほうもあまり熱心ではない。

慶喜が一橋家にいたころは、精励恪勤《かっきん》、歩兵隊の編成や、一橋家財政の建直しに懸命の努力をし、慶喜に対してもいろいろと建白し、その働きぶりを認められていた男なのだ。

不満の根本原因は、慶喜が将軍になってしまったことらしい。慶喜の家臣である篤太夫は、当然の結果として幕臣になった。これが気にくわないのである。

もともと、彼は討幕攘夷《じょうい》論者である。同志を語らって討幕の旗揚げをし、高崎城を奪い、横浜の外人を皆殺しにしてやろうと考えたことがある。

事志《ことこころざし》と違って、京へ逃れ、幕府の追及を逃れる意図もあって、御三卿《ごさんきょう》の一である一橋家に勤めた。

灯台下暗《もと》し、ここなら安全だというくらいの気持ちだったが、主君慶喜に接しているうちに、この叡知《えいち》俊敏を謳《うた》われた主君に惚《ほ》れ込んでしまった。

――幕府は滅んでもよい、いや滅びるべきだ。しかし、主君一橋慶喜は、その後に現われるであろう雄藩会議において、主導権を握るべきかただ。

そう考えるようになった。慶喜の将軍就任説が流れると、慶喜の腹心である原市之進に会って、再三、反対意見を述べた。

「現在の徳川幕府というものは、土台も柱も腐り、屋根も二階も朽ちた大きな家のようなものです。柱を換えたり棟を改めたりしたとてどうしようもない。どんな明君が将軍になってもとうてい維持できるものではありませぬ。主君《との》が将軍家を継がれるのは、自ら進んで、死地にはいるようなもの、これは絶対におやめになられたほうがよいでしょう。むしろ、他の親藩から幼弱のかたを選んで将軍家とし、主君《との》はいままでどおりの後見役として止《とど》まっておられれば、万一の場合も、致命傷を受けられることなく、国務の指導的地位を確保されることができるのではありませんか」

十年前なら即座に首の飛ぶような思い切ったことをいった。

もっとも、篤太夫がこんな考えを持つようになったのは、従兄の喜作といっしょに、相国寺に薩摩の西郷吉之助を訪ねて、その意見を聞いてかららしい。

西郷はこの当時、雄藩会議による政治体制を考えていた。もちろん、その主導権は薩摩が握るつもりである。

篤太夫はしかし、雄藩会議の構想にすっかり共鳴し、慶喜の将来をそこに期待した。だが、一篤太夫の意見など、大勢を動かすに足りなかったことはいうまでもない。

慶喜は、将軍になった。

そして、篤太夫に憂鬱な日がつづいているのである。

――喜作は、もう、江戸に着いたかな。

篤太夫は、例の政事犯大沢を江戸へ護送していった従兄のことを頭に思い浮かべた。故郷を飛び出してから、一橋家へ出仕するまで常に共同行動をとっていた二人なのだ。

その喜作が、出発前に言った。

「つまらない仕事だな、犯人の江戸護送などというのは」

「どんな仕事もつまらん。おれたちが、幕臣として働くこと自体がまったく意味がないのだからね」

「討幕論者、幕臣となるか。故郷の古い同志連中は、おれたちを無節操な裏切り者だと思っているだろう」

「一橋家に仕えたときでさえ、そういわれたのだ、まして幕府に仕えたのではなあ」

「いっそ、罷《や》めてしまうか」

「おれも、それを考えている。毎日、こんないやな気持ちで、勤めに出てきてもしかたがない。ときどき、何もかもいやになって、死んでしまいたくなる」

「そんなむちゃを言ってはいかん。そのうちなんとか打開策を考えよう。とにかく、おれが江戸から帰ってくるまで、待っていてくれ」

喜作は、

——久しぶりに、歯切れのよい江戸の女に会えるさ。

と笑って、東下していった。

——早く、帰ってくるといいな。

喜作と話していれば、毎日の憂鬱も多少はまぎれる。まして、今度戻ってきたら、今後のことをはっきり決めたいと思っているので、ひどく喜作の帰りが待たれた。

「渋沢、原殿がお呼びだよ」

突然、組頭《くみがしら》の森新次郎《もりしんじろう》が、屯所にはいってきて、いった。小心者で、上にも、下にも、いつも気兼ねしている男だ。

——勤めぶりがよくないと言って、文句でもいわれるのかな、それなら幸いだ、罷めてしまって、浪人暮らしに戻るか。

と、半ば捨鉢のような気持ちで、目付《めつけ》の原市之進のところに出かけていった。

原はひどく疲れたような顔をしていた。連日の激務だからやむをえないだろう。

その憔悴《しょうすい》ぶりに、篤太夫がちょっと気恥ずかしさを覚えて、神妙な態度で座につくと、

「渋沢、頼みたいことがある。これはお上《かみ》（慶喜）からじきじきのお話だ」

原が、低い声でいった。

「おまえも聞いているだろう。明年六月、フランスの首都パリで大博覧会が催される。これには各国の帝王が会同されるが、わが国から上様が出られることはむずかしいゆえ、水戸の民部公子《みんぶこうし》（徳川昭武）が代理として派遣されることになった。公子は、博覧会終了後、パリに留《とど》まって学問されることになっている。扈従者《こじゅうしゃ》として、水戸から七人の者がついてゆくが、いずれも頑固一点張りで融通の利かぬ者ばかりだ。御傅役《おもりやく》の山高石見守《やまたかいわみのかみ》もとてもやりきれぬと音《ね》を上げている。ついては、渋沢、おまえが一枚加わって、公子ご留学の目的を達するよう、努力してもらいたいのだが」

篤太夫は、夢でも見ているような気持ちで、屯所のほうへ戻ってきた。

薄曇りの初冬の空が、まるで初夏の碧空《あおぞら》のように輝き、大地が揺れているかのようだ。

――異国へ行ける、フランスへ、パリへ。

からだじゅうに、その声が走り回っていた。

かねて一度は、異国の土を踏んでみたいと思っていたのだ。

なんでも意見の合う喜作とも、この一点だけは、対立した。

喜作は依然として、攘夷論者なのである。

――お主が、汚らわしい異国などへ行きたがるとは、いったいどういう量見《りようけん》だ。

と、いつも怒る。

が、篤太夫はすでに攘夷論者ではなくなっている。きっかけは、おそらく、一橋家の歩兵取立御用係をやったことであろう。

何事にも熱中する彼は、兵制や軍事医療や船舶のことにまで首をつっこんで調べているうちに、西洋諸国のそれが、わが国の現状に比べて、断然比較にならないほど優れていることを知ったのである。

――攘夷攘夷と、わけもわからずに外国人を排斥しているのは愚の骨頂だ。彼らと相知《あい》り、彼らの国に行って彼らの進んだ学問知識制度を採り入れることこそ必要ではないか。

頭脳の柔軟性を生涯の特徴としたこの青年は、早くも古い観念から脱皮していたのだが、喜作のほうは、頑強に、以前の考えにとりつかれていた。

――喜作が聞いたら驚くだろう、しかし、とにかく、喜作と会わずに出発するわけにはゆかない。

渋沢は江戸へ早飛脚を立てた。

――ご用の済み次第、ただちに帰ってくれ、今生の別れになるかもしれぬ。

と、書状に記した。

　——さあ、準備をしなければ。

と張り切ったが、さて、とくに準備するようなことは何もない。いや、むしろ、何をどう準備してよいか、皆目見当がつかない。

　とりあえず礼装用として、黒羽二重《くろはぶたえ》の小袖羽織と、緞子《どんす》の義経袴《よしつねばかま》とを新調した。友人の大久保源蔵《おおくぼげんぞう》が、横浜で買ってきた西洋服を持っていると聞き、そいつを譲ってもらった。どこかのホテルのボーイでも着ていたものらしい中古の燕尾服《えんびふく》である。それから、兵庫に行って、かなり傷んだ古靴を一足手に入れた。

　もうこれで出発までになすべきことはない。そのくせ、毎日ばかに気ぜわしかった。

　喜作が戻ってきたのは、このときである。

「お主、ほんとうに異国にゆくつもりか」

　と信じられぬ顔つきだ。

「千載一遇の好機だ。お主もどうだ。原殿に頼んでみようか」

「まっぴらだ、夷狄《いてき》の国など、考えただけでも、ぞっとする」

　篤太夫が、少し口調を改めた。

「徳川の幕府はいつ倒れるかわからん、倒れたら、お主は日本で浪人の身となり、おれは異国で、亡国の民となる。だが、それはそのときのことだ。いざとなれば死ぬ気でいれば、どっちみちたいしたことはない」

「そうだ、死ぬべきときには死ぬ。おれは日本にいておれのゆく途《みち》をみつける。お主は元気で行ってこい」

遣欧使節一行の氏名が公表されたのは、この翌日である。

（十四歳）　徳川民部大輔《みんぶたいふ》昭武
作事《さくじ》奉行格小姓頭取《こしょうかしらどり》　山高石見守信離《のぶあきら》
小姓頭取　菊池《きくち》平八郎《へいはちろう》
同　井坂《いさか》泉太郎《せんたろう》
中奥番　三輪《みわ》端蔵《たんぞう》
同　大井《おおい》六郎左衛門《ろくろうざえもん》
同　加治《かじ》権三郎《ごんざぶろう》
同　皆川《みながわ》源吾《げんご》
同　服部《はっとり》潤次郎《じゅんじろう》
若年寄格　向山《むこうやま》隼人正《はやとのしょう》一履《かずふみ》
外国奉行支配組頭　田辺《たなべ》太一《たいち》
外国奉行支配調役　杉浦《すぎうら》愛蔵《あいぞう》
同　日比野《ひびの》清作《せいさく》
外国奉行支配役兼出役　生島《いくしま》孫太郎《まごたろう》
外国奉行支配通弁御用　山内《やまうち》六三郎《ろくさぶろう》
翻訳御用頭取　箕作《みつくり》貞一郎《ていいちろう》

歩兵頭並　保科《ほしな》俊太郎《しゆんたろう》
砲兵差図役《さしずやく》勤方《つとめかた》　木村宗三《きむらそうぞう》
小人格砲兵差図役勤方　山内文次郎《やまうちぶんじろう》
奥詰医師　高松凌雲《たかまつりよううん》
御勘定格陸軍付調役　渋沢篤太夫

このほか、雑用係八名。

ほかに、ちょうど帰国することになっていた長崎駐在フランス領事ジュレーが、世話人として加わる予定である。

民部公子が、慶喜に暇《いとま》を告げて京都を出発したのは十二月二十九日、兵庫から長鯨丸《ちようげいまる》に乗って、船中で慶応三年（一八六七年）の元旦を迎え、一月四日、横浜に到着した。

ここで最後の準備を完了し、一月十一日、フランス船でヨーロッパに向かうのだ。

船が横浜につくと、篤太夫はただちに江戸へ向かい、神田駿河台の小栗邸に赴いた。小栗上野に会って、その内命を聞くようにと申し渡されていたからである。

小栗は、例の洋館の一室で椅子に掛け、部下の報告を聞いて、それに対する指令を与えていた。

篤太夫は、部屋の片隅に佇立《ちよりつ》して、それを見ていた。

小栗はどちらかといえば小柄だったが、面長で額が広く、色が黒くて、天然痘《てんねんとう》の痕が無数にある。眼光が異様に鋭く、口調が非情なまでにきびしい。

溢《あふ》れる叡知と俊敏さとは、慶喜に似ていたが、慶喜には見られない、強靭《きようじん》な意志の力が、一見して人を圧している。

――主君《との》にこの強さがあれば。

篤太夫はそう思った。

――だが、この人には主君《との》の持っているような暖かさがない。

下僚《かりよう》が去ってゆくと、篤太夫は進み出た。

「渋沢篤太夫でございます」

小栗は、無表情のまま、うむとうなずいた。

「原から、聞いておる」

横柄な口調だ。慶喜の腹心第一号の原を呼び捨てにする男だ。

「なかなか、やるそうだな」

勘定奉行小栗の名声と実権とは、老中、若年寄を圧倒していた。この小栗にひと言でも賞賛の辞を与えられれば、下僚たちは有頂天になったことだろう。だが、篤太夫はただ、むっとする反感を覚えただけである。

「今回の民部公子ご渡仏につき、随行方仰せつけられたそのほうの役目、とくとわかっておろうな」

「はい、水戸家より公子に付けられたる七名、頑迷な攘夷論者とか承りました。彼らをほどよく捌《さば》き、御傅役山高石見守様に尽力せよとの仰せでございました」

「つまらんことだ。海外へ一歩も出たことのない奴《やつ》の攘夷論など、泡のように消えてしまう、心配はいらん」

小栗は吐き出すようにいった。

「が、まず、原からの命令は、それでよし。そのほかにわしから申しつけることがある」

原の話は懇談的であったが、小栗の言は頭からの命令である。

篤太夫は黙って頭を下げた。

「当今、幕府の威令は衰え、諸外国も将軍家の日本全国支配権を疑いの目で見るものが多い。これには上様の柔弱《にゆうじやく》不決断な態度も、大いに責《せめ》があるが、薩長の諸外国に対する策動に由来するところも大きい。幸いに、フランスは従来、わが幕府の真価を十分に理解し、極力支援を惜しまぬ模様、今回の博覧会に各国帝王と並んで、将軍家を招待されたのは、その現われだ。上様ご出遊不可能のため、民部公子が代理をされることになったが、ご渡欧のうえは、万国の帝王の前で、わが将軍家こそ日本国正統の支配者であることを、宣明し誇示しなければならぬ。風聞探索方の内密の報告によれば、薩摩がパリにおいて、故意に幕府の権威を冒瀆《ぼうとく》するために種々画策しつつあるとのこと、このあたりをよく心得て、薩摩の密謀を打ち挫《くじ》くこと——これが第一の使命だ。これは石見守にも、とくと言いふくめてあるが、そのほうも、きっと心得おくがよい」

「はい」

「つぎに、わしは昨年来、フランス公使ロセスと交渉して、フランスより六百万ドルの借款契約をすすめつつある。ほぼ進捗はしておるが、いまだ最後の決定に至らぬ。見返りの商品選定と、その商品貿易の商社設立が行き悩んでおるためだ。これも薩摩あたりで、モンブランという男を使《つこ》うて、邪魔立てしておるためらしい。向山隼人正に委細申し渡してはあるが、そのほうは、計数経済のことに明るいとか。隼人正を助けて、借款成立、商社取立てのため、折角《せつかく》努力せい。これが第二の使命じゃ」

「はい」

「第三に、公子は博覧会終了後、フランスに留まって西洋の学問をされる。学業成就のうえ帰朝されれば、愚昧な攘夷論者どもの目を醒《さ》ますによい薬となろう。そのうえ、公子がフランス宮廷と好誼《こうぎ》を結ばれれば、幕府としても何かと便宜が多い。これも種々の点で支障が起こるやもしれぬ、そのほうの仕事のしどころだ。相わかったな」

聞いているうちに、篤太夫はむかむかしてきた。そうなると、いいたいだけはいってしまわないではいられない性格である。

「わかりました。しかし、私は原殿から承っただけのことを考えて、お受けいたしました。仰せのような大役を成し遂げる自信がございません。余人に仰せつけください」

自分に対して言葉を返す者があろうとは思ってもいなかったらしい。小栗は意外そうに、きらりと目を光らせて篤太夫を見たが、急に、かすかな苦笑を口もとに浮かべた。

「若いな、渋沢」

「はあ？」

「そのほうが、今わしのいったことをすべて完全に成し遂げうるとは思うておらん。それほど物事が簡単なものなら、わしも何も苦労はせん。誰しもできるだけのことをやってみるほかはないのだ。わしは今、幕府の屋台骨を叩《たた》き直そうと寝食を忘れて働いているが、はたしてうまくゆくかどうかわからん。幕府はいつ潰れるかわからん。それにしても、やるだけはやらねばならぬ、そのほうも、こんなときは、死力を尽くして相勤めます——と答えるものだ。全力をつくしてできなければそれまでのこと、わしもそれ以上は要求しておらぬ」

「わかりました」

篤太夫が、存外素直に答えた。

——よし、おれは、おれの流儀で、この機会を十分に利用してやる。小栗殿、あなたの鼻をあかすことになるかもしれませんぞ。

と、篤太夫は鋭く回転する頭の中で考えた。

「よし、ところで、もう一つあったな。公子についてゆく通弁の山内、たいした語学力ではない。フランスの長崎領事ジュレーが同行するというので助かったと思うたが、よく聞けばこれもまた、日本語がたいしてできるというほどでもないらしい。それでいささか困っておったところ、イギリス公使館で通弁をしておったシーボルトと申す者が、今回帰国するについて、公使一行の通弁として船中お役にたちたいと申し立ててきた」

シーボルトのいい分は、

——英国公使館ではA・サトウばかり重用して、自分をひどく冷遇するので、勤めをやめて、国へ帰ることにした。ついては公子の船に無料で便乗させていただければ、船中、寄港地の通訳はいっさいお引き受けしよう。

というのである。

「わしは、彼の申し出を受諾した。無料で便乗させるばかりでなく、十分の給料を与えるという約束でな。調べてみると、シーボルトはパークスと仲違《なかたが》いして、大喧嘩《おおげんか》をし、気短のパークスが出てゆけと怒鳴りおったとのこと。シーボルトを手なずけておけば、イギリス側の情報が、いろいろと聞けよう。あちらに着いたら、放り出せばよいのだ。船中では、せいぜい愛想よくしてイギリスが薩摩と結託して、何をやりおるものか、できるだけ探り出すのだな。これが、第四の使命だ」

——万能の小栗殿、よくわかりました。

篤太夫は奇妙な表情を面上に浮かべて、小栗の邸《やしき》を出た。

暴露された秘密の使命の重さよりも、これを自分の意志によってまったく別個のものにしてしまえるかもしれぬという不敵な考えが、この青年の頭の中で渦を巻き、音を立てて、沸騰しはじめていたのである。

愛想のよい通訳

慶応三年（丁卯《ひのとう》）正月十一日――西暦一八六七年二月十五日――午前九時半、徳川民部大輔昭武の一行は、仏国郵船アルヘー号に乗り込んで、横浜を出帆した。

老中小笠原長行《ながゆき》、若年寄立花種恭《たちばなたねやす》、フランス公使レオン・ロッシュ以下多数の人びとが見送りに来た。なかには小舟を本船にまで漕《こ》ぎ寄せて、別れを惜しむ者もある。

船は千トンぐらいの小汽船であるが、当時の日本人にとっては、設備万端至れりつくせりの贅沢《ぜいたく》なものに思われた。

天晴れ、風凪《な》ぎ、波おだやか。

乗組みの者は、田辺太一を除けば、すべて海外への旅行は初めてである。

田辺は、文久三年池田筑後守《いけだちくごのかみ》が、横浜鎖港談判のためフランスへ派遣されたとき、外国奉行支配組頭《くみがしら》としてパリに赴き、ナポレオン三世にも謁見している。

したがって、一行の誰彼から、うるさいほど海外旅行についての注意や、フランスの事情などを質問されて、少々うんざりしていた。

船長クレーや、他の船員たちとの交渉斡旋《あっせん》は、仏国長崎領事ジュレーがやってくれるこ

とになっていたが、ジュレーの日本語はすこぶるたよりなくて、梨の皮をむくことを、

——ナシの着物、サヨナラ。

という程度である。

「私が、通訳いたしましょう」

髪を真ん中から左右に分け、鼻下にちょび髭《ひげ》を生やしたアレクサンダー・フォン・シーボルトが、そんなときには、いつでもにこにこ笑いをたたえながら近づいてきて、流暢《りゅうちょう》な日本語で通訳した。

アレクサンダーの父親はフィリップ・フランツ・フォン・シーボルト。長崎で鳴滝塾《なるたきじゅく》を開き、日本医学界の恩人といわれているドイツ人である。アレクサンダー・シーボルトは、駐日英国公使館に勤めていたというが、母国語のほかに、英語、フランス語、日本語を自由に操る。

おそろしく愛想がよくて、親切であった。

「マルセーユまで、五十日はかかるでしょう、フランス語を少し勉強なさってはどうです、お教えしますよ」

船の食堂で、篤太夫の隣りにすわったシーボルトが、そう言ってすすめた。

船中の食事は、すばらしい。

毎朝七時、洗面をすませるとすぐに、白砂糖を入れた紅茶、バターつきパン菓子、豚の塩漬けなどをサービスする。

十時に朝食。食器はすべて銀製だし、葡萄酒《ぶどうしゅ》、焼肉、パン、果物、ミルク入りコーヒー。午後一時の昼食は、朝と同様の紅茶、菓子、焼肉、漬け物ぐらいの簡単なものだが、夜はスープから始まって、魚や肉を煮たり焼いたりした各種の料理、果物、菓子パン、アイスクリーム、紅茶、とフルコース。

日本内地で自宅で食べていたのとは段違いのご馳走《ちそう》である。

もっとも、肉類やバターなどはいやがって食べたがらない者もいたが、大部分の者はすぐに慣れた。砂糖で作った氷の菓子、すなわちアイスクリームなどは、こんなにうまいものは食ったことがないと大好評であった。

「フランス語は、ぜひ習いたいと思っています、教えてください」

篤太夫が答えると、シーボルトは、ポケットから、小さな本を出して、手渡した。

「これは簡単なフランス語の文法書です。勉強希望のかたが集まっていただければ、夜食のあとで、毎日、私がお教えしますよ」

使節一行の庶務会計を受け持っていた篤太夫は、当然、最も多くシーボルトと話す機会を持った。

翌日は、朝から北風で波が高く、船の動揺が、はげしい。

水戸家から公子に扈従《こじゅう》してきた七人の侍、菊池、井坂、三輪、大井、加治、皆川、服部の連中は、こちこちの攘夷《じょうい》論者である。大切な主君《との》の公子を夷国《いこく》などに派遣するのは大反対だったのだが、派遣が決定すると、

——われわれはお伴《とも》をし、一命をなげうって、公子をお護《まも》りする。

と、悲壮な決意を固めて、絶対に公子についてゆくといい出したのだ。

外国人はすべて大嫌い、外国のものはすべて汚らわしいと思いこんでいるから、獣肉を焼いたものや、牛の乳を煉《ね》り固めたものなどを見ると、はじめは、顔をしかめた。しかし、肝心の公子昭武が少年らしい好奇心から、手を出し、

「うまい、うまい」

とやるので、しかたがなく試食してみると、案外悪くない。少々いまいましく思いながら食ってみた。

が、船が揺れ出すと、いけない。

「禽獣《きんじゆう》と同じものを食ったせいか、胸が悪い」

と、船室にはいってしまって、出てこない。

船室では、椅子テーブルなどみな、かたづけてしまい、床にじかにすわり、持参の小さい火鉢に火を起こして、長煙管《ながぎせる》でたばこをくゆらしながら、「毛唐人《けとうじん》」どもを罵倒していた。

向山隼人正や、田辺太一（蓮舟《れんしゆう》）や、杉浦愛蔵（靄山《あいざん》）などは詩作が得意なので、早くも互いに作品を示して、手前味噌《てまえみそ》を並べている。

傅役《もりやく》の山高石見守は、もっぱら昭武の対手《あいて》になっていた。長方形の顔をして、背が低く、あまり冴《さ》えない男である。

公子昭武は数え年十四歳の少年。額の広い、玉子を逆さに立てたような顔つきだが、なかなか怜悧《れいり》だ。水戸斉昭《なりあき》の第十八番目の子だから、将軍慶喜の弟に当たる。前年御三卿《ごさんきよう》の一である清水《しみず》家を嗣《つ》いでいた。このたびの派遣に当たっては、

――日本大君の親弟《しんてい》従四位下左近衛権少将《さこんえごんのしようしよう》徳川民部大輔源《みなもとの》昭武

というものものしい名刺をこしらえていたが、なんといっても少年、山高のじじむさい話しぶりには、内心閉口しているらしい。

篤太夫は、山内、箕作、高松などを誘って、シーボルトからフランス文法の手ほどきを受けることにした。

船は十三日午前、鹿児島湾の南を横切る。

折りから小雨、開聞岳《かいもんだけ》も煙霧にかすんではっきりとは見えない。

――これで、日本の山は、見おさめだ。

と思うと、一行はさすがに心細くなり、小雨に濡《ぬ》れながら、甲板に立って、いつまでも遠ざかってゆく陸と山とを眺めていた。

十五日明け方、船は揚子江《ようすこう》にはいった。

――これが、河か、広いものだ。まるで海と同じではないか。

――だが、水がひどく濁っている。

そんなことをいいながら、一行が珍しげにあたりを見まわしているうちに、船は支流の

呉淞江《ウースン》にはいった。

ジャンクと呼ばれる中国式の船が何隻も見える。岸近くに荒れた砲台の跡があって、草が生い茂っている。楊柳《ようりゅう》が風になびいている。

まもなく、帆柱の林立し、人家の建て混んでいるあたりに近づいて、船が停《と》まった。魚の目を舳《へさき》に描いた朱塗りの舟が迎えに来て、一行は上海港に上陸した。

シーボルトが案内して行ったのは、英国人の経営するホテルである。

向山が篤太夫を呼んだ。

「われわれはフランス皇帝の招待に応じ、フランスの船で、フランスにゆくのだ。なぜ、フランス人の経営するホテルに泊まるようにしないのか」

「その点は、船中でシーボルトとも話し合いましたが、このホテルが最も便利だということです。ジュレーもべつに気にしていないようですし、さしつかえはないと思いますが」

「それならよい。ここのフランス領事館の人たちが、気を悪くはせぬかと思ってな」

「彼らは、そんな瑣末《さまつ》のことには拘泥いたしません」

と話し合っていると、英仏領事館の連中や、上海市の役人などが、公子を訪ねてきて、安着の祝いを述べる。

来訪者がひととおりかたづくとシーボルトが、

「英国領事館の者が、市内をご案内したいと申しております」

と、一行を連れ出した。

ジュレーが言葉の関係でもたもたしている間に、この男、すばしこく手筈《てはず》を決めたらしい。

英人を案内として市中を見物した。

江岸には西洋各国の官衙《かんが》や居留民の邸宅が並び、瓦斯灯《ガス》を設け、電線を架設し、街路樹を植え、道は広く坦々《たんたん》としている。

「りっぱなものじゃな、驚いた」

向山がうなるようにいう。田辺が、

「この瓦斯灯というのは、石炭を焚《た》いてガスをこしらえ、長い樋《とい》をもって所々《しょしょ》へ送って火光を点ずるしかけになっておる。電線はエレキテールの力で、音信を遠く離れた地に伝えるためのものだ」

と、新知識をふり回したが、一行にはまるで切支丹《キリシタン》バテレンの妖術でも見るようで、なんだか狐《きつね》につままれたような顔つきだ。

四キロばかりで城内にはいる。郭門のあたりに中国服を着た兵卒が番をしていた。

城内は道路が狭く、両側に汚ない捨て水が溜《たま》っていてすこぶる不潔である。飲食店では店先で牛、豚、鶏、鵞鳥《がちょう》などいろいろなものを煮たり焼いたりしているので、なんともいえぬ臭気、しかも乞食や、駕籠舁《かごかき》が大声をあげて右往左往し、息苦しくて頭が痛くなりそうだった。

「唐土《とうど》は孔孟《こうもう》の国、もう少しは整理されておると思っていたが」

「鳥獣の肉は、南蛮人よりも余計に食うように見える。この臭い匂いは堪《たま》らん」

水戸の七人組は、眉をひそめ、いまにも嘔吐《おうと》しそうな様子である。

城隍廟《じょうこうびょう》という浅草《あさくさ》の観音様のような賑《にぎ》やかな廟に詣《まい》ると、早々に再び城外に出て、一同ホッと息をついた。

しかし、丁髷帯刀《ちょんまげたいとう》の日本武士が珍しいのであろう、土地の者たちが、うようよと集まってきて四辺を囲む。英国や仏国の取締まりの巡邏兵《じゅんらへい》が、怒鳴りつけて追い払うと、わっと逃げてゆくが、すぐに集まってくる。

英仏の勢力は至るところで圧倒的に見えた。清国人をまるで牛馬のごとく駆使し、ときには鞭《むち》をふるってひっぱたいている。しかも、清国人たちは、なんらの反抗の気勢も示していないのである。

「渋沢、どうだ、あのざまは。世界に一、二を争う大国の民でありながら、自国の領土で異国人にあれほど、虐げられているとは、あきれたものだな」

杉浦が、自分のことのように憤慨する。

「むやみに自惚《うぬぼ》れが強くて、旧《ふる》い文化を誇るだけで新しい文明を採り入れようとしなかったためですよ。アヘン戦争でひどい目にあいながら、まだ全然、改革進取の気配がないらしい。わが国も大いに自戒して、新しい文明を早く採り入れなければだめですな」

篤太夫はそう答えたが、同じ現象を、七人の水戸組は、まったく別の見方をしていた。

「見ろ、井坂。夷狄《いてき》の民に国を開き、居住を許した結果はこのとおりだ。蛮夷どもが主人公づらをして威張り返り、清国人は兢々《きようきよう》として、彼らを怖《おそ》れ憚《はばか》っている」

「わが国も、万一にも蛮夷どもの甘言に乗せられて、片端から港を開いてゆくと、まさしくこのようになる」

「そうだ、神州の土を奴《やつ》らの土足に汚さしてはならん。国へ戻ったら、この目で見たこの状況をよく話してやる」

その夜は五日ぶりで、動かない陸上の床に、ゆっくりと眠ることができた。

翌十六日、快晴、微暖、日曜である。

篤太夫は、午後おそく、ひとりで町へ出てみた。

川に沿って下ってゆくと、新大橋というのがある。橋桁を開閉して、舟行の妨げにならぬようにしてあった。

その先の大きなホテルの裏通りにはいると、

——ははあ、ここがあれだな。

と、篤太夫は、腹の中でにやりとした。

劇場や、料理屋や、青楼《せいろう》らしいものが並んでいるのだ。昼間から色っぽい空気が、なんとなく感じられた。

ちょっと、遊び心をそそられた。

若くて健康だし、元来、そのほうは嫌いではない。

——夜になってから、もう一度、高松でも誘って来てみようかな。

と考えながら、早くも彼の異様な風姿を認めて集まってくる人びとの群れから、急いで離れてゆこうとすると、曲がり角で出合いがしらに鉢合わせしそうになった男が、ふいと足を止め、少しからだをそらせて、叫んだ。

「渋沢の栄二郎《えいじろう》さんじゃありませんか」

幼名を呼ばれて、篤太夫が驚いた。

対手は、紛《まご》うかたなき日本人である。

「お忘れですか、四方寺《しほうじ》村の六左衛門《ろくざえもん》ですよ」

そういわれて、篤太夫は、すぐに思い出した。たしかに、武蔵国幡羅《はたら》郡四方寺村の紺屋《こうや》六左衛門である。

少年のころ、父晩香《ばんこう》（美雅《よしまさ》）の代理として、農家から藍葉《あいば》を買い求めて藍玉《あいだま》を製造し、これを各地の紺屋に売り渡し、その代金を、盆と暮れに集めてまわった。

六左衛門とは、そのころの知合いなのだ。

「ご公儀の役人になんなすったと聞きましたが、まったく見違えるようにりっぱになられましたなあ」

思いもよらぬところで旧知の人に会ったので、六左衛門もやや興奮した声を出した。

「私は、民部公子のお伴で、フランスに行くために、ここに立ち寄ったのだが――」

「あ、公子様のことは聞きました。でも、まさかあなたが、そのご一行に加わっているとは思いませんでしたよ」

「あんたはいったい、どうして、こんなところに来ているのかね」

「それが、妙な因縁ですなあ、私もフランスへ参るのですよ」

「あんたが――フランスへ」

「さようで。それも公子様と同じ――といっちゃ罰が当たるかもしれませんが、パリで開かれる博覧会が目当てなので」

「博覧会見物に行くのか」

「じょ、冗談じゃありません、博覧会目当てに、一儲《ひともう》けたくらんだってわけです。私の遠縁の者で瑞穂屋卯三郎《みずほやうさぶろう》っていうのが、浅草天王寺《てんのうじ》におりますが、これと組んで、パリの博覧会に、日本のお茶屋を拵《こしら》えて、日本娘に振り袖姿でお茶の接待をさせて、毛唐人を驚かしてやろうっていう魂胆なんで」

「そんなことで、儲けになるのかな」

「そこは抜かりはありませんや。外国奉行の柴田日向守様、江連加賀守《えづれかがのかみ》様、お目付の滝沢《たきざわ》久重《ひさしげ》様などに渡りをつけましてね、パリで日本のお国振りを見せて、日仏親善を図るのだからと、ちゃんとお支度金をいただいたうえ、私も卯三郎も、手代《てだい》として下っ端ながらご公儀の役人の肩書をいただきました。どうころんでも損はないし、珍しい土地を見られるだけは儲けもの――という考えですよ」

「それにしても、外国へ行こうという娘など、よくみつかったものだな」

「堅気の娘はむりですよ。柳橋松葉屋《やなぎばしまつばや》の抱えの芸者で、おすみ、おかね、おさとの三人が承知してくれましたが、なあに、向こうに行けば、これがりっぱに堅気の娘で通ります」

「で、その三人、ここに連れてきているのかね」

「むろんそうです。去年の暮れ、横浜を出てここに来ています。近日中に英国船ションハニユン号が、公方様《くぼう》の博覧会へ出品なさる品々を積んで、ここに立ち寄るはず。女たちもいっしょにそれに便乗させてもらって、フランスへ行きます」

「や、どうも驚いたものだ。男でも容易に決心がつくまいと思われるのに、女の身で、よくそんな気になったものだなあ」

「どうです。これから私の宿へいらっしゃいませんか。あいにく卯三郎はいませんが、三人の芸者にはおひき合わせしましょう」

十分に好奇心をそそられた篤太夫は、六左衛門についていった。公子一行の泊まっているのとは比べものにならない貧弱な旅館であったが、日本人にはかなり慣れているらしい。

「だいぶ前に、やっぱりこの宿にコマ回しの松井源水《まついげんすい》の一行が泊まったということです。連中も、パリを目当てに出かけて行ったらしいですがね」

金が目当てとはいえ、町人たちの積極的な海外進出に、篤太夫は感心した。幕府が旅券を与えて海外渡航を認めることにすると、たちまちもう、これなのだ。

その旅館で会った三人の芸者のうち、おさとというのがいちばん器量が良かった。ただ少し暗い。芸者としてはおとなしすぎて目立たず、あまり売れないだろう。もっともそれだからこそ、海外に行ってみようなどと決心したのかもしらぬ。

――パリに行ってから、この渋沢とつながりを持っていれば、何かと便利だ。

六左衛門は、さすが商売人、先の先まで考えて、若い篤太夫がおさとに好意を持ったらしいのを見ると、抜け目なく、二人きりにして、おさとにサービスさせた。

「おまえのようなおとなしい女が、よく外国へゆく気になったものだね」

おさとに酌をさせながら、篤太夫は、また不思議がる。

「迷っていたのですけれど、小栗の殿様から、行ってこいといわれましたので」

「小栗上野介殿が――」

「はい、今の日本はなんとしてもフランスと仲良くならねばならぬ。そのために少しでも役だつことなら、一身を捧《ささ》げても尽くすのが、徳川様のご恩になった江戸の人間として当然なすべきこと――とおっしゃいました。私ばかりではありません。おすみさんもおかねさんも、そのひと言で決心がついたのです」

――小栗という男、役にたつと思えば、蜘蛛《くも》の巣でも使うやつだ。

篤太夫は、頭をふった。

――なあに、負けはせぬ、おれはやるぞ。

「渋沢様、よろしければ、今夜ここに泊まっておいでなさい」

六左衛門が顔を覗《のぞ》かせた。

「そうもできぬ」

「では、せめてご夕食なりと――おさと、私たちは、ちょっと、出掛けてくるから……」

ここまでお膳立をされては、篤太夫もついその気にならざるをえない。おさとも、堅気の娘ではないし、異国で若い凛々《りり》しい同胞に会って悪い気はしない。

何日ぶりかで、いや何十日ぶりかで、篤太夫は、快適な疲労を感じながら、おさとのからだを離した。

「渋沢様、フランスでお目にかかれるでしょうか」

帯をしめ直しながら、おさとが淋《さび》しい声でいう。

「必ず会える」

「その日を楽しみにしております」

「私もだ」

晩《おそ》くなったので六左衛門によろしく伝言を頼んでおいて、篤太夫は、旅宿を出た。

空が澄んで月が明るく、河の面は鏡のように光っている。

陶然たる気持ちで、ぶらぶら、英国領事館の近くまで来た。領事館の裏門に灯《とも》っている灯《あかり》の下を、一人の男が、前にのめるように急ぎ足ではいって行くのが見えた。

――シーボルトだ、あいつ、何をしに。

篤太夫は、頭の中のおさとの姿態を振り落として、きびしい目つきになって見送った。

航西日記

一月十七日午前、公子一行を乗せたアルヘー号は上海を出航、連日晴天に恵まれ、快適な海上旅行を続けた。

十九日夜、約束によってはじめたフランス語初歩の教授が終わってから、篤太夫と二人きりになったシーボルトが、温和な微笑を浮かべながらいい出した。

「渋沢さん、明日は香港に着きますが、公子は上陸されますか」

「もちろん、その予定ですが――」

「私は、場合によっては、公子が船中に止《とど》まっておられたほうがよいのではないかと思うのですが、どうでしょう」

意外なシーボルトの言葉に、篤太夫は驚いてなぜかと聞き返した。

「パークスが、大君《タイクーン》(将軍)に対してどういう態度をとっているかは知っているでしょう。彼は、大君を正式の日本統治者とは認めていない。だからもし彼から、香港の政庁に対して公子のことについて通達が行っているとすれば、香港政庁は、公子を日本の君主の代表者としては待遇しないでしょう。おそらく、単にミカドのもとに属する諸侯《ダイミョー》のなかの一人である徳川氏の代理として、待遇するにちがいない。とすると、公子の面目を失し、したがって、また、大君の面目を傷つけるようなことになるかもしれない」

――なるほど、向山殿もそこまでは考えていないだろう。

と篤太夫は、うなずいた。シーボルトは、

「実は私、上海を出る前に、そっとイギリス総領事に会って、それとなく、探ってみたのですが、香港政庁は公子の上陸にあたっても、祝砲も撃たないことに決定しているそうです」

――そうか、シーボルトが英国領事館をひそかに訪れたのは、そのためだったのか。

篤太夫は、シーボルトが最初からあまりに愛想がよすぎるので、多少警戒していた。たとえパークスと不和になったにしても、英国公使館員であったのだし、将来も英国外交界で働くつもりならば、英国のために働こうとするにちがいない。上海で、暮夜《ぼや》ひそかに英国総領事を訪れたのも、その意味で、幕府方に不利な何かの異心を抱いて画策したのではないかという疑念を抱いていたのだが、シーボルトの話を聞くと、少し恥ずかしくなった。

「シーボルト君、ご忠告ありがたい。さっそく、向山公使に話します」

「香港は、公子が寄港される最初の英国領土です。ここでの待遇はこれから先の英国領土のすべての前例になる。よっぽど慎重にやらなければいけません」

篤太夫は、向山の部屋に赴き、山高石見守にも来てもらって相談した。

「シーボルトのいうとおりだ。民部様は上陸なさらぬほうがよい。しかし、わしは駐仏公使に任命されている。友好国としてそしらぬ顔もできぬから、わしだけ上陸して、ちょっと挨拶してこよう」

　向山が、そう結論を下した。

「シーボルトはよっぽど、パークスを恨んでいるのじゃな。よくこんなことを知らせてくれた。おかげで恥をかかずにすむ」

　山高は、シーボルトにすっかり好感を持った様子である。

「本来なら、ジュレーがそんなことはいちばんよく気がついて、善後策を相談してくれねばならんのだが」

「ジュレーは、ぼんやりしていて、役にたちません」

「渋沢、今後ともシーボルトとは、よく打ちとけて話し合うようにしてくれ」

「はい、その点は、小栗殿からも、よく言いつけられております」

　翌二十日朝十時、香港に到着した。

　ここは二十数年前のアヘン戦争の結果、英国領となったもので、それ以前は荒れ果てた一漁島にすぎなかったが、いまや、山を拓《ひら》き、海を埋め、港を作り、巨大な貿易の中心地となっている。

　シーボルトがまず上陸して様子を見に行ったが、まもなく戻ってくると手を振った。

「やはり、だめです。公子の上陸は中止してください」

　向山が、赴任中の駐仏日本公使の資格で上陸することになり、篤太夫ほか数名がこれに扈従《こじゅう》した。

水戸の七人組は、

――無礼千万なエゲレス人め、断じてこんな汚らわしい土地は踏まぬ。

と陸のほうに向かって唾を吐き、船室にはいってしまう。

向山の一行は、ホテルにはいり、香港政庁に挨拶に行った。フランス領事が、入れかわりに訪ねてくる。折りから碇泊《ていはく》中の英国艦隊水師《すいし》提督からの招待がある。どうしても一両日は滞在しなければならない。

その余暇を見て、篤太夫は、杉浦、高松らとともに市中の見物をした。

海に近い所には清国人が住み、山の手にはヨーロッパ人が住んでいる。島の最高所は太《たい》平山《へいざん》と名づけられ、その頂上に翩翻《へんぽん》と英国国旗がひるがえっていた。

篤太夫が感心したのは、陸海軍の鎮台、大審院、英華書院其《そ》の他の学校、造幣局、新聞社、病院、監獄など、諸般の官庁や設備がことごとくととのっていて、規模の小さいヨーロッパを再現していることであった。

そして、英国人が清国語や、清国の政治、風俗、歴史、法典のいっさいを徹底的に研究しようとしている態度にも、驚かされた。

中一日おいて、二十二日、公子一行は、アルヘー号から仏国郵船アンペラトリス号に乗りかえて、香港をあとにする。

煙雨の中に、島の緑が、もうろうと遠ざかっていった。

アンペラトリス号は、アルヘー号の二倍もある大きい船なので、乗船心地ははなはだよい。ただし、船はしだいに赤道に近づいてくるので、すこぶる暑い。

二十五日正午、メコン河口に達し、両岸に緑樹の繁茂する狭い川を遡り、六時ごろ、仏領サイゴンの港についた。

船が碇《いかり》をおろすとまもなく、フランス総督の使者がやってきて安着の祝いを述べる。銀河の低く光って見える異境の水上で、一泊すると、翌朝早く、総督からの迎えの船がきた。

碇泊中の仏国軍艦が二十一発の祝砲を放つ。

騎兵半小隊が、公子の馬車を守って総督官邸に導く。

それから市中遊覧、夜は総督の招宴。

ここもほんの十年前に仏国領土になったばかりだが、現に一万の軍隊を駐屯させ、大いにフランス帝国の威を張ろうとしている。

篤太夫は同行の数名とともに、椰子林《やしばやし》や芭蕉樹《ばしようじゆ》の間をぬって郊外の広場に赴き、象使いの曲芸に打ち興じ、戯れに象に乗ってみたりして、楽しく一日を過ごした。

二十七日出帆、二十九日シンガポール着。

ここでも、英国の海外領土経営の徹底している状況をいやというほど見せつけられ、

——うっかりしていると、わが国も、とんだ目に遭うぞ。

と、篤太夫は、もの珍しさに目を見張りつつも、深く考えさせられた。

七日、セイロン島のホアント・ド・ガール(コロンボ)に入港。色が黒く、目がくぼみ、唇が赤くかつ厚く、全裸の腰に布を巻きつけただけの原住民の姿に、一行は眉をひそめた。

暑熱はますますはなはだしい。

陽光にぎらつく海上に、あるときは鯨の群れが潮をふき、あるときは無数の鮫《さめ》が波間に跳《おど》り、あるときは、海豚《いるか》の大群が恐ろしいまでに船をとりまいた。

寄港地がほとんどすべて英領なので、公子は上陸しない。したがって、水戸組も上陸しない。

暑さと無聊《ぶりよう》と食物の不慣れとに、彼らは絶えずいらいらし、言語の不通や慣習の相違と相俟《あいま》って、乗組船員との間に、しばしば悶着《もんちやく》を起こした。

彼らは、その不満を篤太夫に持ち込む。

船員は、不平をシーボルトにぶっつける。

篤太夫とシーボルトとは、互いに苦笑をしつつ、両者の調停に当たった。

長崎領事だったジュレーは、何もできない。日本語があまりできなかったばかりでなく、水戸組が一斉に毛嫌いしたのである。

理由はすこぶる簡単だ。ジュレーはカトリック教徒、すなわち、国禁の切支丹《キリシタン》宗徒だ、バイブルを始終手にしており、食事のたびに、十字を切るのを見ると、胸くそが悪くなる、というのだ。そこへゆくと、シーボルトは少なくも日本人の見ているところでは、いっさ

い宗教的色彩を示さない。宗教心が薄いのか、計算しているのか、たぶんその両方であろうが、水戸組の連中でさえ、

――あの毛唐人は、もって恕《じょ》すべしじゃ。

と、言っていた。

十六日、アラビアの南端、アデンに着く。

ここからスエズまでが紅海《こうかい》だ。

両岸ともに草木がまったくなく、赤ちゃけた色が海面に映り、船が動いていても水は油のように静止しているように見える。

連日の熱気に、一行は大部分へたばってしまい、不眠をこぼす者が続出した。

二十一日、スエズに到着。

ここから陸路六百キロほどを、横断してアレキサンドリアで地中海に出るわけである。

もしこのルートを通らないとすれば、遠く南下してアフリカ大陸の南端喜望峰《きぼうほう》を迂回《うかい》しなければならない。

一行は、上陸して、汽車に乗る。

汽車の窓から瞥見《べっけん》すると、左のほうに見渡すかぎりテントが立ち並び、人夫が蟻《あり》のように群れ働いていていた。

「今、スエズと、地中海岸のポートサイドとの間に運河を建設中なのです。工事を指揮しているのはフランス人のレセップス氏ですよ。七、八年前からはじめられましたが、もう

二、三年後には完成するでしょう。そうすれば、西洋と東洋との交通は、現在とは比べものにならぬほど容易になるでしょう」

ジュレーが、はじめて得意の色を浮かべて、運河についての説明をやった。

――全長百マイル（百六十キロメートル）、幅員二十二メートル、有効水深八メートル、途中に閘門《こうもん》なく平面的に紅海と地中海が連絡される。完成のうえは、平時戦時の別なく、国籍に関係なく、すべての商船軍艦の通航が許される（後に幅員八十メートルに拡張された）。

篤太夫はその雄大な計画に茫然《ぼうぜん》とした。

五時間ほどで、エジプトの首都カイロに着いた。エジプトはトルコの勢力下にあり、カイロには亜王《あおう》（王につぐ地位の者）がいて政治を司《つかさど》っている。

夜中に通過しただけなので、残念ながら、かねて聞いていたピラミッドやスフィンクスなどを見ることはできなかった。

二十二日朝十時、古都アレキサンドリアに列車が到着した。地中海の要港で、貿易が繁盛し、土地も豊かで、人家稠密《ちゆうみつ》、ヨーロッパ人もすこぶる多い。

フランス総領事館で一行を迎えてくれたが、そこに赴く途中、女が黒衣で頭からすっぽり包み、目だけ出している異様な風習を見て、一同、目を丸くした。

「男に顔をみられないためですよ。彼らは身分が低いから、ああして出歩いていますが、身分の高い婦人たちは家の中に閉じ籠っていて外出しません。貴族はたいてい、何人も、いや何十人も妾《めかけ》を持っています。妾の数が多いほど誇りとするのです。現在のトルコの皇帝は、四百八十二人の妾を持っていますよ」

ジュレーがいうのを、シーボルトが通訳して聞かすと、水戸組の加治が、

――ひゅうっ

と、異様な声を出し、

「うらやましい限りじゃのう」

と思わず嘆声を洩《も》らしたので、一同、爆笑した。しかし、みな、内心、加治と同じ思いを抱いたに違いない。

フランス総領事館に一泊した後、翌日早朝、サイド号に搭乗して、西に向かう。

内海とはいえ、逆風を受けて、船はかなり激しく揺れた。

二十九日朝九時半、マルセーユ港にはいった。

船が岸壁に接すると、砲台から祝砲が鳴りひびき、まもなく総鎮台からボートが迎えに来た。

上陸すると騎兵一小隊に前後を守らせた馬車で、グランド・ホテル・ド・マルセーユに案内された。

ここには、万国博覧会のために先発していた事務官の塩島浅吉《しおじまあさきち》と北村元四郎《きたむらもとしろう》とが待ち受けており、日本名誉総領事を委嘱してあるフリュリ・エラールも来ていた。

海陸軍総督、市長などがそれぞれ礼服で、かわるがわるホテルを訪れ、安着の祝いを述

べたので、午後、民部公子は、フリュリ・エラールを案内として、それぞれ答礼に赴いた。日本側ではフロリヘラルドと呼んでいた Fleury Herard《フリュリ エラール》、パリの富裕な実業家である。前年、柴田日向守が横須賀造船所建設のことでパリに来たとき、ロッシュの推薦で、いろいろ世話をした。温良で誠実な人だったらしく、柴田も非常に信頼し、今後もいろいろ世話になるつもりで、彼を領事にするよう幕府に進言した。

幕府がフリュリ・エラールに与えた辞令は次のようなものである。

――其方儀《そのほう》、誠実忠良の聞こえこれあるにつき、フランス国都府において、日本の御用向取扱い仰せつけられ候条《そうろうじよう》、御国体を大切に存じ、公平の処置いたし、両国の好誼《こうぎ》愈々《いよいよ》厚く、永世懇親の御旨意相立ち候様《よう》、相心組み、爾後《じご》申達する用向勉励致し、忠勤抽《ぬき》んでらるべく候、よって執達件《くだん》の如《ごと》し。

文字どおり訳されたら、フリュリ・エラールは苦笑したか、憤《おこ》り出したかしただろうが、このころの外交文書の例によって、仏訳は適当に修飾されたのであろう。彼は悦《よろこ》んで、名誉総領事の役を引き受けた。

二、三日の間、市中の見物をしたり、劇場に招待されたり、歓迎宴に列《つらな》ったりした。一同、最初の写真を撮ったのも、このときである。

三月二日、朝七時、馬車で、ここから三十四里（百四十キロメートル）離れたツーロン港を参観した。

横須賀造船所は、このツーロンの造船所を模範として建設されたのである。

ツーロンでは、軍隊に迎えられて、軍艦に乗り、大砲や蒸気機関などを見終わってから、発砲調練を見学し、一行の希望者が試発をやってみた。

港内の各艦船から、しきりに祝砲が発せられる。

上陸して、製鉄所、溶鉱炉、反射炉そのほか、とても覚えきれないほど多くの機械や兵器を見せられた。

翌日は、三兵調練を見学した。

先ごろカンボジアの戦いで手柄を立てた歩兵三連隊、騎兵八小隊、砲兵一座に対して公衆の面前で勲章が授けられるのを見て、士気昂揚《こうよう》の名案だと、一同は囁《ささや》きあった。

その翌日は、学校視察。

舎密学《セイミ》（化学）試験所で、種々の製薬法や、新発明の顕微鏡を見た。修学所や、会食所、生徒部屋なども見せられたが、いずれも清潔で非常によく整頓されている。

五日夜は、民部公子主催の宴会を開き、陸海軍総督、市長、領事、その他士官など二十名ばかりを招待した。

六日、午前十一時半、汽車でマルセーユをあとにし、夕刻、リヨンに到着、ヨーロッパ館という旅宿に投ずる。

篤太夫は、連日の見聞を、事こまやかに記録し、かつ自分の感慨を記しておいた。これが「航西日記」として現在残っているものである。

篤太夫は泰西文明の優秀さを、上海から香港へ、アレキサンドリアからマルセーユへと、移り来る眼前の状況に応じて、乾いた砂が水を吸い込むように素直に受け入れ、ヨーロッパ人の卓越した知力と気力とに感嘆している。だが、必ずしも一行のすべての者が、そうであったわけではない。

ことに水戸の七人組は、きわめて歪《ゆが》んだ反応を見せた。彼らとしても、西欧文明のすばらしさには圧倒されたに違いないのだが、それを素直に容認するにはあまりに多くの偏見と独断と自尊とが、彼らの魂に染み込んでいた。

――とても、敵《かな》わぬ。

という意識下の劣性コンプレックスは、表面には、逆に、奇妙な優越感となって現われたのである。

彼らは、公言した。

「フランスの軍艦など、なるほど、大砲その他の諸器械はりっぱじゃが、乗組みの水兵は、みなどこの馬の骨ともわからぬものを寄せ集めたものじゃという。わが国の武士が父祖以来、金鉄の忠誠心をもって、主君のために生命を賭するのとは大ちがいじゃ。神州に溢《あふ》れる天地正大の気、忠魂義烈の闘志をもってすれば、断じて夷人《いじん》の軍兵《ぐんぴょう》などに負けはせん」

「大体、夷人どもは全然、礼儀というものを知らず、男女の区別、上下の秩序が無い。禽《きん》獣《じゅう》に等しいな。どこにでも女どもがのさばり出て、男が、鞠躬如《きっきゅうじょ》としてこれに仕えとる。なんたるザマじゃ。まして女の差し出した手の甲を衆人の前で吸うなど、恥を知らぬにもほどがある。それに下男が主人に物をいうにも、立ったまま、礼もせずにえらそうに吐《ぬ》かしおる。あきれたものだな」

「市長とか、総督とかいう高位の者でも、官庁を去れば市中雑踏の巷《ちまた》に一般商人どももと軒を並べて住み、門もなく庭もなく、扉一つで狭苦しい家に住んどるのはなんとしたことじゃな。二千坪（六千六百平方メートル）、三千坪（九千九百平方メートル）ぐらいの邸宅が与えられぬものか。わが国の大名や大身《たいしん》の旗本に比べれば、とんと長屋住まいのようなものではないか」

「わしは、あの宴会というのがたまらん。なんじゃあれは。一晩中、耳の痛くなるような音曲《おんぎょく》を鳴らし、男女相抱《いだ》いて淫《みだ》らな格好をして乱舞し、酒を飲んでかってなことをしゃべりまくりおる。それで、人を饗応《きょうおう》したつもりになっているのじゃ」

篤太夫はむろん、こうした放言を耳にした。

これは、笑って聞きながすよりほかはない。シーボルトもまた、聞かないふりをして過ごしている。

三月七日朝七時リヨン発、夕方四時パリ着、先にここに来ていたカションがうれしそうに迎えに来ていた。

フリュリ・エラールの案内で、パリ市中央のカプシーヌ街グラントテル（グランド・ホテル）に投宿。日本を出てから実に、六十七日目である。

丸に十の字

パリ到着の翌日、フランス外務大臣宛に正式に通告をした。外務省からは、さっそく、役人が挨拶に来て、いずれ皇帝ナポレオン三世に謁見の日時を決めておしらせするという。

この日、グランド・ホテルに集まってきた先発の博覧会担当事務官の塩島、北村らが、意外な事実を訴えたので、向山、山高、田辺たちは、愕然《がくぜん》とした。

まず、塩島が不審に堪えない様子で、

「十日ほど前に、万国博覧会の開会式がありましたので、われわれも行ってみました。まだ完全にはでき上がってはいませんでしたが、薩摩藩の岩下佐次衛門《いわしたさじえもん》という者が、琉球国王大使という名称で参列しておりました。そのうえ会場の一区画を琉球国産物陳列場として、琉球王国の名を標示し、丸に十字の旗（島津家の旗章）を掲げています。あれではまるで琉球はわが幕府から独立した一王国、琉球王たる島津は幕府と対等の君主のように見えます」

という。北村もつづいて、

「式後、さっそく、岩下に会って詰問しましたが、すでにフランス当局とも了解済み、幕府においてもそのことはご存知のはずだと申しおりました。なにぶん、われわれはいっさい詳しい事情を知らされておりませんので、残念ながら何もできず、公子ご一行のお出《い》でをお待ちしておりました次第、いったいどういうことになっているのでしょうか」

向山は田辺と顔を見合わせて、

「それは初耳だ。そんなばかなことは許せぬ。塩島、なぜもっと早くそれをいわなかったのだ」

「フロリヘラルドから、とっくにマルセーユでお話があったものと思っていたのです」

フリュリ・エラールは日本名誉領事として、博覧会に関する公式折衝を、すべて引き受けていてくれるのだから、彼らがそう考えたのもむりはないだろう。

「フロリヘラルドは琉球国王の件についてなんとか言っていたか」

「はい、その件で、薩摩を代表しているモンブラン伯爵と話し合ったようですが、その結果について、何も聞いておりません」

山高が、ひどく仏頂面《ぶっちょうづら》をして、田辺に向かい、詰問口調で訊《たず》ねた。

「そのモンブランとかいうのは二、三度、耳にした名だが、いったい何者じゃな」

「フランスの伯爵と自称していますが、どうも少々、正体のわからぬ男でしてね、先年、柴田日向守が製鉄所機械買上げのため当地へ参られた際、しきりにつきまとって、ご用に立ちたいなどと申し入れてきたそうですが、どうも評判がよくない男なので対手《あいて》にしなかったところ、それをひどく恨んで、おりから、薩摩の留学生を連れてきていた島津家の新納刑部、五代才助らに取り入って、薩摩との合弁商社などを計画し、薩摩へも参ったことがあるそうです」

「薩摩がそのようなかってなことをするのが、お公儀にはわからなかったのか。出品物はすべて、一応江戸に集め、お公儀で目録を受けとり、幕府認可の印を付してのみ、出港を許されたはずだ」

向山も、その点にどんな手落ちがあったものか、理解できない。

後に知れたところでは、幕府が万国博覧会へ出品を決定し、国内に発令して出品希望者を募ったとき、各藩のうち、薩摩藩と佐賀藩から希望申し出があり、江戸の町人たちにも希望者がいた。

幕府ではフランス人レセップ男爵を日本出品取扱委員長に委嘱し、フリュリ・エラールに実務取扱いを命じた。フリュリ・エラールは手代のシベリオンを来日させて、その事務を監督させ、汽船イーストルン・クイン号を傭《やと》い入れて輸送にあてるなどの手筈《てはず》を決めた。

幕府は、江戸の薩摩藩邸に対して、出品物の目録の提出を要求したが、薩藩は容易にこれに応ぜず、切羽つまってから、

――出品物は長崎において、イーストルン・クイン号に搭載す、約五百箱に及ぶ予定。

とだけ報告してきた。

ところが、この汽船が江戸に回航されてきたとき、シベリオンが調査すると、二百五十箱しかない。あとの二百五十箱は、長崎のイギリス商人グラバーが薩摩の依頼によって直

接、フランスへ送ってしまったので、これが、琉球王としての出品物だったのだ。

——幕府に全日本統治の実権がないことを世界万国に見せつけて、その威信を失墜させてやろう。

という、薩摩の謀略であることはいうまでもない。

そうした裏の事情はわからなかったが、幕府の面目上、薩摩藩主島津家が琉球国王と名乗ることは、許すわけにはゆかない。

「会場での割当ては、どうなっているのか」

「東洋関係区域というのが、正面入口から右手に設けられてあり、そこに、エジプト、シャム、シナ、コーチ、リュウキューと並んでおります。そして、琉球の部は、琉球国王松《まつ》平《だいら》修理大夫《しゆりのだいぶ》源《みなもとの》茂久《しげひさ》と認《したた》め、ザ・マジェスティ（皇帝）の尊号を記してあるのです」

「怪《け》しからぬことだ。さっそく、レセップとフロリヘラルドに会って、そのような不都合な標示はとり下げさせよう」

と、一同が憤慨していると、ちょうど折りよくレセップから、博覧会のことでいろいろ打ち合わせたいから、誰か来てもらえまいかという連絡があったので、田辺が通弁の山内六三郎を連れて、出掛けて行った。

フリュリ・エラールは、所用があって欠席していたが、レセップ男爵、外務省博覧会担当官ドナ、伯爵モンブラン、薩摩藩士岩下佐次衛門らが、ことごとく集まっている。

部屋にはいってきた田辺を見ると、岩下がさっと立ち上がり、近づいてきて、丁重に挨拶した。

「私こと、島津修理大夫家臣岩下でございます。民部様ご到着の儀、承ってはおりましたが、土地不案内のため、ご機嫌伺いにも参上仕《つかまつ》らず、なんとも申しわけございませぬ。失礼の段、平《ひら》にお詫《わ》び申し上げまする」

喧嘩腰《けんかごし》でいた田辺は、この意外な対手の低姿勢に出鼻を挫《くじ》かれたが、

「この度のやり方ははなはだ心得ぬ。どういう量見《りようけん》なのかご公儀に対して、どのようにお届けしてあるのか」

と、ことさら、渋い顔をしてみせる。

「は、どのようなことやら、なにぶん、遠く離れておりますので、江戸表《おもて》のことはまったくわかりませぬ。当地のことは、手前主君よりモンブランに万事お委《まか》せいたしましたので、なにとぞ、モンブラン殿からお聞きとりいただきたく、私、はなはだ無学で外国語はひと言もわかりませぬゆえ、ここにおりましてもなんの役にもたちませぬ。ただ、ご公儀のかたにご挨拶だけ申し上げるつもりで参りました次第、これにて失礼いたしますゆえ、モンブラン殿と十分にお打ち合わせくだされば幸いでございます」

うやうやしく頭を下げて、さっさと出て行ってしまった。肩すかしを食って、少々気抜けしている田辺に、円顔《まるがお》の巨大漢が近づいてきて、名刺を差し出した。

——琉球国王全権、博覧会事務取扱委員長伯爵モンブラン

と、日仏両国文字で印刷してある。

田辺は、その名刺を一瞥《いちべつ》したまま無視し、レセップに向かって、談判を開始した。

「琉球は、島津家が幕府の命令によって征討し、その後同家の属国として参覲《さんきん》しているものので、けっして独立の王国ではない。島津がその国王を名乗るのは不当なること明白でしょう。なぜこれを認められたのか」

山内の通訳を、うなずきながら聞いていたレセップが、あっさり答えた。

「日本と琉球の関係がどうなっているかは、まったく政治上の問題で、博覧会とは関係はないと思う。万国博覧会の趣旨は、いずれの国土、いずれの人民でも出品を望みさえすれば、これを認める方針だ。べつに出品者の名称などにこだわる必要はないでしょう」

田辺は、ドナに向かって、

「ドナ君、君は外務省役人だからわかるだろう。政治的問題はレセップ氏のいうように簡単なものではない。琉球国王の称号を認めれば、日本国内に新しく独立国ができたことになる。このほど、トルコ国内でギリシャという国が独立したと聞いたが、フランス政府はそれと同じ事実が琉球についてもあったと考えておられるのか」

「いや、独立国となれば、正式に承認し、新しく条約を結ぶのが当然、琉球についてはそんな関係はまったくありません」

「それなら、琉球は薩摩の付属地で、幕府の統轄する日本の一小部分たる事実を認めるわけですな。その旨、レセップ、モンブラン両氏によく話して、琉球に対する特別陳列場をとりやめていただきたい」

ドナが、フランス語で、レセップにペラペラしゃべり出す。モンブランが顔を真っ赤にして激しい語調で口を容《い》れる。レセップが当惑した様子で、何か呟《つぶや》く。

「で、貴下は、具体的にどうしたらよいといわれるのか」

ドナが、田辺に質問した。

「会場に掲示されている琉球という文字はすべて削除して単に薩摩とし、博覧会目録中にある琉球国王ザ・マジェスティなどの文字も改め、島津家の旗章である丸に十字の旗はとりおろすこと、日本出品陳列場の上には日本と特書し、日の丸の旗を掲げること——これだけはただちに実行してもらいたい」

レセップがドナに要求した。

「では、今後の紛争を避けるため、文書にして確認することにしよう。君、ひとつその文書を拵《こしら》えてくれないか」

モンブランは、はなはだ不満らしく、膨れていたが、ドナが文案を考え、ペンを走らせ始めると、傍らに行って、注意深く眺め、ときどき何か助言している。

やがて、ドナができ上がった原案を示した。

幕府の出品陳列場の上には日本と大書して日の丸の国旗を掲げ、その下に征夷大将軍《せいいたいしょうぐん》云々《うんぬん》の職名を記し、関東大守《カントウタイシュ》のグーヴェルマン（政府）と記す。薩摩の出品の上にも同様日本と大書し、薩摩大守《サツマタイシュ》のグーヴェルマンと認《したた》める——という文言になっている。

「これはいかん。薩摩大守グーヴェルマンとはおかしい。政府は、江戸の幕府だけだ」

田辺が指摘すると、ドナが、

「いや、グーヴェルマンは中央政府の意味にも、地方政庁の意味にも使う」

「しかし、誤解を受ける惧《おそ》れがある。単にサツマ大守だけでよい」

「それはかえっておかしい。サツマ大守は農民でも商人でも工業者でもないでしょう。自分で出品するはずはない。サツマ国内から産物を集めて出品するのだから、サツマの政庁としたほうが理屈に合うのですよ」

そういわれると、そんな気もするが、どうも釈然としない、なんだかごまかされているような気がする。

「いや、なんとしても承服しがたい。この文案は白紙に戻していただこう。旅宿に立ち帰って、向山全権と相談のうえ改めて抗議する」

と、田辺は席を立った。

ドナが、慌てて、引きとめる。

「ムッシュウ・タナベ。レセップ氏と私とは全力をあげてモンブラン伯爵を説得して、ようやくここまで譲歩させたのだ。琉球国王の称号も削り、日本の文字を掲げ、日の本の国旗に統一し、ほとんどすべて君の主張を通したではないか。このうえ、グーヴェルマンの文字だけに拘泥して、交渉を打ちこわしてしまうのは、あまりにひどいではないか」

田辺は、ドナの真剣な表情に動かされた。この男が誠心努力したことは確かなのだ。田辺の心が動揺しているとみて、レセップが追いうちをかけた。

「たったこの一語で交渉が破裂する——となると、さしあたりは現在のままで放置するよりほかない。ご承知ないかもしれないが、明日皇帝が博覧会場を視察される。そのとき、琉球の名や、丸に十字の旗章が掲げられていてもいいのですか。皇帝も、多くの政府高官もそれを目にとめられると思うが」

——そうか、明日、ナポレオン三世が……。

田辺は観念した。なんとしても皇帝に琉球国王の名称は見せたくない。

「よろしい、その文書に署名しましょう」

田辺はモンブランを睨《にら》みつけながら、そう言った。

公子の止宿《ししゆく》したカプシーヌ街のグランド・ホテルは、リボリ街のオテル・ド・ルーブルと並んで、パリ第一というよりもヨーロッパ大陸最大のホテルである。豪華であることはいうまでもないが、宿泊料もすこぶる高い。

篤太夫は会計を預かるうえから三十名近い一行がすべてここに宿泊するのはむだだと考え、随行員の分散止宿を唱えた。

水戸の七人組は、寸時も公子の側《そば》を離れないつもりだから反対したが、その他は篤太夫の説に賛成し、向山、山高、田辺および通訳の山内を残して、他の者は、それぞれ安い宿に引っ越す。

カションが、

——ホテルよりも、家具付きのアパルトマンを借りたほうがよい。

というので、カションを案内にして近辺を見て回った。こうしたアパルトマンは、黄色の標識板を入口に掲げているのですぐにわかる。二部屋つづきで、大体、一カ月四百フランから千フランぐらいまでだ。

篤太夫は、箕作貞一郎、保科俊太郎の二人を誘い、三人で共同の部屋を借りることにした。月六百フランである。ヴァンドーム広場を、東にはいったところであった。

「どうせ、われわれにはたいして忙しい仕事はない。フランス語を勉強しようではないか。船中でシーボルトに多少手ほどきを受けたが、もう少ししゃべれなければ話にならん」

カションが、フランス語教師を世話してくれ、毎日、午後六時に来てくれることになった。

「これで一応、落ち着けるが、まだ、肝心の博覧会場を見ていないな。カション師はもう見ましたか」

箕作が訊ねると、カションが、

「見ましたよ、あなたがたが見たらびっくりするに違いない」

「それは驚くに決まっている。今まで、びっくりしつづけだ」

「いや、私のいうのはそんな意味ではない。幕府が、サツマに、うまうま一本してやられているからだ」

「えっ、それは、どういうことです？」

「薩摩藩主は独立王国琉球の国王と名乗って、幕府とは別に、堂々と丸に十の字の旗を掲げて出品している」

「そんなことはありえない。フロリヘラルドが万事ちゃんと取り計らっているはずだ」

「しかし、私はこの目で、丸に十の字の旗を見たのだ。そして琉球国王という文字もね。あなたがたは、フロリヘラルドを信用しているが、彼は今日、レセップのところで行なわれているはずの打合わせ会にも、欠席しているでしょう」

「打合わせ会のことは聞いている。フロリヘラルドはやむをえない用件で欠席すると言っていた」

「今日は日曜だ。いちばんひまな日ですよ。教会に行く以外に用はありはしない。用件を考え出したのは、シーボルトですよ」

「それは、どういうことです？」

「シーボルトは、フロリヘラルドが宝石狂であることを知っていて、ボー・ザール宮の宝石展覧会に引っ張り出してしまったのだ。フロリヘラルドも無責任だが、シーボルトは腹黒い奴《やつ》です」

「いや、シーボルトが故意にそんなことをするはずはない。彼は、日本を出てからずっと、ずいぶん、親切にわれわれを世話してくれた」

「ほんとうの親切とは、ある行為が代償を求めないときにのみ与えられる名称ですよ」

「彼は、特別の代償を求めていない」

「そうですかね。私の聞いたところでは、彼は、はじめ公子一行がフランスへ着くまで、船中のお世話をするという約束だったでしょう。ところが、公子がフランスに着いてからも、彼は依然として、公子のホテルに入りびたっている」

「それは、向山全権のほうから頼んだのです。シーボルトは父親のフィリップ・フランツが、学者としてフランス政府に多くの知己をもっていた関係上、フランス政府にも受けがよいし、日本語も堪能《たんのう》だし――」

「彼の父はりっぱな学者だ。それは私も知っている。しかし、息子と父親とは必ずしも同一性格を持たない。アレクサンダー・シーボルトは、油断のならない、狡猾《こうかつ》な男だ。私は彼がイギリス政府のスパイではないかと思っていますがね」

「彼は、駐日イギリス公使パークスに冷遇され、憤慨して公使館を罷《や》めた男だ。パリに来てからも、イギリス大使館には、顔出しもしていない」

「表向きはね。でも、内実はどうですかね、私はどうもあのちょび髭《ひげ》が気に入りませんね」

――カションは嫉妬しているのだな。

箕作も保科も、そう考えた。

そして、それには十分の理由があった。

カションはロッシュの留任運動のため、帰国していたのだが、公子一行が来れば、当然幕府とフランス政府との親善関係促進の役割を一手に引き受けて、活躍するつもりでいたに違いない。

ところが、公子一行は、長い旅行の間に、すっかりシーボルトに丸め込まれてしまった様子、水戸派の七名はもちろん、向山や山高まで、ジュレーに対する反感から、宗教臭いフランス人を毛嫌いするようになってしまっていたので、ジェスイットの僧であるカションにも、良い顔をみせない。

訪ねて行っても、ほとんどなんの相談も持ちかけないし、ややもすればまったく無視するような態度をとっているのである。

「シーボルトのことはよく注意していよう」

箕作が、カションをなだめるように言った。

「私を信じないのですね。ジュレーが注意したことを聞きましたか」

「ジュレーが、何を？」

「彼は、長崎で薩摩の五代という男が、琉球国と名札をつけた商品を二百五十箱も、英人グラバーに頼んで船に乗せたのを見たのです。それをあなたがたに言ってくれとシーボルトに頼んだのだが、シーボルトはそれについて何も言ってないらしいと、憤慨していましたよ」

シーボルトは確かに、そんなことについては何もいわなかった。三人は顔を見合わせた。

「ま、私は、黙ってみていますが、いまにあの男のためにひどい目に遭いますよ」

カションはそう言って別れて行った。

——シーボルトという奴、どうやらやっぱり相当のしたたか者らしい。うっかり気を許しすぎた。よし、そのつもりでつき合うぞ。

篤太夫は、自分の甘さに、唇を嚙《か》んだ。

万国博覧会

豪華な店の並んでいるので知られている、サン・トノレ街をほんのちょっと北にはいった、クロワ・デ・プティシャンのあまり高くない家具つきのアパルトマンの一室で、シーボルトは、念入りに一通の書簡を書き終えた。

宛名は、英国の新外務次官ハモンドである。

――(前略)閣下のご命令は着々実行に移されつつあります。カションは彼の熱望と努力にもかかわらず、向山全権からも山高傅役《もりやく》からも、見るも惨めな冷遇を受けつつあり、彼が日本において、小栗から受けていたような信頼を、当地においてかちとることは不可能だと断言できるでしょう。これに反して私はますます公子一行の信用を博しています。彼らは、私とパークス公使との仮装された紛争を真実のものと考え、かつ航海中の私の行動からみて、私が心から公子一行の威信と便宜のために努力しつつあるものと信じているのです。現在、公子の留学中の教導者を選定する問題が起こっており、カションは自らそれを引き受けようとして狂奔しておりますが、彼の意図がけっして実現しないであろうことを、私は閣下にあらかじめご報告いたしておきます。なお当地においても私は、いままでのところ、英国大使館にはいっさい足を踏み入れず、慎重に行動しております。フランス外相ムスチェー侯は父シーボルトと熟知の仲ですので、私にかなりの好意を示しており、万事好都合に運んでおります。前便でご下命の件は、急いではかえって失敗すると思われますから、しばらくご猶予をいただきたいと思います。（下略）

シーボルトは、自分の書き上げた手紙を読み返して、少々考えていたが、そのまま四つに折ったとき、ドアがノックされた。

急いで書面を封筒に入れ、机の引出しに収めて鍵をおろし、

「おはいりください」

と、接客用の柔和な顔に返る。

ドアを開いて、部屋にはいってきた対手《あいて》を見て、シーボルトの顔が崩れるような笑いを浮かべた。

「渋沢さん――これは、すばらしい」

両手を大きく開いて、篤太夫を抱きかかえるかと見えたが、わざと一歩退《さが》って、大げさな感嘆の声をあげた。

篤太夫は、新調の洋服を着て、右手にシルクハット、左手にステッキを持っている。日本から持参した古洋服はもちろんなんの役にもたたなかったのである。

「今日、できてきたのです。向山全権にはまだ内緒で、ちょっと着てみたのですが、妙な感じのものですね」

「いや、いや、実によく似合う。とてもはじめて着たとは思われない。りっぱなフランス紳士ですよ」

篤太夫は、少し照れた。

やや肥《ふと》りすぎているし、背は高いほうではないから、どうも自分ながらあまりスマートなスタイルだとは思っていないのである。

「長くパリにいる以上、いずれは着なければならないものですからね」

「そうですとも——で、頭は」

篤太夫は、半身を回して、後頭部をみせた。髪を後部に長く撫《な》でおろしている。

「急に短くすると叱られるかもしれませんからね。これでも丁髷《ちよんまげ》を無くしてしまったのですから、きっとお目玉を食うでしょう。でも、公子はじめ、全部、近いうちに丁髷を切って洋服を着るようになるでしょう」

「水戸の七人は、どうですかね」

「さあ、あの人たちは——私にもわかりませんな」

二人は顔を見合わせて、笑った。

「ところで、シーボルトさん、これから博覧会場に行ってみませんか。公子のお伴《とも》をして正式に行くのを待っていると、いつになるかわからない、私は早く見たいのです」

「よろしい、ご案内しましょう。ちょっと待ってください。あなたがそんなに盛装をしてゆくのなら、私も少しはおしゃれをしなければ、不利ですからな」

二人はリボリ街に沿ってコンコルド広場に出ると、セーヌ河岸に沿って、イエナ橋のほうへ歩いて行った。

「このほうが、往来の人にじろじろ見られないだけでも助かりますね」

「連れ立っている私のほうも、助かります」

パリに着いたときには、まだようやく緑の葉が枝を覆っていたばかりの河岸のマロニエが、もういっぱいに白い花をつけている。河の面には、博覧会場に向かう蒸気船が無数に走っていた。

シーボルトは例によりすこぶる愛想のよい、明るい声で、しゃべりつづける。篤太夫も、同じように明るい愛想のよい声で答える。

篤太夫は原則として、対手と同じ態度で人に接することにしていた。とくに努力しているのではないが、自然にそうなるのだ。

カションと話すときは、やや重苦しい、堅い感じになるし、フリュリ・エラールと話すときは、生真面目《きまじめ》な事務屋のように話すのである。

「渋沢さん、公子の教育係の話は決まりましたか」

話のついでのように、シーボルトが聞く。

「いや、少し揉《も》めているようですね、私はカション師でもいいと思うのですが」

「しかし、向山全権はじめみなさんが絶対に反対らしいじゃありませんか。二百何年前になりますか、あの島原《しまばら》の一揆《いっき》で幕府が蒙《こうむ》った損害をまだ忘れないのですね。ジェスイット宣教師に公子の教育を任せるくらいなら、公子を力ずくでも連れて帰国すると、水戸の人たちは言っていましたよ」

——そういうように、おだてたのは、ほかならぬ君ではないか。

篤太夫は、腹の中でそう呟《つぶや》いたが、にこにこ笑ったまま、

「まったく、水戸の連中は頑固ですからね。ああ、あそこが、博覧会場の入口ですね」

万国博覧会場は、イエナ橋と士官学校《エコール・ミリテール》との間に広がるシャン・ド・マルスの四千ヘクタールにおよぶ広大な練兵場を利用して作られていた。

会場の中心には、鉄とガラスを使ってこしらえた縦八十二メートル、横三百七十メートルの大コロシウムが、驚くばかり壮大な姿を見せていた（二十二年後にエッフェル塔が建てられたあたりである）。

「この前の一八六二年の博覧会のときには、三十四カ国。出品者数二万八千、今度は六万人、出品物の量は二万八千トン。参加した国は、ヨーロッパ各国から集まる君主は、ロシア皇帝アレキサンドル二世、プロイセン国王ウイルヘルム一世、トルコ大帝アブドウル・アズイス、オーストリア皇帝フランツ・ヨセフ一世、それにベルギーとスペインの国王夫妻、各国の王子十四名、王女七名——、よく知っているでしょう。公子のご案内をするときの用意に、調べておいたのですよ」

——あなたには何も隠しませんよ、そら、このとおりにね。

というように、シーボルトは、両手の掌《てのひら》を開いて肩をすくめてみせた。

イエナ橋を渡ると、万国旗を立て回した入口がある。一人一フランの入場料を徴収し、一日平均約七万フランにのぼっているというが、篤太夫たちは、参加国代表随員の手形を示して無料で入場できた。

主催国だけあって、フランスの出品が最も多く、全会場の半ば近くを占め、イギリスが六分の一、プロシャ、ベルギー、オーストリア、ロシア、イタリア、オランダ、スイスなどがこれにつづいている。

日本は清国、シャムと同じく、会場右手の小部分しか与えられていないが、出品物はかなり多い。

幕府出品物は、衣冠・狩衣《かりぎぬ》・太刀《たち》・短刀・脇差《わきざし》・長刀《なぎなた》・台弓・長巻・陣太鼓・馬標《うまじるし》・幕・陣笠《じんがさ》・旗・床几《しょうぎ》・螺貝《ほらがい》を中心に、江戸名所図会・北斎《ほくさい》漫画・農家全書・英和対訳字書などの書籍が三百冊余、浮世絵額二百余枚、和琴・琵琶《びわ》・横笛・火焔《かえん》太鼓・三味線・笙《しょう》・胡弓《こきゅう》・七弦琴などの楽器、書棚・硯箱《すずりばこ》・香炉台・平手箱・平簞笥《たんす》・文箱《ふばこ》・色紙《しきし》箱・湯《ゆ》桶《とう》・行器《ほかい》・机・衣桁《いこう》・刀掛・印籠《いんろう》・花生《はないけ》・簞笥・重箱・台火鉢・碁盤などの漆器が百五十点、そのほか彫器、陶器、金属器・雑品ならびに各種貨幣などである。

このほかに、商人どもよりの出品として、甲冑《かっちゅう》・馬具などの武器、男女の衣服・帯・合羽《かっぱ》・錦・天鵞絨《ビロード》・繻子《しゅす》・モール・綸子《りんず》・緞子《どんす》・縮緬《ちりめん》・羽二重《はぶたえ》・木綿などの織物、各種の漆器・彫器・図書・紙・下駄《げた》・農具・駕籠《かご》その他約千二百点。

佐賀藩からの陶器を主とする出品は、幕府の出品物と並べられてあったが、問題の薩摩藩の分は、別の区画にサツマ大守グーヴェルマンと標示して、琉球産出の上布・紬縞《つむぎじま》・茣蓙《ござ》・砂糖・塗器・籐《とう》細工・泡盛酒《あわもり》を麗々しく飾り、鹿児島産の塗器、鉱石、材木、農具、樟脳《しょうのう》などとともに並べている。

「これは少々、まずいことでしたな」

シーボルトが、サツマ大守グーヴェルマンの標示をさして、いかにも残念そうにいう。

「モンブランにしてやられたのですよ。もっとも、いちばん大切な折衝の日に幕府方の代表者であるフロリヘラルド氏が出席しなかったのも手落ちでしたがね」

篤太夫が、皮肉を込めて答えると、シーボルトは、さっと話題を転じた。

「この日本の貨幣をごらんなさい。各国の貨幣はみんな円形なのに、日本のだけは方形ですね。万国みな、円《まる》く仲良くやろうとしているのに、日本だけが肩を張って、よせつけないという格好をしているようじゃありませんか」

二人は雑踏する見物人の間を縫って、各国の陳列場を見て回った。丹念にみてゆけば、少なくとも四、五日はかかるだろう。

篤太夫は、とくに、イギリスの蒸気機関、スイスの電信機、プロシャの医療器具、フランスの貴金属細工と絹織物、アメリカの耕作機械などに感嘆した。

陳列場の外郭に、巨大な遊園地帯があり、中心にある鉄とガラスのコロシウムをはじめ、各国王宮内部の模造、温室、写真場、円形の塔、人工滝、風車、万国演劇、礼拝堂、モロッコ帝の天幕、トルコの浴室、エジプトの家屋などが設けられていた。

そのあたり一帯に、各国産品の即売店があり、喫茶・飲酒の店もあって、おのおのお国ぶりの服装をした妙齢の美女がサービスに当たって、多くの遊客を集めている。

その一画に、ひどく人のたかっているところがあるので、行ってみると、日本の茶店であった。

——六左衛門の言っていた店だな。

上海での一夕《いつせき》が、篤太夫の頭の中に、あざやかに蘇《よみがえ》った。

茶店は檜《ひのき》造《づく》りで、六畳敷きに土間をそえ、便所もついている。軒に紙の提灯《ちようちん》を下げているが、非常に清潔な感じだ。土間では茶を煎《せん》じ、古味淋《みりん》酒などをも、求めに応じて提供している。

小さな庭の中の休憩所には腰掛けをおき、傍らに人形などを並べてある。座敷には、和服姿の三人の女がしとやかにすわっていた。

——おさとだ。

篤太夫は、真ん中にいる女を注視した。衣装が変わっていたせいばかりではなく、まったく違った女のように見えたのは、彼女が置かれていた背景と、大勢の異国人の中に混じっている篤太夫自身の感じの相違のためであろう。

見物客たちは、よく見ようとして縁先に立ちふさがり、のぞき込んだりしている。

おかねとおすみとは、ときどき長い煙管《きせる》にたばこをつめて、喫《す》ってみせていた。ほんの一つまみのたばこをつめて、二、三度喫って、ポンと音を立てて、吐月峰《はいふき》の中に落とすのが、異国人の目には非常に滑稽に見えるらしい。ポンと音を立てるたびに、笑い声が起こった。

おさとは、やや当惑したような表情を続けていた。三人のなかでは、いちばんじみな、寂しそうな姿だ。もう何日かそうしてすわっているのだろうが、まだ羞恥の感情をもてあましているようだった。

篤太夫は、背の高い外国人たちの肩の間から、そのおさとの姿を、じっと見まもった。前に出ていって声をかけようか——と考えたのはもちろんだが、やはり、照れくさい。

——あとで事務局に聞き合わせれば、おさとの泊まっている所はわかるだろう。宿所に訪ねていったほうがよい。

と、歩き出そうとしたとき、シーボルトが、耳に口を寄せた。

「モンブランが来ていますよ」

自分たちもこうして来ているのだし、モンブランが来ていたとてべつに不思議はない。

だが、モンブランがとった態度は、思いがけないものだった。

彼はいきなり土間のほうにはいってゆくと、座敷に腰をおろして、その端にいたおすみにかなり流暢《りゅうちょう》な日本語で話しかけたのである。

「おすみさん、あなたはどうして、きのうの夜、来てくれなかったのですか」

と言ったのを見れば、もう何度かここにやってきて、おすみに誘いをかけたに違いない。

「私たち、夜の外出は許されておりませんから」

おすみは、それでも愛想笑いを洩《も》らして、答えた。小柄で円顔《まるがお》で、肌が小麦色で、外国人の好きそうな女なのだ。

「あなたは奴隷ではありません。親方《マスター》も、あなたが自由にどこへでもゆくことをとめられないはずです」

「マスターに話してください」

「よろしい、私、話します」

――あいつ、あのくらいしゃべれるのなら、こちらのいうことはかなりわかるだろう。田辺さんが会ったときは、全然日本語がわからない様子だったと言っていたが。

篤太夫は、田辺に注意しておかねばと考えた。

モンブランは、いかにも伊達男《ダンディ》らしく、ひどく気取った様子で話している。日本語をしゃべるフランス男の出現は、見物人たちにささやかなセンセーションを起こしているようだったが、誰かの口から、

「モンブラン伯爵だよ、あれは」

という言葉が囁《ささや》かれるのを聞くと、モンブランは、腰を上げ、

「明日にでも、マスターに話しにゆきます。おすみさん、私があなたを大へん、大へん、愛していますこと、忘れないでください」

太い口髭《くちひげ》を、少し淫《みだ》らに笑わせて、去って行った。

「すばしこい奴《やつ》ですね、あいつは、もう、おすみさんを口説いている」

愛想のいいシーボルトにしては、刺《とげ》のある口調でそう言ったが、

「渋沢さん、われわれも、少し話してみましょう」

と、篤太夫が制止する隙もないうちに、前に立っている人びとを押し分けて、茶店の土間にはいっていった。

「おすみさん」

と呼びかけたのは、この男もまた、これがはじめてではないらしい。つづいて二人の異国人に話しかけられたおすみが二人の同僚に気兼ねするかのように、忍び笑いをしながら、

「まあ、今日は変な日」

と呟いたとき、おさとが、

「あ――」

と、小さな口を開いた。

少し頰を紅《あか》らめて、絹帽《シルクハット》を片手に土間に立っている篤太夫のそばに、いそいそと近づいてくると、

「渋沢様――すっかり変わったお姿なので――驚きました」

と、あらためて、目を見張った。

――しばらく、おさとさん、上海では愉《たの》しかった、ありがとう。

という言葉は、胸の中で言った篤太夫が、

「いつから、ここへ出ているの」

「七日前から——渋沢様、公子様ご一行がパリにお着きになったことは知っていましたけれど、賤《いや》しい私たちなどがお宿にお伺いするわけにもゆかず、あなたが来てくださるのを、毎日、待ち暮らしていました」

「約束したのだ、忘れてはいなかったが、なにしろ、忙しくてね」

ほんとうのところは、忘れていたのである。だが、昨日になって思い出した。そしておさとに会えるだろうかという期待が、今日、彼をここに来させたのである。

「渋沢さん、あなたも、モンブランに負けませんね」

シーボルトが、ひやかした。

「シーボルト君、あなたも、そうですね」

篤太夫は、やり返したが、

「渋沢様は、江戸にいたころから、よく存じ上げていたのです」

おさとが、シーボルトに向かって、きっぱりと、嘘《うそ》をいった。

篤太夫が、おさとを訪れたのは、その夜、日課になっているフランス語のレッスンを終わってからのことである。

三人の女をパリに連れてきた紺屋六左衛門と、瑞穂屋卯三郎とは、長期滞在の必要上、サン・テイヤサント通りの、かなり見すぼらしい建物の二階に三部屋つづきを借りて、女たちをその一室に泊めていた。

六左衛門はよろこんで篤太夫を迎え、卯三郎をひき合わせた。

「だいぶ、人気があるようだね、茶屋は」

「ええ、おかげさまで。昨日などは、パリのなんとかいうお金持ちの奥様が、どうしてもおかねの着ている着物を譲ってくれといって来られましてね。これは商売道具だ、いずれ博覧会が終わってから陳列衣装が売りに出されるはずだから、それを買ってくれといってお引取り願いましたよ」

「モンブランやシーボルトは、いままでにも、何度か来ているらしいな」

篤太夫が、おすみに聞いた。

「ええ、二人とも、私を誘い出そうとするので、困っています」

「ここへ頼みにくるの、モンブランは？」

「いいえ、もう、シーボルトさんが来ましたよ」

六左衛門が、おかしそうに笑って、

「おすみはどうも異人さんにもてますな。なあに、おすみだってずぶの素人《しろうと》じゃなし、本人さえその気なら、あっしはべつにとめる気はありませんが、これがいやがりますんでね」

「私、異人さんは嫌いなんです。変な匂いがして毛むくじゃらで、気味が悪い」

「それにしては、よくパリに来る気になったものだ」

「いずれ、おかねにも、おさとにも、なんとか言ってくる人があるでしょうが、私としちや、本人次第ということにしています。なかなか捌《さば》けているでしょう」

六左衛門は、そう言ってから、篤太夫の目の中を覗《のぞ》き込むようにして、

「たとえば、渋沢さんが、おさとを連れ出そうというなら、私はなんともいいませんよ。おさとも、よろこんでゆくでしょうがね」

「そんな――だいいち、おさとが、そんな姿で外に出たら、大変だ、ぞろぞろ人がついてくるだろう」

「渋沢さん、箱馬車ってものがありますよ、あれに入れてしまや、外からはわかりゃしませんや」

パリの夜

シーボルトは、毎日のようにグランド・ホテルにやってきた。

公子のために必要な各方面との連絡、博覧会関係の事務の処理を手伝うためであるが、そうした仕事が終わると、そこに「出仕」してきている篤太夫を誘って、市中へ出る。

篤太夫とともに、高松や、保科、箕作、山内などのなかの誰かがついてゆくことが多い。

水戸の七人組は、どうやらフランスもパリも頭から毛嫌いして、いっこうに外に出ようとはしない。あまりすべてが違いすぎるので多少怖くもあるらしい。

部屋の中では、相変わらず椅子、テーブルを片隅によせてしまって、床の上にすわり込んで、篤太郎たちの欧化傾向を罵倒している。

シーボルトも、彼らに対しては、敬遠主義をとることに決めていた。

「渋沢さん、今日はどこを見ましょう?」

「どこでも結構、どこでも珍しい」

篤太夫は一応、自分のアパルトマンにもどって、洋服姿に着がえる。高松たちも内緒で洋服を着るようになっていた。頭髪はいずれも浪人儒者《じゅしゃ》のような格好に切って、短くして後ろのほうに撫《な》でおろしてごまかしていた。

向山は最初、篤太夫の頭をみたとき、渋い顔をしたが、公子も公式の将軍代理の任を果たして長期留学期にはいれば、いずれは断髪洋装しなければならぬと覚悟しているので、黙認することにしたのである。

「水族館、ナポレオン一世の墓、凱旋門《がいせんもん》、地下下水道——とすみましたね。今日はボア・ド・ブーローニュに行ってみましょう」

「なんです、それは？」

「まあ、来てごらんなさい」

シーボルトは、篤太夫と高松と山内とを、大型の無蓋馬車《ビクトリア》に乗せた。

シャンゼリゼーとブーローニュを結ぶアンペラトリス通り（後のフォッシュ通り）は、幅百四十メートル、長さ二千メートルの緑の大道路である。

ブーローニュの森に着く。

美しいカーブのついた道路、馬車道、散歩のための小径《こみち》、二つの大きな湖、かわいい亭《ちん》、しゃれた山荘——公園というものの概念さえない篤太夫たちは、その広大なプロムナードと、そこを走る優雅な馬車と、木陰に相抱いている男女の姿に目を見張った。

「ここはいったい、何なのです？」

「もともとは、王室の狩猟場だったのですが、大革命ですっかり荒れ果ててしまったのを、ナポレオン三世が、技師のアルフォン、建築家のダヴィウ、園芸家のバリエ・デシャンに命じて、最近すっかり作りなおさせて、パリ市民のための遊歩場《プロムナード》にしたのですよ」

「あの人たちは、何をしに来ているのですか」

「何もしないためにです。いっさいの仕事から解放されて、楽しい散歩をするためにですよ」

散歩という風習は、まだ日本にはなかった。目的を定めて歩くか、酒食を携えて物見遊山に行くかどちらかしか知らないのである。

「ナポレオン三世は、ひどい見栄っ張りで華美好《はでず》きだ。大ナポレオンの百分の一の能力もないくせに、伯父《おじ》の栄光と名声のおかげで帝位についたので、自分の威光を示そうとしてやっきになっている。彼はそれを、パリ市街をヨーロッパ第一の華麗な都にすることによって誇示しようとしているのです」

シーボルトは、何を見せても、必ず一応悪口を言った。篤太夫たちは、どうせ誰かに案内してもらって見るのだろうから、先に自分が見せてやろう、そして、その評価を低くしてやろう、と心に決めているかのようだ。

「帰りに一昨年開かれたばかりのマガザン・ド・プランタンを見ましょう」

「それはなんです」

「百貨店《デパートメントストア》――なんでも売っている店ですよ」

「雑貨屋のようなものですかな」

「ま、そんなものでしょう。グランド・ホテルの近くにも、リボリ街にルーブル百貨店がありますいちばん古いのはメゾン・デュ・ボンマルシェですがね」

そこにやってきて、篤太夫らの抱いていた雑貨屋の観念が、完全に打ち破られたことはもちろんである。

「驚きましたか。でもね、ここには無趣味な安物ばかりしか売っていませんよ。ボンマルシェというのは、安物、見切り品という意味なのです。ナポレオン三世はパリをボンマルシェでいっぱいにしているのです。品物ばかりでなく、人間もね。まったく、いまやこの首都は軽佻浮薄《けいちょうふはく》な人間ばかりになっている」

シーボルトは悪口ばかり言ったが、ナポレオン三世の治下で、パリはすばらしい変容を遂げていたのだ。

彼がチュイルリー宮殿に君臨した十九年間は、パリ人にとって最もよき時代であった。パリの町が、これまでに、これほど富みかつ栄えたことはなかった。

彼はやや粗野で傲慢ではあるが、有能な行政官であったセーヌ県知事のオスマンに、パリ全市街の大改造を断行させたのである。

土地の収用、区画整理、貧民窟の取りこわし、広場の設定、同心円状の環状道路・中央市場・墓地・教会・区役所・噴水の建設がほとんどがむしゃらに行なわれた。

八百キロにわたる新設の給水本管、四百二十キロの下水道が完成した。一万五千のカンテラの代わりに、三万二千の瓦斯《ガス》灯がつけられた。

新しい鉄道の開かれたことによって、全ヨーロッパからパリにやってくる観光客の数は激増していた。それらの人びとのために、大道路《ブルヴァール》がいくつも作られた。その両側の建物はすべて五〜七階に高さを揃《そろ》え、青々と茂る葉をつけた並木が道を三つに分け、馬車の疾駆と、人びとの散策とを安全にさせた。カフェ・アングレ、カフェ・ド・パリ、カフェ・リシュ、メーゾン・ドール、等々、詰め物をした赤いプラッシュを張りつめ、黄金《こがね》色の枝付き燭台《しょくだい》に照明された新しいカフェが、彼らに憩いの場所を提供した。

それはまさしく、ブルヴァールとカフェ時代のはじまりだった。すべてが生き生きとした活気に満ち、軽妙で、多少浮薄で、ひどく艶《なまめ》かしかった。

そして、その新しい音楽と舞踊の都に、全世界から、人びとが集まってきていたのだ。

「皇帝は、こうしてパリに世界中の目を集めておきながら、そのすきに、アフリカで、中近東で、東洋で、着々と侵略の手を伸ばしている。大ナポレオンのように、ヨーロッパの天地で暴れる能力はとても彼にはないのです。だから彼は、世界のほかの部分で、伯父と同じような栄光を得ようと狙っているのですよ」

シーボルトは、横目でちらちら篤太夫を盗み見ながら、そう言った。

カションは、シーボルトと反対に、夜になって、篤太夫のアパルトマンを訪れて来る。

彼はグランド・ホテルでは、招かれざる客だったのだ。向山全権はじめほとんどすべての者が、白い三角の目をみせた。少年公子でさえ、明らかにこの男を好いていない。いつも変わらない態度で接してくれるのは、篤太夫だけなのである。

「渋沢さん、パリは夜がほんとうの姿です。パリの美しさと楽しさとは夜にあるのです。案内しましょう」

なんとかして、公子一行との関係を維持しておきたいのであろう。ジェスイット宣教師には不似合なこの誘いに、篤太夫は喜んで応じた。同宿の箕作と保科も、もちろん、同行する。日毎《ひごと》、夜毎に展開される新しい情景に彼らは好奇心を、最近パリで流行の見世物になっている風船のように膨らましていたのである。

カシヨンは、最初の夜、彼らを、未亡人通り（後のモンテーニュ通り）のマビル舞踏場に連れていった。

中国ふうの亭に、瓦斯灯のグローブが吊《つる》され、その陰でオリヴィエ・メトラとその楽団が五十名の楽士をそろえていた。

中央の広い庭で、男女がポルカを踊り狂っている。男たちはシルクハットを被《かぶ》り、ピンと細い口髭《くちひげ》を立てているし、女たちは、つい前年からはやり出したとりどりのクリノリーヌ（十本の針金の輪で膨らませたペチコート）の裾をつまんで、格好の良い脚首を見せていた。

篤太夫は、その異様な服装よりも、彼の耳には喧《やかま》しい雑音のようにしか聞こえない音楽よりも、気取った男たちのスタイルよりも、瓦斯灯に写し出される女たちの美しさに茫乎《ぼうこ》として見とれた。

輪郭がくっきりしている。目が大きくきらきら光って、絶えず移り変わる感情を写している。色艶が皮膚の下の血を透かしているかのように輝いている。

――奇麗じゃのう。

三人はときどき顔を見合わせ、なんとなく恥ずかしそうに微笑した。

「踊ってみませんか、踊り子を連れて来ますよ」

カションが言った。三人は慌てて首を横に振った。考えただけでも、照れくさい。

「あそこで踊っている黒い髪の大柄な女がロジタ・セルジャン、通称ポマレ王妃、その横にいる小柄なのがリゴレット、それからあれが、モガドール。なに、みんな、高級なドミ・モンド、つまり、娼婦《しょうふ》の群れですよ」

と、通《つう》らしく説明していたカションが、

「もう少し、気楽なところに案内しましょうかな」

と、天文台広場のクロズリ・デ・リラ（リラ園）に連れていった。

ここはその名のごとく、数千株のリラを植えた大衆舞踏場で、集まっている客も、学生ふうの青年が多く、女たちは、カンカンやマズルカの舞曲を踊っている。

奇抜な服装をして豊満な胸を持った女が現われると、踊っていた人びとが一斉に踊りをやめ、拍手したり、大声で何か叫んだりした。

するとその女は、滑稽な身振りをしながら、甲高いよくとおる声で、賑《にぎ》やかな唄を歌い出した。

若い人たちは、声を合わせて歌い出す。

「みな知っている唄なのですね、あれはなんという唄なのです?」

「鼻がくすぐったいよ――という唄ですよ。はは、おかしいですか。これと、ひげのある女という唄とが、今いちばん流行しているのです」

――なんという妙な唄だろう。

と、篤太夫はあきれた。

「あれも、その――ドミ・モンドですか」

保科が、訊《たず》ねる。

「いや、あれはテレザというシャンソンの歌手です。あのコミックな歌い方がすばらしい人気を博しているのですがね――保科さん、ドミ・モンドに興味があるなら、紹介してあげますよ。渋沢さん、箕作さんもどうです。ここではなしに、もっと手軽なところで」

二人とも、すぐには答えなかった。行きたい気はやまやまながら、おのおの、仲間に気兼ねしたのである。

「お願いしましょう」

と、篤太夫が答えたのは、自分が最年少だから、自分がいうべきだと思ったからだ。

馬車に乗せられ、どこともわからないところへ連れていかれた。

大きな門の前で降ろされた。

門の中は通路で、両側に灯火のまばゆい小さな家がたくさん並んでいる。その家の門口に女が二、三人ずつ立ち、おのおの手に草花を持っている。

篤太夫たちを見ると、寄り添ってきて何か大声で話しながら、その草花を差し出す。

「花を受け取ったら、その女を買うということになるのです。落ち着いて選んでください。一人二十フラン。それ以上やってはいけない」

と、カションが注意したが、とても落ち着いて選択するだけの心の余裕はなかった。

あっという間に三人とも花を手にして無我夢中で、女のあとについて、屋内にはいっていった。

女が篤太夫たちを導いた部屋は殺風景な狭い部屋で、大きな鏡台とベッドと椅子二脚のほかには、家具らしいものもない。

家のどこかで音楽をやっていた。

女が、それに合わせて唄を口ずさみながら、さっと、衣装を脱いだ。

全裸になってベッドに倒れると、両手をさしのべて、

「早く《ヴィット》、さあ《ヴィット》」

——味気ないものじゃなあ。

しばらくして三人が顔を見合わせたとき、箕作が言った。

——酒ぐらい飲み交わして、しっぽりと濡《ぬ》れるのかと思ったのに。

保科も、とぼんとした顔をしていた。

——毛むくじゃらの肌をしておる。あんなに奇麗に見えたのに。

篤太夫も、索然たる想《おも》いであった。

いちばんおそく出てきたジェスイット宣教師だけが、満ち足りた顔をして、下唇を突き出していた。

——やっぱり、日本の女のほうがいい。

下級娼婦ですっかり幻滅を感じた篤太夫は、おさとに会いたくなった。

サン・テイヤサント通りにいってみると、おさとが飛び出してきて、

「渋沢様、どうしていらしてくださらなかったのです?」

と、哀《かな》しそうな顔をする。

——いいな。やはり、日本の女はやさしい。

と、篤太夫は、おさとの顎に手をかけて上を向かせ、

「少しきまりが悪くてね」

「まあ、どうしてですの」

「おさとを連れ出すつもりでいたから」

——あ。

と、女が顔を紅《あか》らめた。

「いいのだろう」

こっくりとうなずく。

「六左衛門は?」

「出かけています」

「ちょうどよいところに来た」

篤太夫は、待たせておいた箱馬車に、おさとを乗せ、自分のアパルトマンに連れてきた。

箕作も、保科も、カションに伴われて、カジノに行っているのだ。

篤太夫は上海以来、久しぶりにおさとを、否、日本の女を抱いた。

十分に満足した。

再び馬車で送り返し、別れぎわにいくらかの金を置いてゆこうとすると、おさとが、目に涙をためて憤《おこ》り出したので、篤太夫は少なからずうれしくなった。

――この女はおれに惚《ほ》れている。

と考えうるのは、若い男にとって何よりもうれしいことであるに違いなかった。

アパルトマンにもどってくると、まもなく箕作と保科とが帰ってきた。

「渋沢、どこへ行っていた？」

「いや、ちょっと」

「怪しいぞ、この間のところではないのか」

三人がはじめて異国の女を知ったあの怪しげな場所は、意外にも、グランド・ホテルの近くだったので、みな、びっくりしたものである。

「冗談じゃない。もう、パリの女は願い下げですよ。もっとも、あの連中は、パリ生まれではなく、ポーランドや、イギリスやロシアから来ているのが多いそうですがね、なんにしてもあまりぞっとしない」

「今夜行ったカジノは面白かったぞ」

「カジノっていうのは、舞踏場とは違うのですか」

「遊戯館とでもいうのかな、踊りも踊るし、音楽もやる。おれたちは、葡萄酒《ぶどうしゅ》をのみながら、ホイストという西洋カルタをやった。金を賭けてやるのだ。メルモッチ僧正に手ほどきしてもらったが、おれは三十フラン儲《もう》けた」

箕作が、得意になっている。

「なかなか別嬪《べっぴん》がいたぞ、ほら、ドミ・モンドというやつだ。あんなのなら悪くない」

保科も上機嫌である。

篤太夫も、その翌日は、彼らと同行して、カデット街のカジノに行ってみた。

けばけばしい装飾がいっぱいの広い部屋をシャンデリアや、壁にとりつけられたクリスタルの枝型燭台が明るく照らし、演台に陣取ったオーケストラがワルツを奏でている。

ヴェニス提灯《ちょうちん》に照らされた庭が、柔らかい闇の中にひろがっていたが、外はまだやや肌寒いので、男の黒い礼服と女の派手なドレスは、まつわり合いながら、庭のほうに近づいて行っても、そこに出てゆくものはない。

白い肩をあらわに見せたチュールや、絹や繻子《しゅす》のひだから、むせるような芳香が立ちのぼっていた。それがどうかすると夏水仙の腐るときのような淫《みだ》らな匂いになる。

先に来ていたカショシが、手をふって三人を自分の席に呼んだが、すぐにフィガロ紙をポケットから出して、篤太夫たちに見せた。

「これをごらんなさい——博覧会では日本の陳列場が、幕府とサツマに分かれている。日本にはグーヴェルマン（政府）がいくつもあるのだ。先日の会議で幕府方はそれを否定しようとしてやっきになったが、少しうまい酒をのませると、たちまち、兜《かぶと》を脱いで、サツマのいい分を認めてしまった——と書いてある」

カションが翻訳して聞かすと、三人とも、大いに憤慨した。

「モンブランが、その材料をフィガロに提供したのだ。さっそく、反駁《はんばく》文を出さなければいけない」

「私が仏文に訳しましょう」

カションが引き受けた。ようやく幕府方のために何かする機会を与えられたので、張り切っているらしい。

「ところで、また昨日のホイストをやろう」

箕作が早くもそういい出したが、篤太夫は断わった。賭け事は好きでない。それにあたりの情景が、いままで見た舞踏場とも違っているので、そのほうにより多くの興味を持ったのである。

カションがすぐに仲間を一人捜し出してきて、四人で、ゲームをはじめた。

篤太夫は、人込みの中を縫うようにして、歩き回った。

ワルッは「金髪のヴィーナス」であったが、その淫逸《いんいつ》な軽躁《けいそう》な曲が、甲高い音の波を、踊る人びとの頭の上に、胸の間に、動き回る足もとに送り、大広間全体が、快楽に揺れていた。

——あ、シーボルトだ。

篤太夫は、微笑した。夜間外出はあまり好きでないといっていたのは、この伊達男《ダンディ》が東洋の田舎者《いなかもの》を敬遠する口実だったのだ。

——邪魔はしない、せいぜい愉《たの》しむがいい。

篤太夫は、シーボルトと顔を合わさないように、ビュッフェの前から、オーケストラの近くに移動した。

だが、突然、その人なつこい目を異様に光らせ、思わず一、二歩前に出た。

ビュッフェに近づいて、杯を手にしたシーボルトの傍らに、見覚えのある男が立ったのを認めたのである。

その男は、シーボルトの肩をたたき、ふり向いた相手を、両手で大きく抱擁した。

ひどく親しそうである。

ここで待ち合わせることになっていたのかもしれない。

——シーボルトが、モンブランと、何を話し合おうとしているのか。

盗み聞きしてもわかるフランス語ではない。

篤太夫は、しかし、シーボルトの正体をいよいよ突きとめたと確信した。

虚々実々

ドアを開いて篤太夫の姿を見ると、おさとは、悦《よろこ》びを全身に現わした。前夜会ったばかりなのに、今夜もまた来てくれるとは、思いがけもしないことだったのである。

「まあ、渋沢様——」

と、頰を崩しながらも、さすがに六左衛門や二人の女仲間の手前、ちょっと恥ずかしい気がした。

声を聞きつけて出てきた六左衛門が、

——ほう渋沢さん、だいぶ熱をあげているな。

という顔つきで、

「さあさあ、おはいりなさい、おさとにはすぐに支度させますよ」

と言ったが、篤太夫はいつに似ず妙に生真面目《きまじめ》な顔つきで、

「いや、今夜はちょっと大事な話を、みんなに聞いてもらいたいのだ」

「みんなに——とおっしゃるんで」

「そう、みなに集まってもらいたい」

不審に思いながら、六左衛門は卯三郎と、おすみ、おかね、おさとの四人を集めた。

「さあ、なんなりとおっしゃってください」

「その前に、みなに聞いておきたい。上海で聞いたところでは、お主たちは小栗上野介殿のお言葉によって、いささかなりとも徳川家の御為《おんため》になれば、という考えからはるばるパリまで来る決心をしたとか。間違いあるまいな」

「そのとおりでございますよ、渋沢さん。もちろん、私たちは商人、いくらかでも儲《もう》けてやろうという考えがあって、博覧会行きを企てたのですが、それがお公儀のためになることであれば、このうえなしと思っております」

「商人が儲けを考えるのは当然だ。その点については、私はお主たちの利益になるように力を貸すつもりだ」

篤太夫は、六左衛門に視線を据えた。

「博覧会終了後、陳列品の売却について、お主たちが一手に引き受けられるよう努力しよう。お主たちもそれを望んでいるのだろう」

六左衛門は思わず、卯三郎と顔を見合わせた。篤太夫の機嫌をとってきたのも、それが目的だったのである。

――この男、若いが、なかなか頭がよくまわる。しかし、これなら話はうまくゆくぞ。

と、二人は互いの心を読み合った。

「恐れ入りましたよ。まったくそのとおりで。そこまで気をつかってくださる以上、何も申すことはありません。渋沢さん、なんなりと私たちにできることなら仰せつけください」

「お主たち全部の了解を得ておかなければならないが、さしあたり働いてもらうのは、おすみなのだ」

「あたし――に」

おすみが、びっくりして、目を大きく開いた。

「おすみ、モンブランとシーボルト、その後も、口説きに来るか」

おすみが少し紅《あか》くなって下を向く。六左衛門が代わって答えた。

「ええ、ええ、お二人さんとも、なかなか熱心で――毛唐てものは、人の見ている前でも平気で臆面もなく口説くものですな。博覧会の茶店にやってきちゃ、あいびきの約束をさせようとするし、この宿にも何度か引っ張り出しに来ましたよ」

「それで、一度ぐらい応じてやったのか」

「いえね、おすみがどうしてもいやだっていうので、私たちももともと、変なことはしたくねえし――おっと、渋沢さん、あなたとおさとは別ですよ、これはお互いにどうやら
――はっはっは。いや、お気を悪くなすっちゃいけません」

篤太夫も、ちょっと照れ笑いをした。

「おさととのことは、目をつむってくれ」

「わかっております」

「それでおすみに頼みたいのだが、その二人、とくにシーボルトと、少し仲良くしてくれまいか」

「へえ、それはどういうわけで」

「まずシーボルトだが、私の見たところでは、イギリスのエスピオンらしい」

篤太夫は覚えたてのフランス語を使った。

「エスピオン？」

「隠密《おんみつ》、密偵、間者《かんじゃ》といったたぐいだ。イギリス語ではスパイという」

「へえ、あの人がね。なんでも、横浜を出てからずいぶん、公子様ご一同のためにお尽くししたとか、今でもご信任が非常に厚いとか聞いていましたが、ひでえ奴《やつ》ですな。道理で少々愛想がよすぎると思いましたよ」

「私は間違いないと思うが、まだ確実な証拠をつかんだわけではない」

「しかし、そんな疑いがあるんなら、一刻も早く追い払ってしまったほうがいいのじゃありませんか」

「いや、私は今までよりも、もっと仲良くするつもりだ」

「へえ、わかりませんな」

「密偵なら密偵で、逆に使いようもある」

「なるほど」

「それにしても、彼らが何を考え、何をしようとしているのか、本心をつかまなければならんのだ。その役をおすみに頼みたい」

「私が、そんなむずかしいことを——とてもできそうにありません」

「謙遜するな、男を手玉にとることは練達のはず」

「まあ」

「いや、これは冗談だ。憤《おこ》るな。シーボルトに本音を吐かすためには、おまえが公儀（幕府）の悪口をいうのだ。私はひどい目に遭わされた、兄の仇《かたき》だ——なんでもいい、公儀に恨みをもっているように見せて、公儀を非難し、薩摩の肩をもつのだ」

「あの憎たらしい薩摩や長州のことを賞《ほ》めるのですか」

「そうだ、情夫《いろ》が長州の侍で、幕吏に殺されたことにしてもよい。とにかく、そうして、シーボルトがどんな態度をとるか見るのだ。あいつもしたたか者、容易に本音は吐くまいが、うまくやってくれ」

「できるかどうかわかりませんけれど」

「やればできる。徳川家のためだ、頼む」

篤太夫が、きっと上半身を立て、両膝に手をついて、頭を下げた。

「あ、渋沢様、そんな。私、やります」

「頼むぞ。それからモンブラン、これははっきりわかっている。薩藩にしっかり食い込んでいる男だ。できれば、彼が薩摩のために何をしようとしているか探ってもらいたい。だが、本命はシーボルトだ。おすみ、これはおまえが考えているよりもはるかに重大なことなのだ。徳川家――というより日本の将来がかかっていることだといってもよい」

篤太夫の最後の言葉が異常な沈痛さをもって発しられたので、五人は思わず総身《そうみ》をひきしめ、篤太夫の顔を見まもった。

シーボルトはモンブラン伯爵邸の豪奢《ごうしゃ》な客室にはいって、椅子に腰をおろした。

少なからず驚いたような顔つきである。

イタリアの簞笥《たんす》、スペインやポルトガルの手匣《てばこ》、シナの首振り人形、ややくすんで見える日本の屛風《びょうぶ》、刺繡《ししゅう》をした絹布、精巧なつづれ織り、ベッドのように大きい肘掛椅子――部屋全体は緑と赤とをぼかしたような色調を保っていて、妙にけだるい悦楽の香りをただよわせている。

――いったい、どういう男なのかな。

シーボルトは改めてそう自分に質問してみた。彼がこの邸《やしき》の主人公について知っていることは、きわめてわずかである。

フランスではモンブラン伯爵、ベルギーではインゲルムンステル男爵、その莫大《ばくだい》な富は主として、アフリカ、とくにアルジェリアにおける特権的事業によって獲得されたものだという。

その後、極東サイゴンに投資したが、これは失敗に帰したらしく、その埋め合わせのつもりか、日本に目をつけた。対日貿易がかなり有利であることは、英国貿易商社の口から広く知られていたのである。

日本との貿易に特権的地位を得ようとして、彼は、元治元年（一八六四年）幕府が外国奉行池田筑後守を欧州に派遣したとき、これに近づいたが、池田はきわめて冷淡に扱った。モンブランについての中傷が耳にはいっていたし、何よりも異国人を警戒し、これとの接触をなるべく避けようとする状況にあったからである。

翌慶応元年八月、薩藩の大目付新納刑部、船奉行五代才助らが留学生十五名を率いてロンドンに到着したとき、たまたまロンドンにいたモンブランは、これと面会し、俊敏な五代と意気投合した。

五代がロンドンで武器を購入するについて大いに斡旋《あっせん》してその信用を得た。新納と五代を案内して大陸に渡り、ブラッセル市で、貿易商社設立についての相談をまとめた。

――薩摩ノ領内ニアル金・銅・鉄・錫《すず》・鉛等ノ山ヲ開キ、種々製造機関・鉄工武器ヲ製造シ、又ハ絹・綿・茶・蠟《ろう》・煙草《たばこ》等ヲ製スル諸機関ヲ組立テ、有力ナル欧羅巴《ヨーロッパ》ノ産物ヲ輸入スル為ノ商社ヲ設立センガ為、モンブラン会盟シテコレヲ助ケ、ソノ益分ハ出来高ニ応ジテ分配ス。

というのが骨子である。

爾来《じらい》、モンブランは「薩摩、大隅《おおすみ》、日向三カ国の大守兼琉球国の領主島津修理大夫」のヨーロッパにおける正式の代弁者として活動している。万国博覧会に関してももちろんそうだ。

幕府の代表池田筑後守に失望させられた彼は、五代から、幕府がすでにまったく日本統治の実権を喪失してしまっていること、徳川氏に代わる次代の主権者の最も有力な候補者が島津氏であろうことを吹き込まれ、熱心な薩藩支持者になってしまったらしい。

シーボルトはモンブランが、パリばかりでなく、ブラッセルでもロンドンでも、経済界に相当名を知られていることを探知すると、ただちに、これに接近した。

シーボルトの噂《うわさ》を聞いていたモンブランは最初、猜疑《さいぎ》の念をもって接したが、シーボルトはただちにその疑念を解くような証拠を示したのである。

第一は、博覧会打合わせの会議に、フリュリ・エラールを出席させぬように工作したこと、第二に、フィガロ紙に、幕府と薩摩とが対等だという情報を持ち込んだこと。

「どうです。私とあなたとが、完全に同じ目的を持っていることがわかったでしょう」

カジノで会ったとき、シーボルトが言った。

「どうやら、手を組んでゆけそうですな。一度、私の邸に訪ねて来てください」

モンブランが招待した。

そのモンブランが、今、右手の左右に開く大きな扉を排して部屋にはいってきた。

カジノで二、三度会ったときとはまるで別人のように重々しい風格があるように思われ、シーボルトは、少し気圧《けお》されるのを感じた。

「伯爵、お招きいただいて光栄です」

シーボルトが立ち上がって、対手《あいて》の白い大きな手を握った。

「シーボルト君、今日は儀礼抜きで、お互いに腹を割って話すことにしましょう」

「賛成です、伯爵」

「正直のところ、私はあなたの行動に感服し、かつ驚異しています。イギリス外務省があなたのようなすばらしい――」

モンブランがちょっと口ごもったのをみてシーボルトが、すぐにつづけた。

「スパイ――とおっしゃりたいのでしょう、そう言われてもかまいません。しかし、私自身は、スパイとは思っていない。本国政府の意向どおり、未開国日本のために最も良いと思われる政策にのっとって動いているのです」

「それは、公子の信用を得つつ、公子を裏切ることを意味するのですか」

「頑迷な幕府を動かすためには、公子の信頼を博する必要があるのです。だから私はそのために全力を尽くし、成功しました。同時に、徳川家がすでに、全日本の政権の主体として実力を失い、単に最も大きな大名の一つにすぎないことも明らかにしなければならない。それが徳川家のためにもよいのだと信じて、そのように行動したのです」

「しかし、結果において、公子一行を欺いていることは確かでしょう」

「そのとおりです」

「公子が面目を失い、フランスと気まずいことになったら、気の毒ですね。もっとも正直のところ私は、それを望んでいますがね」

「おそらくそうなるでしょう。しかし、そのときは、公子の身柄は、イギリスでお引き受けしますよ」

シーボルトが、皮肉な微笑を洩《も》らした。

――そうだったのか、イギリス政府は、幕府と薩摩と両股かけようとしているのか、相変わらず狡猾《こうかつ》なやり方だ。

モンブランは、この新しい発見に動かされた表情を、葉巻《シガー》の煙でかくした。

「見事な二段構えですな。で、さし当たり、あなたが採ろうとしている方策は――いや、私があなたと協力できる点は――とお聞きしたほうがよい」

「フィガロの記事に対して、当然、公子一行から反駁《はんばく》文が提出されるでしょう。それが掲載されないように、伯爵の社会的勢力を及ぼしていただきたいのですが」

「そのくらいのことはできるでしょう。実は、あなたに先《せん》を越されたが、私も同じようなものを、リベルテ紙にのせるつもりでいたのです。今朝送っておきましたがね」

モンブランは、テーブルの上の小箱から一枚の紙片をとり出して示した。

――博覧会場では日本連邦ミカドの旗である日の丸のもとに、大君政府（幕府）と琉球薩摩大守政府の陳列場が分離されている。これは大君がしばしば信ぜられているような日本皇帝ではなく、薩摩大守および他の大名と同じく、単なる自領のみの支配者であり、他の大名と同格の存在であることを最も明らかに示しているものと言ってよい云々《うんぬん》。

「結構ですな」

「これだけでは足りない。ミカドこそ真に日本の支配者であることを、全世界に知らせるために、私は、Japon tel qu'il est（日本の実体）という小冊子を書きました。近いうちに出版されるはずです」

「ほう、それが日本に齎《もたら》され、翻訳されたら、幕府は肝をつぶすでしょう」

「幕府ばかりでなく日本の国民がね」

「しかし、日本人は案外、もう幕府に見切りをつけているのではありませんか。これは私も少し意外に思ったのですが、幕府のお膝元の江戸の市民でさえ、幕府を痛烈に罵倒していますからね」

シーボルトがそういうと、モンブランは口もとをほころばした。

「その市民は、女性ですな」

「え」

「おすみ——でしょう」

「あなたも、おすみから、幕府攻撃を聞かされたのですか。どうやら、二人はライバルのようですな。これは困りました」

「シーボルト君、ご心配なく。私はただ、日本の事情が聞きたくて、おすみに接近しただけです。それ以上の何ものもありません」

モンブランは、昨夜、ようやく、納得させてこの邸に連れ込み、ベッドの上で帯を解いたおすみのからだが、案外貧弱だったので、もうすっかり手を引く気になっていたのである。

シーボルトはまだ、おすみを自分のものにしていなかった。焦《じ》らしたほうが、より多くの情報を手に入れうると考えたおすみの手くだのためであろう。

「伯爵、むりをなさらなくてもいいのです。私もおすみにたいした関心はありません」

「私はほんとうのことを言っているのです。だいいち、私がもし日本の小さな琥珀《こはく》色をした女に興味をもったとしても、まもなく十分に堪能《たんのう》できるでしょうからね」

「それは、どういう意味です？」

「私は、日本に行くつもりですよ、薩摩から、しきりに招待されているのでね」

これは意外であった。

「薩藩との貿易商社の件は、もうそこまで、進んだのですか。幕府のほうは相変わらずもたもたしているのに、すばやいことですな」

「薩藩はいままでのところ、海外からの武器や器械の輸入をもっぱら、長崎にいるイギリス商人グラバーを通じてやってきたのですがね。グラバーはなかなか細かくてね。金の催促がうるさい。彼に独占させないで、ほかのルートもこしらえたほうがいいと考えたのでしょうね」

――これはさっそくグラバーに知らせてやらなければならない。

と、シーボルトは考えたが、

「そう、独占はいけない。幕府が外国貿易を独占しようとするのがいけないように、グラバーが独占するのもいけませんな」

「私が出ていっても、薩藩とイギリスの特殊関係にひびのはいるようなことは決してしない。その点はご安心ください。私はイギリスと薩摩の味方ですよ」

「そのお言葉を信じて、お願いしたいことがありますが」

「私にできることなら」

「一つは幕府とフランス政府との借款問題です。これが成立しないように妨害すること。もう一つは、これと関連しますが、幕府の対仏貿易機関として設立されようとしているソシエテ・ゼネラルを失敗に終わらしめること——この二つです。伯爵の財界における地位を十分に活用してくだされば、可能だと思いますが」

「財界における私の地位をそれほど評価してくださったのはありがたいですが、なかなか難問題ですね。ご承知のようにフリュリ・エラールが、だいぶ力を入れていますからな。彼の金融界における信用は、相当なものです」

「しかし、幕府に対するフランス政府とフランス国民の信用が破壊されれば、フリュリ・エラール氏でも、どうしようもないでしょう」

「となると、始めに戻って、まず幕府の代表者である公子の面目を公衆の面前でつぶすことが必要ですね」

「その方法は、いくらもあると思います」

「公子の信任第一のあなたが、そういわれるなら間違いないでしょう」

「私は、私にできるいっさいの手段をつくします。伯爵も、どうぞ、財界に働きかけて、幕府に対する援助になるようなことは、極力押しつぶしてください」

シーボルトがそう言ったとき、執事がはいってきて、盆の上にのせた名刺をモンブランに差し出した。

「シーボルト君、薩摩の岩下佐次衛門が来ました。あなたはここで顔を合わさないほうがいいでしょう」

「そう。伯爵と私の接触は、何ぴとにも知られないほうがいい」

「それならば、今後、カジノやカフェでお会いしたときは知らぬふりをしましょう。どうやら日本の紳士諸君、パリの夜の愉《たの》しさがわかりかけてきたとみえて、ちょいちょい、あの種のところで姿を見掛けますよ。たいてい、例のカションが同行しているようですが」

「カション――あの男は、今、必死になって、公子の好意を得ようとしています」

「まったくむだにね――では、シーボルト君、別の出口へご案内させよう。さようなら」

「さようなら、伯爵」

シーボルトが出てゆくのと入れ代わりに、岩下佐次衛門がはいってきてうやうやしく一礼した。

皇帝謁見式

グランド・ホテルのロビーから昇降機《アッサンスール》に乗ろうとしたとき篤太夫は、カションに声を掛けられた。このごろはいつも篤太夫のアパルトマンのほうに訪ねてくるのが例になっていたカションが、ここで待ち受けていたのは、何か特別のことがあったに違いない。カションの細い目も、明白な憤《いか》りを示していた。

「僧正、何かあったのですか」

篤太夫は、カションを窓ぎわの長椅子に誘って、すわらせた。

「渋沢さん、私は今、田辺さんに話して来ました。大変な侮辱です。この私個人に対する侮辱であるばかりでなく、駐日公使レオン・ロッシュ閣下に対する公然たる侮辱といっていいでしょう」

カションは太い眉をあげ、両手をはげしく左右に振りおろした。

「どうしたのです。詳しく話してください」

こんなときの篤太夫は、対手《あいて》を落ち着かせるような独特の口調で話すことができる。

「皇帝の謁見式のことですよ。向山全権は公子と皇帝との会話を通訳する役を保科俊太郎に決定して、フランス外務省に通告した。私の面目は丸つぶれです。私はロッシュ公使の委託を受けて、公子のお世話をするためにパリに来た。しかるに公子はじめ向山さんも、すべてをシーボルトに委《まか》せて、私をまったく無視している。よろしい、それはかまわないとしよう。だが、少なくも皇帝の謁見式のような公けの場合には、私の、そして私を推薦してくれたロッシュ公使の面目を立ててくれるくらいの常識は持っておられるものと思っていた。しかるに、保科にいっさいを通弁させ、私をまったく謁見式から除外しようとは。いったいどういうわけで、これほど私を侮辱するのですか」

——なるほど、これはメルモッチ（カション）の怒るのも一理あるな。

と篤太夫は、感じた。

「向山全権に談判しようとしたが、彼は会ってくれない。今田辺さんに詰問すると——保科は横浜であなたにフランス語を習い、今や晴れの席で、通弁をするまで熟達したのだ。これはあなたの教育の巧妙さを示すもので、あなた自身が自ら通訳に当たるよりも、はるかに多くあなたにとって名誉ではないか——という、詭弁《きべん》だ。私をいっさいの公式の席からはずそうとするシーボルトの策謀に、全権以下すべての人がうまく乗せられているのですよ」

「シーボルトにはそれだけの勢力はない。全権はこの際、すべてを日本人だけの手でやってみようと決めたのでしょう」

「それならば私も我慢する。しかし違うのだ。シーボルトは、公子一行の随員として謁見式に正式に随行することになっている。私はそれを外務省で確かめてきた。これでは私はもう外務省の連中にも顔が合わせられない。渋沢さん、男の面目――サムライの威信――紳士の体面、みな同じです。私はほんとうに憤慨しています」

――メルモッチを完全に失脚させることによって、ロッシュ公使の面目をつぶし、日本から召還させようというシーボルトの策謀だな、どうもこのところ、秤器《はかり》がシーボルト側に傾きすぎているようだ。

「僧正、私が向山全権と田辺殿に話してみましょう。夕刻私の所に訪ねてきてください」

篤太夫は、そういい残すと四階に上がっていって、向山の部屋のドアを叩《たた》いた。

ちょうど田辺太一が、向山と話していたのは、カションのことだったらしい。篤太夫が、

――今、僧正が、

といいかけると、向山が、

「怒っていたか、坊主。この際、あれは追っ払ったほうがいい」

と、無責任な放言をした。

「全権、それはまずいと思います。江戸においてロセス公使が、上様（慶喜）のご信任を受け、小栗、小笠原、松平らの諸閣老と緊密に結びついていることはご承知のとおり。しかるにそのロセスが自分の腹心として、公子ご一行に推薦したメルモッチ僧正を、出先でかってに追っ払うようなことをしては、いささか信義にはずれるでしょう。僧正個人に対する感情は別として、一応、顔を立ててやらなければなりますまい」

「そうか——そういえばそうだが、もう決まってしまったことなのだ」

「変更は、私が外務省に参って届け出てまいります」

「どう変えればいいというのだ」

「いったん公式に決定した以上、保科の面目もありますから、謁見当日は、公子の口上は保科が通弁し、フランス皇帝の答辞は、メルモッチが通弁することにしてはどうでしょう」

「うむ、それは名案だ」

「ところで全権、シーボルトを随行させるとか聞きましたが、事実でしょうか」

「うむ、あれはこちらで決めたのではない。フランス外務省のほうから申し入れてきたのだ。なんでも外務大臣のムスチェー侯が、シーボルトの父親と親しい仲だったとかで、とくに計らったという」

「シーボルトの父親がフランス宮廷に知られていたことは私も聞いていましたが、それならば、別の招待方法があるはず。公子の随員として招いたのは、シーボルトが内々、そのように運動したからではないでしょうか」

「シーボルトがなぜ、そんなことをせねばならんのだ」

——彼はイギリスのスパイです。ロセス公使を失脚させようとはかっている。

篤太夫はこのことを、まだ向山にも田辺にも話していなかった。もし話せば、単純な向山は、ただちにシーボルトを放逐するかもしれない。それでは困るのだ。

——おれの目的を達成するためには、スパイ、シーボルトの存在が当分必要なのだ。

篤太夫は、さりげなく答えた。

「シーボルトとメルモッチとは、どちらも公子の随行員たることを最も名誉と考えておるからでしょう」

——三月二十四日、雨、午後二時仏帝謁見の式あり。

と、航西日記に記されている。この日付はもちろん、篤太夫たちが使用していた陰暦で、太陽暦では四月二十八日である。

この日午後一時、日本名誉領事フリュリ・エラールが黒羅紗《くろらしや》に金飾《きんしよく》の礼服を着用し、剣を下げてやってくる。つづいて仏外務省礼典係のラミエス、シヒエイの両人が、宮廷さし回しの金色燦然《こんじきさんぜん》たるアンピール式馬車四台に付き添って迎えにくる。

民部大輔（公子）は衣冠、向山全権、山高傅役《もりやく》は狩衣《かりぎぬ》、保科、田辺は布衣《ほい》、箕作、山内、日比野、杉浦らは素袍《すおう》の正装で、馬車に分乗した。

第一車　四頭立て　向山・山高・保科・ラミエス

第二車　六頭立て　公子・カション・シヒエイ

第三車　二頭立て　田辺・山内・フリュリ＝エラール・レオン＝ジュレー

第四車　二頭立て　箕作・日比野・杉浦・シーボルト

これらの行列が走り出すと、雨にもかかわらず、多数の群衆が路《みち》の左右を埋め、一行の異様な服装に好奇の目を輝かし、歓声をあげた。

なにしろ、公子昭武は黒袍《くろほう》紫の指貫《さしぬき》、緋綸子《ひりんず》の衣服、白銀《しろがね》造り金蒔絵《きんまきえ》の太刀《たち》、黒の塗沓《ぬりぐつ》、冠、中啓《ちゅうけい》といういでたち、向山、山高の両人は、薄色の狩衣、浅黄の指貫、白貫無垢《むく》絹糸織、沓、佩剣《はいけん》という恐ろしく古風な装いであったから、各国各様の異装にはたいてい慣れっこになっていたパリ市民も、かなり驚いたらしい。

チュイルリー宮の正門をはいると、両側に歩兵の一隊が整列して捧《ささ》げ銃《つつ》をし、軍楽隊が奏楽して迎える。

玄関車寄せで、馬車から降りると、式部長官カンバセイレが誘導して階上に上がり、つぎつぎに四つの部屋を通過した。

第五の部屋にはいると、正面の三段高い壇上に皇帝ナポレオン三世と皇后ウージェニーが着席し、その左方に外務大臣以下の顕官、右方に高貴の女官が並んでいる。

皇帝はこのとき、五十九歳。十五年前の一八五二年十一月、人民投票によって皇帝に推戴され、十二月二日、ピンと細く尖《とが》らせた口髭《くちひげ》をひねりながら、このチュイルリー宮殿の主《あるじ》となった男である。そしてこの謁見式から三年後の一八七〇年、ドイツ軍のためセダンで敗れて、ロンドンに亡命し、七三年に生涯を終えた男である。このチュイルリー宮は、その二年前、すなわち一八七一年のコンミューンの乱に、火を放たれて灰燼《かいじん》に帰した。

皇后ウージェニーは、スペインの貴族モンテイホ家の娘で、金髪の美姫《びき》と謳《うた》われた佳人。二十八歳のとき、四十五歳の皇帝と結婚し、その美貌で全パリ市民を魅惑した。

このときはすでに四十歳をこえていたが、まだ十分に美しかったらしい。近くでその顔をみたはずの保科が、

――皇妃、甚だ美麗、耀《かがや》く如《ごと》し。

と記している。

ウージェニーは、公子昭武に対して特別の興味を抱いていた。

皇太子が十五歳で、ほとんど公子と同年配だからである。

自分の愛児と同年もしくは一、二歳年少の少年が、はるばる東洋の果てから、大君代理の重任を帯びてやってきたことに、同情と哀憐《あいれん》と感嘆との入り混じった母性的な感慨に満たされていたので、昭武が部屋にはいってくると、少しからだを乗り出すようにした。

昭武の衣冠姿は、あまりに異様に見えたので、最初、彼女はその姿がはたして少年使節その人であるか、ちょっと疑ったが、すぐに少年のやや紅潮している、つやつやした頬と、澄んで美しく、まったく物おじしない明るい瞳とを認めた。

――可愛《かわい》い少年だ。でも妙な衣装を着て、まるでお芝居をしているような。

思わず洩《も》れた微笑をかくそうと俯向《うつむ》いたとき、昭武が、荘重な足どりで、前に進み出てきた。

式部官が、

――ソン・アルテス・アンペリアル・ジャポン（日本皇族殿下）

と、奇麗な発音で声高く披露する。

公子が口上を述べ、保科が仏訳すると、ナポレオン三世は、まことに悦《よろこ》びに堪えない。今後とも両国親睦の交際ある君主の舎弟に面接しえたのは、まことに悦びに堪えない。今後

と、答辞を述べ、カションが日本語に訳して述べる。

つづいて田辺が、袱紗《ふくさ》包みの中から、国書を取り出し、昭武がこれを持って帝座にすすむと、皇帝は座を立ち、片足を一段下におろしてこれを受け取り、外務大臣に手渡す。

国書には、次のごとく記されていた。

――恭しくフランス国帝陛下に申す、今般貴国都府において、宇内《うだい》各所の産物を蒐《しゅう》集《しゅう》し、博覧会の挙ありと聞く。定めて同盟の国々顕貴集会あらん事を遥《はる》かに欣羨《きんせん》にたえず、依《よっ》て余が弟徳川民部大輔をして余の代りとし同盟の親誼《しんぎ》を表せしむ。いまだ少年にて諸事不馴《ふな》れの事に候間《そうろうあいだ》、厚く垂教を乞う。かつ、右礼典畢《おわり》てその都府に留学せしめたく、宜《よろ》しく教育あられたく、なお追々生徒も差渡すべく候間、その筋へ命令あらん事を乞う。併せて貴下の幸福を祝し、貴国人民の安全を祈る。不宣《ふせん》。慶応三年丁卯《ひのとう》

正月、源慶喜

これで、謁見式は無事終了。

昭武は皇帝と皇后に黙礼する。

ウージェニーは、少年の瞳をじっと見つめて答礼したが、再び思わず唇がほころび、白い歯がちらと見えた。

——優しそうなかただな。

少年昭武が、異国人の中で初めて親しみを覚えたのは、権勢第一を誇る帝妃そのひとであった。

一同、次の間に退出し、向山全権から皇帝への贈答品目録を、式部長官に渡したうえ、往路同様、多くの群衆の目の中を、ホテルに帰着した。

贈答品目録は、次のごとくである。

皇帝へ——
一　水晶玉　　一
一　組立茶室　　一組
一　源氏蒔絵手箱　　一
一　松竹鶴亀蒔絵文箱《ふばこ》　　一
一　実測日本全図　　一部
皇妃へ——
一　水晶玉　　一双《いっそう》
一　蒔絵料紙箱《りょうしばこ》　　一
一　同硯箱《すずりばこ》　　一
皇子へ——
一　拵附《こしらえつけたり》太刀　　一振《ひとふり》

謁見式の後、一週間ほどして、外務大臣官邸で舞踏会が行なわれ、公子一行が招待された。皇帝皇后以下、貴族高官、都下の名士、各国より博覧会へ参集の各国代表など、ことごとくを招待した大掛かりなものである。

大広間から庭の砂の上まで舞踏場に当てられていたが、広間にはマホガニー製のどっしりした椅子、卓子《テーブル》、飾り棚が置かれ、ジェノア・ビロードの壁掛けが張りめぐらされていた。

庭に面した窓の前に陣取ったオーケストラがワルツを奏ではじめると、その柔らかなリズムに誘われて、早くも、人びとは踊り出す。

公子は、今夜はさすがに衣冠束帯はつけず羽織袴《はかま》に脇差《わきざし》だけを帯びている。向山以下も同じ。太刀を預かったクロークの人たちは、そっと刀身を抜いて見たに違いない。

彼らの姿は、それでも、始めのうちはかなり好奇心の対象になったが、踊りが始まり、こうした舞踏会に特有の興奮した雰囲気が広間から庭にかけて、熱っぽく満ち渡ってゆくと、もう誰もが、見向こうともしない。

誰も彼もが、この夜に期待した恋と情事と、利権と地位と金とを追い求めて、鳥のように飛び回っていた。

公子の一団は、火のない暖炉のそばに固まっていた。

シャンデリアの光が、ひるがえる貴婦人たちの衣の裾が、波のような音楽の旋律が、運ばれてきたグラスの中の酒が、彼らを茫乎《ぼうこ》とさせていた。

近くに立って、恐るべき速さで、異様な言葉を囁《ささや》き合って、哄笑《こうしょう》し、嬌笑《きょうしょう》し、大げさな表情をみせる異国の男女が、妖《あや》しい怪物のように見えた。

そして、彼らの話していることを理解しえたならば、まさしくこの華麗な盛装の男女の中に住むものは怪物であることを知ったであろう。

——あの女は裸にすると板のように痩せているよ。せめて、そいつに目をつむらせるだけの持参金でもあればね。

——ボルトナグは破産するって話だ。ヴィリエ街の邸《やしき》は三重か四重の抵当にはいっているし、あいつをあすこまで追い込んだフォシュリーの奴《やつ》がいずれ、あの邸と、その邸にいるアメリーを手に入れるだろう、畜生！

——シュタイネルがヴノー侯爵夫人をとうとう、ラブリュイユール街の例の家に連れ込んだがね、がっかりしたそうだ。尻があまり小さいのでね。クリノリーヌというやつはまったく、あそこを膨らまして、ほんとうの格好をわからなくしてしまうからな。

——ドリュイン・デ・ルイさんがまた外交界に復活するって話をお聞きになって？　製薬会社で儲《もう》けたお金で、すばらしいダイヤの頸飾《くびかざ》りを、ウージェニー皇后に献上したのだそうよ。

——皇帝は、このごろまたカスチリョーネ伯爵夫人とよりを戻したらしいわ。この間のチュイルリー宮での舞踏会では、皇帝は始めから終わりまで、ほとんど、あのひととばかり踊ってらしたって。そしてね、伯爵夫人が頭が痛いって奥へ引っ込んだら、皇帝も姿をお消しになってね、ふふ、そのあとで伯爵夫人が出てきたとき、四十二万フランの真珠のネックレスをつけてたって話よ。

幸いなことに、保科のフランス語の知識でさえ、早口に低く囁かれるこうした醜い話の内容を理解するには十分でなかったので、公子一行は、ただ華麗な雰囲気に驚嘆していただけである。

公子たちとともに招かれたカションは、酒を満たしにグラスを持って歩いていたところを、モンブランにつかまり、庭の一隅《いちぐう》の大理石の椅子にすわらされていた。

お互いにただ顔見知りの程度で、これまでとくに話したことはないのだが、今夜はなぜか、モンブランのほうから、愛想よく声をかけたのである。

「カション君、めんどうな駆引きはやめて、単刀直入にゆきましょう。どうです。私と手を組みませんか」

カションは、彼のような性格の男には、とても考えられもしないこのあけっ放しな、図々《ずうずう》しいともいえる申し出に、驚いて、牛のような目を大きく見開いた。

「どういう点で、私の協力を期待しておられるのですか、伯爵」

「私は、二、三カ月のうちに、日本へゆきます。日本で仕事をするうえで、君が力を貸してくれれば非常に助かるのです」

「しかし、私はご承知のように、幕府方だし、あなたは薩摩と特別関係にある。どのようにして協力できるのですか」

「ロッシュ公使に信頼されているあなたの地位を利用して、情報その他の便宜をはかってくれればいいのです」

「私に、公使と幕府を裏切れというのですな」

「いや、私はあなたが自分に与えられた待遇に応じて、公使にも幕府にも尽くせばいい、と思っているだけですよ。ロッシュ公使はあなたをどんなに待遇しましたかね、自分の留任運動のために派遣しておきながら、何一つ特別の便宜ははかっていない。あなたが日本の公子一行から冷遇されているのもわかっているはずなのに知らん顔をしている。あなたはロッシュの家来ではないでしょう。日本の大名の家来のように無条件に忠誠を尽くす義務はない。幕府にはなおさらのことだ。公子たちは、シーボルトにすっかり丸め込まれ、あなたを無視している。この間の謁見式にあなたが強硬に主張して割り込んだことを、彼らはひどく怒っているという話ですよ。シーボルトは悪い奴でね。失礼ながら、あなたのような善良な一本気のかたは、まともに太刀打ちできませんね。そのシーボルトがまた日本に行き、グラバーと組んで私をやっつけようと思っているらしい。私も彼らに対抗するため、頼りにする人がほしいのです」

カションは、酒の酔いも回っていたし、モンブランの怪弁に頭がこんぐらがってきた。

——この男のいうとおりかもしれん。幕府のために誠心誠意はかるなどというのは、ばかげたことかもしれん。この男と組んで、うんと金を儲けたほうが利口なのではないか。

カションが、心を決めて応諾の返事を与えようとしたとき、広間と玄関をつなぐ扉のところに立った男が、大声に、皇帝夫妻の到着を告げた。

踊っていた者も、話していた者も、一斉に静まり、形を正して入口のほうに向き直る。

皇帝は、いつもこうした場所にはいってくるときに見せる、わざとらしい威厳を誇示しつつ、皇后の腕をとってはいってきた。

皇后は純白のドレスの裾を長く引いている。それは驚くほど長く、四メートルほど向こうに、裾持ちが三人、金ピカの服を着て、堂々と立っていた。

傷ついた威信

篤太夫がおさとを送ってサン・テイヤサント通りの宿へ行くと、おすみが待ち受けていて、新しい情報を伝えてくれた。

おすみはそれを昨夜、モンブランの邸《やしき》のベッドの上で聞いたのである。

「渋沢様、デコラシオンとかメダイユとかいうものをご存知ですか」

「知らんな、なんだね、それは」

「なんでも、金銀や宝石などでこしらえたもので、胸に飾りのようにつけるのだそうです。戦争やそのほかのことで手柄のあった人にくれるものだとか」

「ああ、勲章とか功牌《こうはい》とかいうものだろう。それならマルセーユで、軍功をたてた者に授与される式典を見たことがある」

と、篤太夫は、すぐに思い出したが、

「それがどうかしたのか」

「昨夜、モンブラン伯爵が――」

といいかけて、目もとをちょっと染めたが、

「モンブラン伯爵が言っていました。島津様では、薩摩琉球国デコラシオンというものをこしらえて、フランス皇帝ご夫妻や、政府の偉いお役人がたや、博覧会でお世話になったかたがたに贈られたそうです。私も、見せてもらいましたが、ずいぶん奇麗なものでした」

「しかし、あんな子供だましみたいなものを、皇帝や大官連中がもらって悦《よろこ》ぶのかな？」

「私も、女の人が首飾りにでもするのではないかと思って、聞いてみましたら、フランスの人は、あのデコラシオン——勲章というのですか、あれが大好きで、自分の国の政府はいうまでもなく、外国の政府からでも、それをもらうと非常に悦んで、名誉に思うのだそうです」

「そうか——そうなのか」

いわれてみれば、篤太夫にもわかる。

「モンブラン伯爵は笑っていました。幕府は、功労のあった外国人に紋付羽織や袴《はかま》を贈っているが、あんなものを着て歩くわけにもゆかないし、ばかげたことだ。自分は薩摩公にすすめて勲章をつくらせ、それをフランス高官に贈らせた。みな非常に悦んでいるって。私が、いつもお公儀の悪口を言っているものだから、話してくれたのです」

「薩摩琉球国勲章——といえば、薩摩琉球国なるものが、幕府のほかに独立していることを意味する。うまい手を使ったな」

篤太夫は、思わず、

――畜生！

と、呻《うな》った。

翌日、さっそく、向山に会ってこのことを話す。向山もマルセーユでの勲章授与式のことは覚えていた。ただ珍奇な儀礼だなと記憶していただけである。

「全権。勲章を贈ることが、諸外国の風習であり、ことにフランス人がそれを悦ぶというのなら、幕府でも、至急、勲章ないし功牌を制定して、贈るようにしなければなりません」

「うむ、それにしても、薩摩が公儀に断わりもなくそんなものをこしらえ、薩摩琉球国勲章などと称して諸方に贈るとは、けしからぬ話だ。博覧会陳列場標示のことといい、故意に公儀の威信を傷つけ、公儀と薩摩とを対等のグーヴェルマンと見せようとしておるのだ」

「このままにはほうっておけません、ただちに江戸へ事情を報告し、幕府の手で日本国政府の勲章をこしらえてもらいましょう」

「それにには、フランス国制定の勲章にどのようなものがあるのか取り調べて、参考として江戸へ送ってやらねばならん。それに薩摩でこしらえた勲章というのも一応、見ておく必要があろう」

「さっそく、手配します」

「薩摩の勲章が手にはいるか」

「おそらくフロリヘラルドがもらっているでしょう。彼のところで、それとなく私が見てきます」

篤太夫は、保科といっしょに外務省に行って、顔見知りの礼典係ラミエスに頼んで勲章に関する資料を見せてもらった。

帰りに、サン・トノレ街三百七十二号のフリュリ・エラールの住居を訪れ、皇帝謁見式のときの話などをしばらくしていたが、

「フロリヘラルドさん、あなたはサツマから勲章を贈られたそうですね」

と、なにげないふうに、篤太夫が、いい出した。

「え、昨日。なかなかりっぱなものです」

「レジォン・ドヌールのようなものですか」

篤太夫が、外務省でラミエスから教わったばかりの知識で質問する。

「そう、そうですね。ま、見てください」

フリュリ・エラールが得意そうに勲章を持ってきて見せた。

モンブランが新納や五代にすすめ、パリの勲章製作者として知られているトーランド社に命じて作らせたものだ。レジォン・ドヌール勲章にかたどり、赤い五稜星《ごりょうせい》の中央に、丸に十字の島津家紋章を白く浮かし、五稜の間に金文字で「薩摩琉球国」の五字をはさみ、赤地に細く白い条《すじ》を両端に一本ずつ入れた綬《ひも》を、リボンを結んだ形でつないだものである。

裏面に「贈文官兼武官」と刻んであるのも、レジォン・ドヌールが文武両者に贈られる

のにならったものらしい。

記憶に止《とど》めるように、打ちかえし熟視している篤太夫に、フリュリ・エラールが、遠慮がちに言った。

「大君政府でも、こうしたものが必要でしょうな」

「幕府では、今、製作中です。こんなものより、もっとすばらしいものができます、それは、薩摩とか琉球とかいう、ちっぽけな一地方官庁の功牌《メダイユ》とは違って、全日本政府の勲章ですからね」

篤太夫が、すましこんで、答えた。

グランド・ホテルに戻ってくると、向山に、外務省でもらってきた資料と、篤太夫が心覚えによって描いた薩摩琉球国勲章の図とを手渡し、

「至急、幕府へ勲章制定を進言してください。フロリヘラルドには、現在製作中と言っておきましたから」

「そんなかってなことを言っては困るな」

「私はこれから薩摩の連中に会って談判してきたいと思いますので、田辺殿にご同行いただけないでしょうか」

田辺を先に立てて、新納や岩下の泊まっているはずのホテル・ランピールに行ってみると、フロントの男が、にこりともせず、

「サツマ王殿下の全権ご一行ならば、三日前当ホテルをお引払いになりました」

「どこへ移ったのか」

「手前どもは存じません。日本の紳士がた」

一日おいて、フィガロ紙、ル・タン紙などに、薩摩琉球国王島津茂久（後の忠義）が各方面に勲章を贈ったという記事が、一斉に掲載された。


連日、舞踏会、観劇などが、相ついだ。

航西日記によれば、次のごとくである。

四月三日、晴、夜九時よりチュイルリー宮殿にて舞踏会。

四月六日、晴、夜九時より評議局舞踏会。

四月八日、晴、午前十一時英国太子の館より招待。

四月九日、雨、夜皇族マチルド妃の招宴。

四月十日、雨、夕五時より使節接待役同行シャトルイ劇場にて観劇。

四月十一日、雨、夜、前外相ロアン・デ・ロイス（ドリュイン・デ・ルイ）邸にて饗《きよう》応《おう》。

四月十二日、晴、朝八時、皇帝よりの使者あり、レセプチュイス宮殿にて、会食。

四月十四日、曇、英国大使館にて舞踏会。

四月十五日、晴、仏皇后舞踏会。

四月十九日、曇、夕七時外国事務執政方にて饗応。

この間に公子一行は、四月十日、グランド・ホテルからブーローニュの森に近いシャルグランのアパルトマンに移った。

ホテル住まいはなんとしても金がかかってたまらないし、水戸派の連中が頑迷に日本式生活を固持しているので、ホテル側でも手を焼くことが多い。

——こんなことで、公子の人気を傷つけてはいけない。

と、向山、山高、田辺らが相談し、篤太夫に、アパルトマンを捜させたのである。

「あまり良いアパルトマンではありませんが、さしあたりここでご容赦ください。そのうち独立の一軒を借り受けるよう、捜してみます」

篤太夫はそう言ったが、公子は近くのボア・ド・ブーローニュに散策に出て、その広々とした風景がすっかり気にいった様子であった。

しかし、連日の招宴は、公子も、随員たちもただ窮屈に思うばかりである。

始めの二、三回は物珍しさで気が紛れたし、招宴に来ている人たちも「東洋の貴公子」に関心を示したが、どちらの側もしだいに慣れっこになってしまう。

招待者側は、あまりに異なる風習に、どう扱ってよいか当惑するのだ。言葉は通じないし、社交の儀礼は知らないし、ダンスひとつするでもない、音楽に興味を持つでもない賓客は、悪意からではなく無視されてしまうようになる。

公子の一行は、いつも一団に固まって、いかめしい表情をしている。賑《にぎ》やかに、自由に、語り戯れ、踊り狂っている人びとが、自分たちを疎外し軽視しているようで、面白くない。

博覧会事件、勲章事件と、相ついで幕府の威信を傷つけられるようなことがあったので、必要以上の劣性コンプレックスを感じていたのでもあろう。

「妙なものだな、異国人の招待というのは。わが国ならば、招いた客には、主人側が絶えずつき添うて、ご機嫌を伺うものじゃ。このような酒杯を卓子《テーブル》の上においたきり、自分らはかってに戯れておるとは何事か。礼節というものをわきまえぬ連中じゃの」

山高が、浅黒い長方形の顔を、苦々しげに歪《ゆが》めて憤慨する。

「どうも、わしはあの踊りが好かん。女子《おなご》が肩をあらわに出し、白い薄ものをまとい、裾のひろがったようなものをつけ、男に抱きついて、コマねずみのようにくるくる回りおる。およそ女人《にょにん》としてのたしなみを知らん」

外国奉行支配調役《しらべやく》の杉浦愛蔵が、迫った眉を寄せて、ぶつくさいいながら、踊る婦人たちの裾が高く舞い上がると、ごくりと唾を呑《の》んだ。

一行のうち、篤太夫や保科、高松、山内などは、カジノや舞踏場に出入りして、こんな雰囲気に親しんでいるので、まったく違った考えを抱いていたが、公子といっしょのときは、かってな行動はできない。互いに顔を見合わせて苦笑しているだけである。

四月二十九日、ロシア皇帝アレキサンドル二世がパリに到着するというので、篤太夫は、山内と高松とを誘って、見にいった。

一八五〇年に開かれたストラスブール駅（後の東駅《ガール・ド・レスト》）からカプシーヌ街をへて、チュイルリー宮まで、パリ市内外から集まった人びとが、隙間もなく立ち並んでいる。

ロシア皇帝出迎えの美麗をきわめた馬車が、騎馬隊に護《まも》られて、駅前に待つ。

ナポレオン三世自らも、出迎えに来る。

四時過ぎに到着した列車から、八の字形の口髭《くちひげ》のはしを少し撥《は》ね上げた、堂々たる恰幅《かっぷく》のアレキサンドル二世が、軍服姿で降り立ち、軍楽隊演奏の中に、ナポレオン三世と同乗して、チュイルリー宮に向かう。

道の両側を埋めた群衆は、歓呼の声をあげ、手をうち振って迎えた。

いったん宮殿にはいったロシア皇帝は、まもなく辞していかめしい警衛の中に、ボールバール街のフランス皇帝の離宮に移った。

篤太夫たちがシャルグランのアパルトマンに帰ってくると、内部で怒号している声が、戸外まで洩《も》れている。

驚いて中にはいると、水戸派の七人が、ひどく激昂《げきこう》して、わめいていた。

シーボルトが片隅の椅子に腰をおろし、帽子をひねくりながら、皮肉な微笑を浮かべている。

「いったいどうしたのです」

篤太夫が、小姓頭取の菊池平八郎に訊《たず》ねると、

「おれたちはいま、シーボルトに案内されてロシア皇帝の行列を見にいってきた。渋沢、お主も見にいったのだろう」

「行ってきましたが」

「あれは、いったいなんだ」

菊池がひときわ声を大きくすると、井坂、三輪、大井、加治などが、一斉に怒鳴り出した。

「フランス皇帝自ら迎えに出る。りっぱな警備騎兵をつける。軍楽を演奏する。公子様ご到着のときには、そんなことは何ひとつなかったぞ」

「ロシア皇帝は、フランス皇帝の離宮にはいったという。フランス宮廷の賄いだろう。公子様は一般の旅館に、公儀の費用で泊まられた。今はこのとおりのささやかな宿におられる」

「沿道のあの歓迎ぶりは、なんとしたことだ。まるで大戦争に勝って凱旋《がいせん》してきたおのが国王を迎えるようじゃった」

「何もかも、公子様ご到着のときとは、違いすぎる。これは畢竟《ひっきょう》、フランス国が、わが公子様を軽視しとるからじゃ。とても我慢がならん」

ヨーロッパ最強国の皇帝自身と、東洋の小国の将軍の代理とでは、待遇が違うのは当然ではないか、と説明しかけて、篤太夫は口を噤《つぐ》んだ。無益だ——と考えたからだ。

シーボルトは、いつのまにか、姿を消していた。

——ジェスイットの坊主めが、われわれをたぶらかしたのだ。

水戸派の攻撃は、最後にカションに集中した。必ずしも、理由のないことではない。

カションは、江戸にいるころ、しばしば、

——公子がフランスにお出《い》でになれば、フランス皇帝は大歓迎をいたしましょう。博覧会にはヨーロッパ各国の皇帝王族が雲集しましょうが、公子はそのいずれにも劣らぬ厚遇を受けられるでしょう。

と、言っていたのだ。むろん、ロッシュ公使もそう言っていた。しかし、いま、目の前にいるのはカションである。

——メルモッチめ、いいかげんなことを言いおって。くそ僧正め、叩《たた》き斬ってくれようか。

水戸派の連中の憤怒《ふんぬ》は容易に納まらない。

このとき、問題になっていた公子の教育掛り選定が、最終的段階にはいっていたが、水戸派を代表して菊池が、向山に強硬な申入れを行なった。

「全権。公子のご教育掛りの件、かねてわれわれから申し上げているように、メルモッチは絶対に拒否していただきたい。われわれ一同、きゃつの面《つら》を見るのも不愉快です」

「わしもあの坊主は好かん。しかしロッシュ公使から、小栗殿に依頼があり、パリについたら万事、メルモッチに世話をさせるよう、公子のご教育についても彼を一枚加えるようにと、命令してきているので、困っとる」

「断じていかん。万一きゃつが公子のご教育掛りに任命されるごときことあれば、われら腰間《ようかん》の三尺の秋水《しゅうすい》、誓ってかの妖僧の頭上に下りますぞ」

これは単なる脅かしではない。そのくらいのことはやりかねない連中なのだ。

向山は、ムスチェー外相に対して、公子教育掛り推薦の正式依頼状を提出するとき、

——何ぴとを選ぶるかは、一《いっ》に貴国政府の外相および文相に委任するも、願わくは僧籍にあるもの、または宗教的特性を有せざる人物を考慮されたく。

という条件を付した。

フランス政府は、硬骨淡泊の陸軍大佐《カーネル》ヴィレットとヴィレットの親友の語学教師ボワシエールとを推薦してきた。

この正式決定が行なわれた翌日、カフェ・コンセールの一隅《いちぐう》で、モンブランとカションとが顔をつき合わせていた。

ここは、わりあいに静かなカフェで、年配の連中が静かに話をするのに良い場所として知られている。ここを指定したのはモンブランである。

カションに会う直前に、モンブランは賑やかなアルカザールの店で、目下大流行のヒットソング「バスチャンの靴」を聞きながら、シーボルトと話してきた。対手《あいて》により、時により、場所を変えるのは、モンブランの癖である。

シーボルトにあったときモンブランは、

「とうとう、カションを追い払いましたね」

と、愉快そうに笑った。

「ヴィレットというのは、軍人としてはりっぱですが、恐ろしく短気な男だそうです。じ

きに、公子一行の水戸派のサムライたちと喧嘩《けんか》を始めますよ」

「すると、フランス政府と公子一行とは、まもなく決裂という段取りですかな」

二人は二匹の狐《きつね》のような視線を交わして別れたが、カションの前に席を占めたとき、モンブランは、やや沈鬱な表情を見せていた。

「カション君、私の言ったとおりでしょう。幕府はあなたの努力をまったく評価しない。否、故意にあなたを侮蔑しているとしか思われない。私と手を組んだほうが利口ですよ」

「伯爵、私は、あなたのために、なんでもいたしましょう」

「日本に行ってから、大いに働いてもらいますがね、それまでは、何をされても我慢して公子一行と喧嘩しないようにしていてください。ロッシュ公使のあなたに対する信任は、私にとって貴重ですからな」

すっかり意気消沈していたカションは、モンブランのいうままにうなずいていた。

ちょうどそのころ、ヴィレット大佐は、早くも公子の随員と喧嘩をおっ始めていた。それも、シーボルトが予想したような、水戸派のサムライとではなく、篤太夫とである。

事の起こりは、簡単であった。

篤太夫と二人で話していたとき、ヴィレットが、日本式の剣術は実戦に役だたない。洋式の銃槍《じゆうそう》術のほうがすぐれているから、公子には、今後洋式武術を仕込むつもりだと言ったのだ。

篤太夫は、剣に自信をもっている。少年時代から、神道無念流を渋沢新三郎に就いて習っている。新三郎は、川越《かわごえ》藩剣道指南大川平兵衛《おおかわへいべえ》の高弟だ。剣のことは、パリに来て以来まったく忘れていたが、ヴィレットにくさされると、カッとした。

やはり、若いのだ。

「論より証拠だ。大佐、あなたと真剣勝負をしてみれば、実際の優劣はすぐわかる」

大佐は年はとっていたが、軍人だ。挑戦されるとただちに応じた。

おのおの自室に武器をとりに走る。

篤太夫は、顔を熱くして、

――毛唐人が、小癪《こしやく》な。

と、大刀を手に摑《つか》んだが、次の瞬間、そっともとの所に戻した。

首をふりながらもとの部屋に戻ってくるとヴィレットが、手ぶらで立っている。

篤太夫を見て、両肩をすくめ、両手をひろげ、微笑して、いった。

「決闘はやめだ。考えてみれば、君も私も、プリンス・アキタケに仕える身だ。こんなことでどちらが負傷しても申しわけない」

「大佐、私も、そう言おうとしていたところです」

篤太夫もすこし恥ずかしそうに笑った。

皇后の風呂番

狭い路《みち》の両側の家々は、そいつが建てられてからの長い年月の重さに肩が曲がって、双方から傾いて、その間の間隔をせばめているかのように見えた。壁は剝げ落ち、汚点《しみ》だらけになっており、窓には半ばこわれた鎧戸《よろいど》が風の吹くたびにバタバタ音を立てている。昼間なら、汚ない水たまりの中で餓鬼どもが喧嘩《けんか》したり、遊んだりしているであろうでこぼこの石の舗道を、ベルヴィルかメニルモンタンあたりから、安価な歓楽を求めにやってきたらしい下層階級の連中がうろついていた。どこかの地下室からくさい臭いが絶えず吹き上げ、壁に貼られた怪しげな広告の女の顔がしかめつらをしていた。

ここも、パリなのである。

汚れた瓦斯《ガス》灯の陰に、このへんでは名の知られたバル・ノワールという旅宿兼酒場があって、窓にも壁にも水腫病にかかったようなキューピッドが、けばけばしい色彩の薔薇《ばら》の花の間を飛んでいる絵が描いてあった。角柱で支えられた広間では、安物の衣装を着た女たちが「ビュジョー親爺《おやじ》の鳥打帽子」の曲に合わせて踊っていた。広間の両側に胸の高さに樫《かし》の台がめぐらされていて、緑色に塗った高い円《まる》椅子に腰をおろした男たちが、それに向かって酒を飲んでいた。男たちも安っぽくってしおたれて、けちくさかった。

ここも、パリなのである。

それがパリである証拠には、それらの男女は、全世界の人種を含んでいた。フランスの各地は、もちろん、イギリス、オーストリア、プロシャ、ベルギー、ロシア、ポーランド、トルコ、インド、シナの各国人がおり、日本人さえいたのである。

日本人は小さなキチィと呼ばれていた。色の浅黒い、敏捷《びんしよう》そうな小男である。二十六、七歳ぐらいにはなっているのだろうが、酒場の仲間には、二十歳《はたち》ぐらいに思われている。

キチィは、一週に一度、ここに姿を現わした。それが彼の公休日なのだろう。

やってくるとすぐに、樫のテーブルの上に、タオルや石鹼《せつけん》を並べる。それが彼の飲み代《しろ》になる商品なのだ。

タオルも石鹼も、最上等品であり、新品同様だったが、少なくも一回は使用されたものである。そして、その使用者は、ナポレオン三世の皇后ウージェニーであった。

——皇后《ランペラトリス》の風呂番。

これが日本人キチィの職業なのだ。

——皇后様は、タオルでも石鹼でも一度しかお使いにならない。だから、そのあとは、おれと仲間のシャルルとが頂戴するんだ。どれもフランスでも一級の品物だぜ。

そう言って売りつける。

男たちは、フランス第一の美人といわれている皇后の肌にふれたタオルや石鹼を、多少淫《みだ》らな好奇心で買ったし、女たちも最高の尊い身分にある同性と同じものを使用できるチャンスを悦《よろこ》んだ。

「シャルルは、サン・トノレのバーで上流の人たちに、ばかばかしいほどの高い値で売りつけているらしいがね、おれはそんなことはしない。飲み代さえあればいいんだ」

小さなキチィは、そう言っていた。

キチィは、よい男だったが、酒がはいると少し駄ぼらを吹いた。

——皇后の白い肌が入浴のために、どんなに美しい薔薇色に変わるか、いつもクリノリーヌに隠れている腰がどんなにすばらしい曲線を持っているかを知っているのは、皇帝と自分としかない。

みんな、それが嘘《うそ》だということをよく知っていた。風呂係はただ、浴槽に湯を満たし、あとで湯を流して洗っておくのが役目なのだ。皇后の裸体を見ることなどありはしない。にもかかわらず、みな、そんな話になるとからだを乗り出して聞き耳を立て、思い思いに淫らな注釈を入れるのだ。

キチィが少しいい気になってしゃべっていると、一人置いて隣りにいた機械工ふうの若い男が、突然、強くテーブルを叩《たた》いて、

「くだらん」

と、どなった。

テーブルの上にのっていたグラスの酒が少しこぼれたぐらい乱暴な動作だった。

「おまえは、おれの言うことが嘘だというのか」

キチィが、気色《けしき》ばんだ。

「嘘かほんとうか、そんなことは知らん。ただ、皇后だとか皇帝だとかを、何か特別のもののように思っているのがくだらないというのだ」

若い男は、しっかりした声で答えた。異常に大きな目が、名状しがたい異様な色に輝いている。気位の高い男が、ひどい侮辱を受けたときのような憤怒《ふんぬ》が、唇のあたりを歪《ゆが》めていた。

キチィも酔っていたので、負けていない。

「たいした勢いだな。じゃ、おまえは、そのくたびれた服を着て油まみれになっているてめえも、皇帝陛下と同じ値うちがあるというのかね」

「当然だろう、皇帝も私も、同じ人間だ」

「同じ人間には違いないが、おまえは、フランス皇帝でも、ロシア皇帝でも、トルコ皇帝でもない。おまえはどの皇帝の前に行っても、負け犬のように尻尾を垂れて、うやうやしくお辞儀しなけりゃならないんだ」

「私は、どんな皇帝にもお辞儀などしない。私の気にいらなければ、どんな皇帝にでも唾をひっかけてやる」

わーっと、喊声《かんせい》が上がった。

――偉いぞポーランドの若造。

——ベリゾウスキー、いいかげんにしろ。

——キティ、かまわずに皇后様のふくら脛《はぎ》の話をつづけろ。

「おまえの唾など、皇帝陛下にはひっかからないよ」せいぜい犬の尻尾にひっかかるくらいさ」

キティが、冷笑したが、ベリゾウスキーと呼ばれた青年は傲然として席を立ち、罵り合う人びとの間を抜けて、外に出て行った。


五月四日（陽暦六月六日）、好天。

午後零時半から、ボア・ド・ブーローニュのロンシャンで観兵式が行なわれ、公子一行も正式に招待された。

フランス皇帝はもちろん、ロシア皇帝、プロイセン王、ロシア皇太子、その他の王族貴族がすべて列席した。

参加兵員は、歩兵二十大隊、工兵、楽手隊、砲兵隊二十座、楽手の付属する騎兵二十四中隊《エスカドロン》、歩騎砲三兵合わせておよそ六万人。いずれも正装で整列し、皇帝の査閲を受けた後、分列式を行なう。

——号令指揮の整斉《せいせい》、旋回機変の自在、さながら一人の人間が動いているようだ。

と、公子一行の侍たちは、ただ驚嘆の目を見張って見ていたが、プロイセン王の背後に立ち、純白の軍服を着て、先の尖《とが》ったヘルメットをいただいた目の鋭い男は、ちらっと軽蔑の色を浮かべていた。

鉄血宰相ビスマルクである。

——これなら、たいしたことはない。

三年後、フランス軍を完膚なきまでに撃破したこの男は、いまフランス軍の武器とその訓練ぶりを見て、そう感じたのである。

かつて駐仏大使をしたこの抜け目のない伯爵宰相は、今度パリに来てからのわずかの間にも、

——とても才気のある、賭博の名手。

という評判を社交界でかち得ていた。だが、誰一人として、彼の才気がどんな怖《おそ》ろしいものか、彼の好んでいる真の賭博がなんであるかに気づいている者はいなかった。

観兵式が終わって、ナポレオン三世がアレキサンドル皇帝ならびに皇太子と馬車に同乗して、カスカードへの分岐点にさしかかったとき、騎兵隊の一団が引き揚げてくるのにぶつかって、馬車がほんの少し徐行した。

何ぴとも予想しなかった椿事《ちんじ》が勃発したのは、その刹那である。

松林の間に並んでいた見物人の間から二十歳前後の青年が躍り出て、アレキサンドル帝に向かって拳銃をぶっ放した。

護衛の騎兵レインホフが、驚いて馬首をめぐらせ、その男に乗りかけようとする。男はさらに二発発射した。

一発は騎兵の馬の鼻の穴に当たり、他の一発は、射撃者自身の指を傷つけた。馬の血が馬車の中に飛び散り、アレキサンドル帝父子の衣服を赤く染めたので、二人のうちどちらかに命中したかのように見えたが、弾丸はすべてはずれたのである。

ナポレオン三世は、車上に立ち上がって、

「諸君、誰も傷を受けたものはない。われわれは無事だ」

と、大声に叫んだ。

やっと驚きから我にかえった群衆が、憤激して犯人を叩きのめそうとしたが、警衛の士官たちが、いち早く馬車に引き入れて、警視庁に護送した。

ラ・シェクル紙によれば、犯人の素姓ならびに凶行動機、経過は次のごとくである。

――犯人の名はベリゾウスキー。ウォリニー生まれのポーランド人、二十歳、二年前パリに来て金鉄類を製造する工場主グアレのもとで機械工をしていたが、先月暇をとってからは、フランス政府のポーランド難民局から月額三十七フランを受けて生活している。

ロシア政府のポーランド人に対する圧制に対して、物心つくころから敵意を燃やしていた。十六歳のとき、一揆《いっき》に荷担してロシア軍隊と闘った。パリに来てからも故国の同胞の運命を考えて眠られぬ夜が多かったが、万国博覧会にロシア皇帝が来ることを知ると、暗殺を決意した。

最初は、刺殺するつもりだった、という。

アレキサンドル帝が、日曜日にボア・ド・ブーローニュの競馬見物に赴くことを確かめたが、時間が遅れて機会を失った。

火曜日夜、アレキサンドル二世が、ナポレオン三世の招待で観劇に行くことを知り、ペレチェー街の角で群衆の間に立って待ち受けたが、護衛兵が多くて、とても成功おぼつかないとみて、あきらめた。

拳銃を用いることを決めたのは、その結果である。

翌日、セバストポール街の銃砲店に赴き、連発拳銃をみせてもらったが、どれも新品である。万一、どこかに故障があって、いざというときに役にたたなくては困ると考え、すでに実射したことのあるものはないかと要求し、望みどおりのものを手に入れた。

翌木曜日の観兵式のことは聞いていたので、弾丸を装塡した拳銃をポケットに納め、ロンシャンに向かった。

皇帝の往路を狙撃するつもりだったが、路を間違えて、皇帝の馬車に出会わず、帰路を要して、射撃したのである。

警視庁では、国務大臣ルエル以下が訊問《じんもん》に当たったが、ベリゾウスキーはいささかも悪びれたところなく、理路整然と犯行の動機と顚末《てんまつ》とを述べたが、

「おまえの撃った弾丸《たま》はまったくむだだった。ロシア皇帝は微傷も負われなかったぞ」

といわれたときは、さっと顔色を変え、無念そうに下唇を嚙《か》んだ。

――おまえの唾なんか、皇帝陛下には当たりはしないよ。

と言った小さな日本人の言葉が、激しい痛恨の思いとともに胸に浮かんだのだ。

「おまえはフランス政府の難民局から扶助金を受け、このパリで生活しながら、フランス政府の賓客に対してこんな無礼を働いて、フランス政府に対してすまぬと思わぬか」

と詰問されると、

「フランスに対しては、ほんとうにすまないことをしたと思います」

「万一、フランス皇帝に命中したら、どうするつもりだったか」

「ポーランド人の撃つ弾丸は、ロシア皇帝以外には、けっして当たりません」

青年は奇怪なほどの確信をもって答えた。

深夜まで取調べを受け、パリ刑務所《ラ・コンシエルジェリー》に収監された。

パリはしばらくの間、このロシア皇帝狙撃事件の噂《うわさ》で持ちきりだった。

ロシア皇帝の一行が、危険を感じてただちにパリを引き揚げるだろうというものがいた。

フランスとロシアの国交が危機に陥るのではないかとまでいうものもいた。

公子一行も、少なからず、驚いていた。

保科が、フランスのいろいろな新聞の狙撃事件に関する記事を読んで聞かすのを、みんなが熱心に耳を傾けた。

水戸派の菊池が、

「拳銃などを使うから失敗するのだ。暗殺は、刀に限る。桜田門《さくらだもん》の義挙をみろ」

といえば、保科は、

「いや、ベリゾウスキーは自分一人で殺《や》ろうとしたのだ。そのために、故郷の父母や友人いっさいとの音信を絶って、全責任を一人で負おうとしたというのだから健気《けなげ》なものだ」

「ロシア皇帝は、ほんとうに引き揚げるのか」

田辺が聞く。

「ラ・フランス紙には、帰国をすすめる側近に対してロシア皇帝は、こんなことで予定を変えられるか、と一蹴したと載っています」

「それにしても、こうした事件の詳細が翌日の新聞でただちに全国に報道されるというのは、たいしたものですな」

篤太夫は、新聞紙の偉力に驚嘆していた。

一同がおのおの、狙撃事件について意見を述べていると、保科が急に声の調子を変えて、

「ほう、面白いことが載っている――これは赤新聞ですがね」

みなの視線を集めて、保科が訳し出した。

――パリ到着のペルシャ王は、全身を宝石に覆われた、きらめく太陽のようなすばらしい上着を着ている。この衣装だけで、何百フランの値うちがあるだろう。多くの社交界の女性たちは、ペルシャ王が気紛れを起こして、自分と一夜を過ごし、莫大《ばくだい》な贈り物をしてくれることを夢見ている云々《うんぬん》。

小さなキチィこと志村吉之助《しむらきちのすけ》は、朝六時チュイルリー宮殿の皇后の浴室の掃除をしていた。

手は習慣的に手順よく動いていたが、頭の中は、ポーランド人ベリゾウスキーのことでいっぱいだった。

数日前、ドーメニルのバル・ノワールでいい争った男が、ロシア皇帝に唾をひっかけるどころか、拳銃の弾丸をお見舞したと知って、肝をつぶしていたのである。

吉之助がパリに来たのは、文久二年（一八六二年）三月、もう五年以上経《た》つ。

幕府が、江戸、大坂の開市、新潟、兵庫の開港延期を談判するため、外国奉行竹内《たけうち》下野守保徳《しもつけのかみやすのり》、同松平石見守康直《やすなお》の一行を仏、英、蘭《オランダ》、普《プロシヤ》、露《ロシア》、葡《ポルトガル》の諸国に派遣したときに、従者の一人としてついてきたのだ。

パリに着いたとき、二十歳の青年は、たちまちパリの娼婦《しょうふ》に惑溺し、使節一行がパリを去るとき、一行から脱走した。

女からは、まもなく捨てられ、生活のためにあらゆる仕事に従ったが、偶然にも泊まっていた安宿の主人の甥《おい》が、チュイルリー宮のコックをしていたので、浴室係の下っ端に傭《やと》われることになったのである。

正直で、骨惜しみをせずに働くところからみなに可愛《かわい》がられた。

このごろは、言葉も不自由しなくなっているし、皇后の使用済みのタオルや石鹼や化粧品などを売り捌《さば》くことによって、酒代や、安い女を買うのには不自由しない。

もちろん、ときどきは、ノスタルジアに悩まされる。なんとかして、日本へもう一度、帰りたいと思う。

だが、帰ってゆけば、死刑が待っていることは、確実なのだ。

不実な女のために、自分の全生涯をむだにしてしまったことが、苦い思いになって眉を寄せることが多かった。ポーランド人のことを考えると、

――あいつ、たいした奴《やつ》だ。あの若さで故国を離れて、ロシア皇帝を狙うとは。

自分が、恥ずかしくなった。

ふっと、吉之助の目が、浴室内の化粧棚に吸いつけられた。

ダイヤモンドをちりばめた指輪が、そこに忘れられてある。

正直な男だ。とり上げると、次の部屋に通じるドアを開いた。皇后が着替えをするかなり広い部屋である。いままで、一度もそこにはいったことはない。

部屋中が、かぐわしい匂いと艶《なまめ》かしい色彩とに満たされているようだった。

等身大の鏡台の前に、そっと近づいて指輪を置き、浴室に戻ろうとしたとき、右手のドアの向こうで話し声がした。

皇后ウージェニーの声だった。明るい力強い、ぱんぱんはね返るような、口調だ。

答えは、弱々しく、重苦しく、なげやりだった。これは皇帝ナポレオン三世である。

皇帝は、永年の漁色のため、腎臓と膀胱《ぼうこう》結石とを患って、十分に睡眠できないで弱っているという。

見栄っぱりなので、人前で話すときは、胸をそらせて堂々たる威儀をつくり、大きな声を出すが、寝室では疲労を隠そうとしないらしい。そして、それがしばしば、ウージェニ

ていた。

ーをいらいらさせていた。

――こんなからだをしているくせにカスチリョーネ夫人なんかを追い回して。

ウージェニーは、皇帝の弱味を握っているので、かなり大きな影響力を彼に対して持っていた。

――皇帝より皇后に話したほうが早い。

と囁《ささや》いているものさえある。

吉之助は、皇帝と皇后の睦言《むつごと》に興味をそそられて、忍び足でドアの近くに寄った。

残念なことには、二人の話の内容は、少しも色っぽい内容を持っていなかった。

「あのポーランド人がロシア皇帝を射《う》ったとき、陛下の採られた態度は、じつにごりっぱだったと、シュファ侯爵がいっておりました」

「いや、アレキサンドル二世も、フラジュル皇太子も落ち着いていたよ」

「あの可愛い、日本のプリンスはどんなに驚いたことでしょう」

「彼の馬車は少し離れて、あとのほうにいたはずだから、直接には何も見なかっただろう」

「私は、あの小さな公子がなんとなく好きです。陛下は彼を今後、どうお扱いになるつもりです?」

「ロッシュから、厚遇してくれと言ってきている。そうする考えだ。もっとも、ロッシュは少し行きすぎのようだね」

「陛下は万一の場合、大君の政府を助けてサツマ政府と闘うために軍艦や軍隊を送るお考えですか」

「いや、いや」

　皇帝は苦笑し、憂鬱な口調で言った。

「メキシコで懲りているからね」

　一八六一年、皇帝はイギリス・スペインと共同してメキシコに軍隊を送った。英《イギリス》西《スペイン》両国は、得るところのないのを悟って撤兵したが、ナポレオン三世は、六二、六三年と再度にわたって増兵し、六千名の死者を出したが、結局この六七年二月、撤兵のやむなきに至っていた。

「軍隊は送らないが、武器は援助してもよい。それはわがフランスの工業にとって有利だからね。ただし、十分な支払いの保証がある場合に限る」

「イギリスが軍隊を送ったならば？」

「そのときは、私も送る。イギリスと闘うためにではなく、両国が東洋で獲得できるものをなるべく、より有利に分配するためにね」

　吉之助は、唾を呑《の》み、息を殺して、耳を澄ませていた。

パリで痩せる篤太夫

五月九日、公子一行は、パッシー区のはずれ、ボア・ド・ブーローニュに近いペルゴレーズ街五十三番地に移転した。

これはロシア人の未亡人でラジウィルという女の持ち家である。

篤太夫は山内を連れて、この家を下見に行って、ちょうど手ごろだと感じたが、言い値が少し高すぎると思ったので、山内に、

「もう少し、家賃をまけてくれるように交渉してくれ」

というと、山内は、

「対手《あいて》はロシアの貴族だという。まけてくれなどと失礼なことはいえるものか」

と、通訳を肯《がえ》んじない。山内は体裁屋で、白人コンプレックスが強い。篤太夫は対手が誰であろうと、商取引なら値段について交渉するのは当然だと考えて何度も要求したが、山内は承知しない。

家主の前で喧嘩《けんか》するわけにもゆかないので、

「では、決定はしばらく延ばしてもらおう」

と言っていったん引き揚げ、翌日、保科を連れていって、値引交渉に成功した。

賃借期間は三カ年、家賃は一カ年三万フラン、最初入居のとき半年分支払い、その後は三カ月ごとに支払うこと、ほかに諸税、水道ガス代および門番給金月八十フラン負担のこと、という条件である。

いよいよ契約調印というときになって、ラジウィル夫人が、

「家屋の保険は、私のほうでつけてありますが、だいぶ高価な品物をたくさんお持ちの様子ですから、動産保険《アッシュランス・モビリエール》をおつけになったほうがいいでしょう」

という。

「アッシュランス・モビリエール？　それはなんですか」

と篤太夫が問い返すと、夫人は肩をすくめて、あきれたような顔をした。

長い時間をかけて、保険の概念を説明され、やっと納得し、保険金額五十六万八千フラン、保険料三百十三フランの契約を結ぶことにした。

現存のこの契約書には、保険料のことを、請合賃と記してある。

引越しの日は、全員が働き、六左衛門や卯三郎も、馳《は》せつけて手伝ってくれた。

――独立の一軒の家に住める。

と、みなが少し興奮して生き生きしていた。

新屋はほぼ長方形の二階建てだが、右手のほうがほんの少し斜めになっている。

門をはいると広場があり、左手に馬車馬具の置場、右手の門番のいる所の背後に厩《うまや》があ

って、七頭の馬がつなげる。

厩の奥は、家主ラジウィル夫人の住まい、左手馬車置場の奥は、その真上の二階とともに、教育掛りヴィレット大佐夫妻が占拠している。

一階の正面に二階に上る階段があるが、その後ろのかなり広い部分が、厨房《ちゆうぼう》、物置、薪《まき》、石炭貯蔵所、風呂場、小使部屋になっていた。

正面の広い階段を上ると、二階の奥は公子居間、大小の客間、食堂、学習室、次の間、右手の翼は、山高石見をはじめ随員の居間である。

大名屋敷のむだの多い、ばかばかしく広大なのに比べれば問題にならないが、ホテルやアパルトマンとは段違いに広く快適であり、自由である。

水戸派の連中がいちばん悦《よろこ》んだ。朝夕に「毛唐人どもに顔を合わさんだけでも助かる」というのだ。

引っ越した当夜は、料理係の綱吉《つなきち》に命じてとくに米の飯をたかせ、久しぶりに故国の味を満喫した。

食後も雑談に花が咲き、若い連中はとうとう夜を徹してしまった。

「もう、夜が明けたらしい」

「どうだ、ボア・ド・ブーローニュに行ってみないか、森の朝景色はすばらしいぞ」

よしと、篤太夫ら四、五人は森に出かけてゆく。人通りのまったくない森の間の、夜露に濡《ぬ》れた路《みち》を、広い池のほとりまで散策した。

鬱蒼《うっそう》たる木立ちが緑の大波となってそそり立ち、水鳥を浮かべた池水は美しい色とりどりの花に縁どられている。

滝のほとりの休息椅子に腰をおろすと、山内が突然、詩吟をやり出したが、自分でもどうやら場違いな感じがしたらしく、すぐにやめてしまった。

ヴィレットの友人であるフランス語教師ボワシェールが翌日から毎日通ってきて、公子昭武にフランス語を教える。篤太夫は、高松、木村の二人とともに陪席学習を許された。ボワシェールが公子に教えたフランス語は、宮廷などで用いられるきわめて古風な丁重なものであったらしい。

篤太夫が、朝、ラジウィル夫人と顔を合わせたとき、覚えたてのフランス語で、

「J'ai l'honneur de vous souhaiter le bonjour」

と挨拶すると、夫人は噴き出して、

「ボンジュール・ムッシュウ」

とだけ答えた。篤太夫の挨拶は、

――ご機嫌美《うるわ》しゅうあらせられますよう。

というようなばか丁寧なものだったのだ。

逆に、高松は、フランス人とカフェに行って手洗いに行くとき、これも覚えたての、

「Je vais où le roi va tout seul（私は王様でもひとりでゆく場所にいく）」

という言葉を口にしたら、なかなか教養があると言って褒められたと鼻を高くした。

ヴィレット大佐の役割は、公子の教育全般にわたって監督し、ヨーロッパ的礼節を教え、馬術やフェンシングを習わせ、フランス兵学を修めさせることにある。

細君を伴って、公子の館に住み込んでしまっているくらいだから、非常に熱心だし、それだけになかなかきびしく、口うるさい。

山高がまずヴィレットと不和になり、水戸派の七名もしだいに白い目を向け出した。

——おれたちは狭い部屋に雑居しているのに、女房まで連れ込みおって。

彼らは、ヴィレット夫妻が、新住居の左翼のほとんど全部を独占しているのが第一に不満である。

さらにヴィレットの公子に対する態度が横柄だと言って憤慨する。ヴィレットにしてみれば極力敬意を示しているつもりだろうが、平身低頭に慣れている侍たちから見れば、言語道断の無礼な態度が多いのだ。

ヴィレットが公子をすべてヨーロッパ式に仕込もうとしているのも、我慢ならない。もともとヨーロッパ式教養を身につけるための留学なのだから、これはまったく的はずれの憤慨なのだが、水戸の侍の頭は岩のように堅かった。

そのうえ、シーボルトが始終出入りして、フランス政府とフランス人に対する悪宣伝を巧みにやってゆくらしいのである。

カションがこのごろ、至るところで、しきりに公子一行の悪口を言って回っているという風評を伝えたのもシーボルトであった。

六左衛門の一行はサン・テイヤサントから、未亡人街に引っ越してきた。

おさとに小さな部屋が与えられたので、篤太夫は、ちょいちょいそこに通う。

「渋沢さん、少しお痩せになりましたね」

六左衛門が、そう言った。

確かに篤太夫は少し痩せたように見えた。

もともと肥《ふと》っているほうだから、初めて会うものはけっして痩せているという感じなど受けないが、まるまるとしていた頬がやや落ちているのは確かだ。

六左衛門がそう言ったのは、

——おさとを可愛《かわい》がりすぎるからですよ。

という意味のひやかしが多分に含まれていた。おさとのことは、保科や高松や山内にはもう嗅ぎつけられていて、高松が、

——夏痩せか恋のやつれか篤太夫、異国の宿になんぞ痩せたる
という戯《ざ》れ歌をつくってからかったくらいだ。

向山は、篤太夫の痩せたのは、一行の仲間割れを仲裁したり、めんどうな事務折衝を一手に引き受けたり、いろいろ心身をつかいすぎたからだろうと、すこぶる好意的な見方をしていた。

篤太夫自身は、夜半人知れずやっている猛勉強のおかげで、少し痩せたのだと思ってい

る。

おそらくこれらの原因のすべてがいっしょになって、篤太夫をややスマートにしたらしい。

ある夜おすみが、シーボルトから聞き込んだ情報を一つ伝えてくれた。

——近日中に、パリで上演の目的で、日本の遊芸一座が、二つ来る。その一つ、松井源水一座をサツマが後援し、サツマ政府がお抱えのように宣伝する。

というのだ。

卯三郎が、口を添えて、

「薩摩のほうでは早手まわしにプランス・アンペリアル劇場を予約しましてね。松井一座を一日でも早くパリに乗り込ませて蓋を開ける計画です。私はもう一つの浜碇《はまいかり》定吉《さだきち》の一座を公子様が後援して、薩摩の鼻をあかしてやったら面白いと思いますがね」

「どうやったらいいと思う？」

「アンペリアルより格のよい劇場をみつけてやって、派手に引札《びら》を撒《ま》いたり、新聞に広告したり——これは私が定吉にやらせます。渋沢さんにお願いしたいのは、公子様が劇場においでなすったとき、定吉たちに拝謁仰せつけてくださって、いくらかの引出ものを下さるように計らっていただきたいってことなんで」

「それは引き受けてもいい。ただ出しものが先方に負けてはなんにもならん」

「それは大丈夫ですよ、ご安心ください」

六左衛門と卯三郎とが、こもごも語るところによると、松井源水のほうは、独楽《こま》回しが呼びもので、源水と妻ハナ、娘のミツとサキ、伜《せがれ》の国太郎《くにたろう》がこれをやる。ほかに柳川蝶《やながわちよう》十郎《じゆうろう》と隅田川浪五郎《すみだがわなみごろう》と妻小《こ》まん、甥《おい》の朝吉《あさきち》の手品、浪五郎の弟浪吉《なみきち》の小刀投げ、伜登和《とわ》吉《きち》の綱渡り、同妹トクの三味線といった顔ぶれで、興行主はアメリカ人ペンクツ。

浪五郎が薩摩邸に出入りしてひいきにされている関係上、パリにいる新納、岩下を頼ってきたらしい。

浜碇定吉の一座は曲持足芸《きよくもちあしげい》が看板で、定吉と養子の三吉《さんきち》、梅吉《うめきち》、ほかに市太郎《いちたろう》、鹿之《しかの》介《すけ》が加わる。独楽回しとして松井菊三郎《きくさぶろう》と娘つねおよび松五郎《まつごろう》、笛吹の林蔵《りんぞう》、太鼓打の繁《しげ》松《まつ》など、イギリスの興行師マギールに連絡がついている。

同じような遊芸団だから、パリで競演という形になるわけだが、六左衛門は定吉と親しい仲なのでどうしても定吉に勝たせたいらしい。幕府と薩摩の対立をうまいこと利用することを考えたのである。

アンペリアルより上等のフィユ・デュ・キャルヴェール街のシルク・ナポレオン劇場を一日千フランで約束し、大きなポスターを作った。黄藍《きあい》の色刷りで両足を天に向けた男の足の上、高く伸びた竹の先に虎のような動物のいる絵を描いたものだ。これをパリの町々の角に貼って宣伝する。

四、五日の後に篤太夫が訪ねてゆくと、六左衛門を傍らに卯三郎が、二人の若い男を対手に話していたが、

「渋沢さん、これが定吉一座の松五郎って者で、一足先にパリに参りました。よろしくお見知りおきくださ い。それからこっちは、吉之助——チュイルリー宮で皇后様の風呂番をしている男です」

と紹介する。

「皇后の風呂番が日本人とは驚いた。いつからやっている?」

「三年ほど前からで。実は、今日休みなので、博覧会に参りまして、茶屋の女たちに会って話していましたら、急に無性に日本が懐かしくなりましてね、ここを聞き出してやってきました」

「それにしても珍しい男に会ったものだ。いったいいつパリに来て、どうして、チュイルリー宮につとめるようになったのだ」

「そいつは聞かないでくださいまし。恥ずかしくて、口にゃ出せません」

「むりには聞かないが」

と言葉を切った篤太夫が、ふっと思いついたように、

「皇后の風呂番というのは、実際にどんなことをするのか知らないが、皇后と皇帝の話を聞く機会などあるのかね」

「へえ、実はこの間、初めてお二人の話を盗み聞きました。いえ、けっして閨《ねや》の睦言《むつごと》なんてものじゃないんで、公子様のことを話していらっしゃるようだったんで、つい聞き耳を立ててしまったのです」

「公子のことを——なんと言っていた？」

吉之助が、盗み聞きしたことを、大体、篤太夫に話すと、篤太夫はひどく真剣な表情になった。

「吉之助、それは重大なことだ。フランスが、幕府に対して、いや、日本に対してどういう考えを持っているか、その本音を知りたいとかねがね思っていたが、どうやら見当がつきそうだ」

「へえ、そんなに大事なことなんで」

「吉之助、頼まれてくれ。今後とも気をつけていて、皇帝と皇后が日本のこと、幕府のこと、薩摩のこと、公子のことなどについて話しているのを耳にしたら、ぜひ、細大洩らさず、報《し》らせてくれ」

「つまり、私が隠密《おんみつ》になるわけで」

「そうだ。しかし、けっしてフランスにとって悪いことではない、そして日本にとっては重大なのだから頼む」

「よろしゅうございます。できるだけのことはいたしましょう。私も自分のだらしのない過去を多少でも償いたいと思っております」

しばらくいろいろと話していた吉之助が、帰りぎわに、ポケットから小さな包みを出して、

「渋沢様、これは皇后様がお使いになる石鹼《せっけん》です。最上品で、すてきな匂いがします、ご

試用になってみてください」

と置いていった。

この石鹼は篤太夫の手で日本に持ち帰られ、六十数年後、三越《みつこし》で開かれた明治文化研究会の展覧会に陳列されたことがあるから、記憶している人もあるであろう。

篤太夫が自分で、痩せるのはそのせいだと思うほど精力を尽くして勉強していたのは、経済に関する事項であった。

向山全権は、江戸を出るとき、六百万ドルの借款と、日仏コンペニーの設立促進を使命として与えられていた。

そのためにはフリュリ・エラールと折衝しなければならないのだが、向山自身は外人との直接折衝が大の苦手なので、いっさいを田辺に委ね、田辺は同じ理由でそれを篤太夫に委《まか》せてしまっている。

篤太夫は終始、フリュリ・エラールの家に行って話をする。むろん、保科か山内に通訳としてついて来てもらうのだが、何もかも新しいことばかりで、めんくらった。

株式会社というものが、さっぱりわからない。銀行も、取引所も、投資会社も、公債も社債もわからない。

根掘り葉掘り聞くのに、温厚なフリュリ・エラールは、あくまでも丁寧に教えてくれる。

それでも納得のゆかないところがあるので、仏文の経済入門書を買ってきて、毎晩、人が寝静まってから、辞引を片手に一心に勉強した。

会社の内容、機能、長短、設立の方法、銀行の組織、役割などがしだいに呑《の》み込めてくると、面白くてしかたがない。

商業や工業についてしだいに手をひろげてゆき、新しい知識を吸収する。

――一国の国力の基本は経済だ。そして経済の運行を円滑にするためには、金融組織を調《ととの》えなければならない。

公子一行のなかの最年少の篤太夫だけがこうしたことに目を放っていたのだ。そしてそのために、彼が後に日本資本主義の産婆役をつとめることになったのである。

肝心の借款と日仏コンペニー設立がいっこうに進捗しないようなので、向山が田辺に詰問し、田辺が篤太夫に質問した。

「いろいろ話してはいるのですが、どうもフランス財界人の日本、いや幕府に対する信用が十分でないため、思うように話が進んでおりません。博覧会での薩摩の悪宣伝がだいぶ利いているので、幕府の実力を危ぶんでいる向きが多いのでしょう」

篤太夫が答える。

博覧会における失敗をいい出されると、田辺も一言もない。黙り込んでしまう。

フリュリ・エラールのほうは、篤太夫が一般的な質問にはひどく熱心なくせに、懸案になっている借款や会社設立についてほとんど触れることがないのをかえって不審に思った。

「幕府のほうで、新しい担保を考えるなりなんなりして、打開策を講じたほうがいいのではないのですかな」

などといい出してみると、篤太夫は、

「いや、幕府にはもう担保として出すようなものは、何もありません」

と答えて、すまし込んでいる。

保科がこの篤太夫の態度に不審を抱いた。

「渋沢、君はフロリヘラルドに会っても、経済一般についての質問ばかりしているではないか」

「それは当然でしょう。なんといっても経済を盛んにしなけりゃ、国は盛んにならない。あなたもこの間、フロリヘラルドとヴィレット大佐とが話していたのを見たでしょう。ヴィレットは武家、フロリヘラルドは町人、わが国なら、町人は武士に対しては対等に物をいえない。ところが、ここではヴィレットのほうが、フロリヘラルドに一目も二目もおいて挨拶している。武士とか町人とかいう区別よりも、その人の経済力、知力が物をいっている。これでなけりゃだめだと私は思う。武士だから大きな顔をしていられるというのではなく、経済なり法律なりについて卓越した知識をもっているから偉いということになるべきだ。そのためには勉強して新しい知識を獲《え》なければならないと思っているんですよ」

「君は私の聞いていることに答えていない。私は、君がなぜ、田辺さんに言われている借款や会社問題について真剣に交渉しないのかを聞いているのだ」

篤太夫が、しばらくの間、黙っていた。

保科の顔をじっと見て、何か言おうとして、やめた。

「どうしたのだ。渋沢、答えられんのか」

「答えられる――ただ、この場かぎりのことにしてもらいたい」

「よし、他言はせぬ」

「保科さん、私は、借款も会社も、成立しないほうが良いと思う」

「ええっ」

保科が、文字どおり目をむいた。

これは、向山全権の使命をまったく無視することだ。否、幕府の命令を無視することだ。

「何をいい出すのだ。渋沢、正気か」

「正気だからこそ、不成立を望むのだ。今、幕府がフランスから六百万ドルの金を借りたとしてごらんなさい、それはほとんどすべて武器購入費に当てられ、生産のためには使われない。そして、どうせ支払いはできはしない。そうなったとき、フランスから土地の割譲、または経済的利権の譲渡を要求されたらどうなります。私は小栗殿の考えに賛成できない。幕府の苦境を救うために、日本を苦境に陥れることはできない」

弱冠二十七歳の青年が、幕府の実力者小栗上野の政策を根本的に否定し、そいつをぶっつぶそうと決意しているのだ。

保科は、背筋を寒くした。

二座競演

五月二十九日（陽暦七月一日）午後一時から産業館《パレ・ド・ランドストリー》で、万国博覧会の賞牌《しょうはい》授与式が行なわれた。産業館はシャンゼリゼーに臨み、一八五五年の博覧会のときに建設されたものである。

定刻、チュイルリー宮から儀仗兵《ぎじょうへい》に衛《まも》られた皇帝、皇后、皇太子が到着、金色燦然《こんじきさんぜん》たる帝冠を刺繡《ししゅう》した赤紫色のビロードの幕を背景とした帝座につく。

第一列はフランス皇帝の左に皇后、プロシャ王太子、ザクセン王子妃、イタリア皇太子、トルコ皇太子、右にトルコ皇后、イギリス皇太子、オランダ、ザクセン王太子、フランス皇太子。

第二列はボナパルト一家、徳川昭武、トルコ王子その他、第三列以下にはフランスの将軍大臣、各国大公使、司祭その他の顕官。

半円形に設けられた席には、およそ二万の人が招かれていた。

大管弦楽団がロッシーニ作曲の「皇帝賛歌」を演奏し終わると、博覧会総裁、国務大臣ルエルが開会の辞を述べ、国際審査委員会の公正な審査の結果、次のごとく賞牌が与えられたことを述べた。

大賞牌《グランプリ》　　　　六四

金牌　　　　八八三

銀牌　　　三、五五三

銅牌　　　六、五六五

褒状　　　五、八〇一

つづいてナポレオン三世が胸を張って大演説をやってのけ、

――幸いに神の助けを得て帝位を永久に保持し、国民を安寧にし、人心慈愛の路《みち》をひらき、道理正義の勝利を告げんことを願う。

と結ぶと、万雷の拍手。皇帝は座につくとちょっと目をつむった。皇后は皇帝の額に汗が滲《にじ》み、両手の先がかすかに震えているのを盗み見た。

グランプリと金牌についての授与が終わると大管弦楽団が各国国歌を演奏する中を、フランス皇帝以下退出してゆく。

日本の出品に対しては、養蚕《ようさん》、漆器、和紙、工芸品に対してグランプリが与えられ、その他の諸品にも銀牌、銅牌、褒状が与えられた。

向山は大いに悦《よろこ》んで、ただちにこの旨を幕府へ報告する。

フリュリ・エラールが日本に関する新聞記事を丹念に集めてきてくれたが、それによると、アジア諸国で最も優れた出品が日本のものであることは、ほとんど例外なく認めている。

とくに称賛されたのは蒔絵《まきえ》であり、小箱、象牙細工の小家具、磁器、銘刀、水晶製品などもその精巧さで驚かれ、喫煙具は大いに珍しがられている。

賞牌授与式によって博覧会景気は最高潮に達した。

そしてちょうどこのときに、アンペリアル劇場とナポレオン劇場で、日本人の遊芸人松井源水一座と浜碇定吉の一座が、競演を始めたのである。

先に開演した松井一座は、薩摩の関係で、英国が肩を入れているらしく、英国駐在武官から招待状を送ってきたので、篤太夫は、数名とともにアンペリアル劇場に見物に行った。

空中高く投げて回した独楽《こま》を竹竿《たけざお》の先に受けとめたり、開いた扇の紙のふちや、刀の刃の上を渡らせたり、田舎《いなか》村の景色をこしらえて橋や通路や社寺などを独楽が歴訪するように動かして見せた源水の技術は大いに受けていた。

また、手品師の朝吉は、扇の風で蝶《ちょう》を空中で自由に操ったり、切り裂いた五彩の紙片を撒《ま》き、これをまとめて傘の中から虎の形にして出してみせ、子供たちを怖がらせた。

浪吉が十二本の小刀を空中高くあげて、一本も落とさずに操り、最後に二十メートルも離れた板の上に、丸に十の字形（薩摩の紋章）にそれを打ち込んだ。

篤太夫は、浅草でこれと同じようなものを見たことがあるので、たいして感心しなかったが、新聞の批評はかなり好意的である。あるいは、モンブランあたりが、また、手を打っているのかもしれない。

それから十日ほど経《た》って、浜碇一座から、公子の来臨を願ってきた。段取りは篤太夫がつけておいたので、公子は、希望者を引具《ひきぐ》してシルク・ナポレオン劇場に赴く。

劇場もアンペリアルよりりっぱだし、観客の数も多い。呼物はなんと言っても、定吉、三吉親子の足芸である。

まず、定吉が肩の上に十五フィートの長さの竹竿を立て、三十秒間でその長竿が平衡を保つと、三吉がそれによじ上る。頂上についたとき、竹竿は曲がって、観客の目にはほとんど落ちるばかりに見えたが、父親は肩を上下させて平均をとり戻す。子供は得意の声を発しながら、手または足だけで竹竿にからみ、風車のようにからだを回転させた。

次に、定吉が仰向《あおむ》けに寝て、その両足を空にむけ、足の上に梯子《はしご》を立て、三吉が上る。三吉が扇を開いて煽《あお》いでいるとき、定吉は梯子の、片方のネジをはずして取り去ってしまうが、三吉は平然として扇を使いつづけた。

つづいて、定吉が仰臥《ぎようが》して足の上に大きな桶《おけ》を置き、その上に小桶をいくつものせてピラミッドを作り、三吉がその頂上に上る。定吉が片足を引いてゆり動かすと、いまにも崩れ落ちるかに見えたが、三吉は仏さまのように澄まして扇をつかっていた。

この一座にも松井菊三郎という独楽回しの名人がいて、独楽を空中から手へ、腕から肩へ、脇腹から足へ、全身をよじって自由自在に渡りつがせた。彼が楽屋に退いて行った後も、舞台に残された独楽はなお長い間、まるで生あるもののように回りつづけていた。

公子は定吉を呼んで、ねぎらい、金一封を賜わる。

将軍の弟君に台覧《たいらん》をかたじけなくしたうえ、拝謁仰せつかり、褒美までいただくことは、日本にいては夢にも考えられないことだから、定吉はじめ一座のものは、すっかり感激してしまった。

そのうえ、下賜された金一封を開いてみると、二千五百フランという大金がはいっていたので、二重の悦び。フィガロ紙は、

――ナポレオン劇場に新来の日本曲芸師の一行は、日本政府のお抱えの技芸員であろうと思われる、アンペリアル劇場の一座よりはるかに巧妙であり、日本の公子が二千五百フランの大金を与えたことからみても、政府専属一座とみてよい。

と、報道した。

「渋沢様、ありがとうございました。これで松井一座にも、薩摩にも思う存分、大きな顔ができます」

定吉は卯三郎に伴われて、篤太夫のところに姿を現わして叩頭《こうとう》した。

浪吉はプランス・アンペリアル劇場の楽屋に通じる廊下に立っていた。舞台で、たったいま、自分の演技を終わってきたばかりなので、十二本の小刀を手に一束にして持っていた。

廊下はかなり急な勾配になっていて、舞台のみぞの間から、床下にガスの燃えている

上がってくる。

灯《あかり》が見えた。そこから穴倉特有の冷たい空気が、ボソボソした話し声といっしょに吹き上がってくる。

――くそッ、面白くねえ。

浪吉は呟《つぶや》いて、額の汗を拭いながら、歩いて行った。

ガスの臭いや、舞台装置に使う糊《のり》の臭いや、薄暗い曲がり角の箱の上に放り出されている女の下着の臭いなどが、よどんだ、むしむしする空気の中に充満している。

不意に天井のほうから光が注いできた。

階上を見上げると、扉をあけたてする音や、がらがらの笑い声が落ちてきた。

――何が面白いんだい、べらぼうめ。

支度部屋にはいると、親方の松井源水が椅子に腰をおろして、気のぬけたような顔をしている。

「親方、どうにもしようがありませんぜ、これじゃ」

「うむ」

源水がくぼんだ目をあげた。

「客足は毎日ガタ落ちだ。そりゃ、あっしらはペンクツさんから、入りがどうあろうと決まった給料をもらっているんだからかまわねえようなもんだけれど、張合いがなくっていけねえ。まるで大きな洞穴《ほらあな》の前で一人芝居をやっているようなもんだ」

フィガロ紙が、松井一座と浜碇一座とを比べて、はっきり後者に軍配をあげてから、アンペリアル劇場の客足は目立って激減していたのだ。

「浜碇が日本政府のお抱えだなんて、新聞に出たらめ吹き込みやがって——そんなら、こっちは、薩摩政府のお抱えだって書いてもらったらどうなんです」

「公子が二千五百フランの祝儀を出したのが利いたのだ。新納様や岩下様にゃ、とても、それだけは出せねえだろう」

「それにしても、新聞はひでえや。松井一座をどうやら賞《ほ》めているのは、リベルテとかいう新聞だけだそうじゃありませんか」

「あれは、モンブラン様が、カションに書かせたのさ」

「カションてのは、メルモッチ僧正のことでしょう。僧正は公子のおつきの一人だって聞いていますが、どうしてモンブラン様のいうことなぞ——」

「メルモッチ僧正は、公子一行にひどく嫌われて、恨んでいるって話だ。フィガロ紙の記事は、シーボルトさんの話では公子の一行に加わっている渋沢っていう若い男が、記者に金をやって書かせたものらしい」

シーボルトが、そう吹き込んだのはもちろん、嘘《うそ》である。篤太夫はそこまではやっていない。フィガロの記事は、トンネール・ビヨンという日本びいきの記者が、二つの劇場を両方とも見たうえで、公平に書いたものだった。

「うちでも、それをやってみりゃどうでしょう」

「むだだな。もう評判は決まってしまったようなものだ。このままじゃ、ペンクツも、ここを少しでも早く打ち上げて、ロンドンにでも行くよりしかたがないだろう」

と答えた源水が、柱時計をみて、

「そろそろおれの出番だ。小屋の開いている間は一所懸命やるよりしかたがあるめえ、おまえも、投げねえでやってくれ」

「そりゃわかってますよ、親方」

浪吉は廊下に出て、隣りの開け放した扉口から、中にはいった。

天井の低い四角な部屋で、窓が二つ劇場の中庭に向かって開いていて、くずれかかったような向こうの壁が見えている。

汚れた化粧棚に向かいあって大きな鏡があり、化粧棚の上には、香油や香水や白粉《おしろい》の壺《つぼ》や洗面器や綿などが雑然と載っている。

源水の女房のハナと、娘のミツ、サキ、浪五郎の妻小まんが、思い思いの椅子に腰をおろしていた。女はもう一人、浪五郎の妹でトクというのがいるのだが、これはいま、舞台で三味線をひいている。

女たちばかりかと思っていた浪吉は、部屋の隅に立っているシーボルトを見て、

「や、いらっしゃい」

と、頭を下げた。

「ごらんのとおりの不景気で、お話になりませんや」

「あちらも、じきに飽きられますよ。どうも日本の興行は単調すぎるし、テンポが遅い。

独楽が小さいので、遠くの座席からはよく見えないという欠点もある。芸の前の口上など、日本語のわからない観客には、まるで退屈だしね」

そんなことをしゃべりながら、シーボルトは、双肌《もろはだ》を脱いで化粧しているミツの上に視線を据えていた。

日本にいたころ、風呂屋の娘のちかというのを妾《めかけ》にしていたシーボルトは、日本の女の風味を忘れ兼ねていたらしい。博覧会の茶屋で、おすみを見てから、かなり執拗《しつよう》にいいよっていたが、まだ最後の目的は達していなかった。

モンブランが先におすみをものにしたのは、おそらく財力の差であろう。

おすみのことをあきらめたわけではないが、このごろは、ミツに心を動かしている。源水夫婦はそれに十分気がついていたが、見て見ぬふりをしていた。薩摩の援助をあてにしている以上、シーボルトにすげない素振りはできなかったからだ。

薩摩の援助が期待したほどのものでないことが明らかになった今では、シーボルトはかなり冷たくあしらわれていた。立っていても、椅子をすすめる者さえないのである。

「浪吉さん、あなたはもう、今日の出番はないのでしょう、外に出ませんか」

ミツが肌の化粧を終え、衣装を着てしまうと、シーボルトは浪吉を誘った。

二人は舞台裏を反対の方向に出て行った。あらゆる太さの綱と、桁組みの木と、大きな干し物のように上に捲《ま》き上げられている背景の幕などがごたごたしている天井の下を、肩を少し丸めて歩いてゆくシーボルトの背後に、浪吉はついていった。

——この男、おれになんの用があるのだろう、ミツをとりもってくれとでもいうのかな。

ヴァリエテ座の大理石を敷きつめた大玄関にはいったとき、浪吉は、ちょっと気おくれしたが、案内されたのが四階のいちばん奥の追込み席だったので、ホッとした。

場内は明るく輝いていた。

切子《きりこ》ガラスの大きなシャンデリアが黄色や薔薇《ばら》色の火の流れを、円《まる》天井から平土間《オーケストラ》特等席へ、二階桟敷《バルコン》へ、そして両側の桟敷の翼《アヴァン・セーヌ》席へ、後部の階段状桟敷《アンフィテアトル》へと、浴びせかけている。

四階から見おろすと、光の谷間で、柘榴石《ガーネット》色の座席を、黒い夜会服と色とりどりの女の服装が、花のように埋めていた。

舞台では、居酒屋の仮面舞踏会の場面を演じている。

浪吉は、夢でも見ているように茫然《ぼうぜん》としていたが、不意にはげしい拍手が起こって、幕がおりると、シーボルトが、

「出ましょう」

と、肩をついた。

外に出ると、近くのカフェに誘う。

「一幕みればたくさんでしょう。言葉がまるでわからないのでは」

シーボルトはグラスを目の高さまであげて、微笑しながらいう。

「ええ。しかし、たいしたものですなあ、あっしは目が舞いそうで、ぼんやりしていましたよ」

「あれがほんとうの劇場なのですよ。パリで興行に成功するというのは、ああいうところでの成功をいうのです。ナポレオンやアンペリアルで、多少の評判をとったって、なんということはない」

――そうか、それをいいたくて、おれをあそこに連れて行ったのか。

と浪吉は少し、むっとしたが、シーボルトは機先を制してなだめるように、

「私もなんとかして、松井一座の評判を良くしようと思って努力したのですがね、うまくいかない。ロシア皇帝の一行に知っている人がいるので、できればロシア皇帝を、アンペリアル劇場にお招きしたいと思った。これが実現すれば、日本の公子など問題ではありませんからな。しかし、例の事件以来、ロシア皇帝の側近は非常に臆病になっていましてね」

「例の事件というと、ポーランド人のなんとかいう男が――」

「そう、そう、皇帝自身はたいして気にしていないらしいのだが、はたが心配して皇帝の出御《しゅつぎょ》を極力とめるのです」

「あれには驚きました。若造がたった一人で、よく思い切ってやったものですね」

「ベリゾウスキー――という青年だが、彼は捕えられてからの態度が実にりっぱだったというので、いまではパリの人気者だ。ポーランド難民たちはもちろん、フランスの共和党

の連中からも、減刑嘆願状が警視庁に、毎日のように舞い込んでいるそうです」

「でも、どうせ死刑にゃなるんでしょう」

「とんでもない。彼は、ロシア皇帝にかすり傷一つ負わせてはいない。たとえ皇帝を負傷させたとしても、皇帝が死なないかぎり、死刑になりませんよ」

「日本なら文句なしに打ち首ですがなあ」

「せいぜい、一年か二年ぐらいの懲役で、出てくれれば、英雄でしょうな」

「そんなに軽いのですか」

浪吉は信じられないような気がした。

「まあ、もう一杯おやんなさい」

シーボルトは、浪吉のグラスを満たした。

「日本では刑罰がおそろしく重い。すぐに打ち首にしたり、切腹させたりする。しかしどんなに罪を重くしても、人間の憤怒《ふんぬ》と憎悪とは消し去ることはできはしない。桜田門のローニンたちは、それをはっきり示している」

「それは、井伊《いい》大老は、あまりむちゃをやったから——」

「しかし、それも、もともと幕府のため、徳川家のためでしょう。大老を斃《たお》す前になぜ、将軍を斃そうとしないのか、不思議ですね。将軍——公方《くぼう》様は神聖で、恨みを抱く対象にならないのですかね、日本人にとっては」

「そんなことはない。公方様だって、憎いと思うことはあります。現にあっしだって、おやじはつまらねえことで牢《ろう》に入れられ、出てきたときは、半死半生、まもなくくたばった。あのときは、公方様を恨みましたよ」

「恨んでも泣き寝入りというわけですね。日本の将軍は、ロシア皇帝より仕合わせだ。彼は絶対に拳銃を見舞われることはない」

シーボルトは少し声を立てて笑った。

「もっとも拳銃というのは、少し距離があると容易に当たらないものだ。ベリゾウスキーも始めは、短刀で刺すつもりだったらしいが、護衛兵が多いのであきらめたそうだ」

と言ってから、少し目を細くして、浪吉を覗《のぞ》き込むようにした。

「あんたなら、それこそなんでもなく、短刀を投げて、皇帝を傷つけることができたでしょうね」

「それは、できると思いますが——」

といいかけた浪吉が、何か不安なものを感じて、どきりとし、言葉を中途で止めた。

シーボルトはさりげなく話を続ける。

「もう少し、お飲みなさい。ベリゾウスキーは、皇帝を暗殺することには失敗したけれど、彼の本来の目的はある程度、達したといえるでしょうね」

「それは、どうしてなんで？」

「少なくも彼は、ポーランド人がロシア皇帝をいかに憎んでいるかということを、全世界に知らせた。そして、強大なロシア皇帝といえども怖《おそ》れないポーランド魂の存在を、全世界に知らせた——これは、たいしたことですよ。私はずるいから、私がベリゾウスキーなら、始めから、ロシア皇帝に弾丸《たま》が当たらないように射《う》ちますね。皇帝を殺すことが最後の目的じゃない。皇帝が死んでも、皇太子があとを嗣《つ》ぐのだ。問題は、全世界の前で皇帝の威信を傷つけ、彼に反抗し、彼を憎む者がいることを、はっきり見せつけてやることですね」

シーボルトは一気にしゃべって、グラスをほした。浪吉の頭の中に、奇怪な怖るべき想念が、雲のように湧き上がっていた。

競馬場の椿事

——日本使節一行はフランス訪問の結果についてまったく失望しています。駐日フランス公使が彼らに大きな期待を持たせたにもかかわらず、パリ到着以後の接待はけっして彼らを満足させておりません。向山全権も山高傅役《もりやく》も、いまや若い公子の将来を作る教育地として、パリを選定したことを後悔しています。うまくゆけば、公子をロンドンに移すことができるでしょう。

そうすれば、わが英国は、結局、大君政府と薩長政府——すなわち勝負を争う将棋の駒の両方を手に入れてしまうことになるかもしれず、どちらが勝っても、結局は英国の勝利ということになるでしょう。私は、公子にフランスを嫌悪させるような手段を、つぎつぎに講じております。

——もう一つ、ご報告しなければならぬことは、幕府の起こそうとしている六百万ドルの借款と、その裏付けともいうべき商社ソシエテ・ゼネラルについてであります。この詳しい内容は、依然つきとめえませんが、在日本の外国商人中、資力の乏しい者を退去せしめ、巨大な資力をもつ者——それも主としてフランス商人と協力して会社を設立し、その代表者をパリと横浜とに置き、貿易の独占を行なおうとしているもののごとくです。そして、この会社による貿易上の収入を担保として六百万ドルの借款を企画しているものと思われます。

——右のソシエテ・ゼネラル発起人の一人クーレーは、以前上海郵船会社に勤めていた者ですが、いまや幕府に食い込んで、莫大《ばくだい》な武器軍需品の注文を獲得しつつあります。彼は現在パリで、フリュリ・エラールとともに、ソシエテ・ゼネラルの、株式募集に努力しつつありますが、フランス外相ムスチェー侯が、消極的なので、はかばかしくゆかず、困難を感じているようです。向山全権はこの種の交渉にはまったく不適当な人物で、渋沢という若い青年がこれに当たっていますが、彼も西欧的経済組織についてはまったく無知でフリュリ・エラールも閉口しているようです。しかもこの無邪気な青年は、幕府の財政状態がはなはだ危険で、もし通商貿易によって利益を得られても、それはただちに費消してしまうから、巨額の借款はとうてい返済の能力はないだろうと告白しています。

——このような事情のもとで、ソシエテ・ゼネラルがはたして成功するか、私ははなはだ疑問に思っておりますが、さらに、これを決定的に打破する手段も考慮します。その際この渋沢という青年は、かなり役にたつと思います。

シーボルトは、正確に毎月二回ずつ送っている英国外務次官ハモンドあての手紙を書き終えると、丁寧に封をした。

外に出て、それを郵便局に持ってゆくと、そのまま、ペルゴレーズ通りの公子の館に向かった。

ここでは彼は出入り自由である。門番に軽くうなずいただけで、山高石見守の部屋に通って行った。山高は、向山と対座して、渋い顔をしていた。二人ともはなはだ苦手な経済問題について話し合っていたのである。

博覧会関係の行事が一段落したので、かねてから懸案になっている公子のヨーロッパ各国巡遊をやらなければならない段取りになったのだが、肝心の旅費の目当てがつかないのだ。

日本出発のときの小栗上野の話では、パリに行けば六百万ドルの借款ができるのだから、その一部を使えばよい。万一、借款成立が遅延したら、ソシエテ・ゼネラルの金を一時融通してもらえということで、当座の必要経費だけしか渡されていない。

借款契約も会社設立も進行せず、クーレーやフリュリ・エラールに質《ただ》しても、

――株式応募者がまだ少ない。とても資金の融通はできぬ。

という答えだ。江戸へこの旨を報告して、送金を依頼したが、いまだに返事がない。つい数日前に来着した公式文書では博覧会陳列場標示問題の失態について、向山と田辺とを痛烈に叱責したうえ、ロッシュ推薦のカション冷遇について、山高をきびしく詰問してきたのみである。

「まだ、送金依頼の手紙はついていないのかな」

向山が憂鬱な声でいう。金銭問題となるとこの男は、いつも憂鬱になった。

「そんなはずはない。おそらく、小栗殿も金の捻出方法に困っているのでしょう。それにしても、公子巡遊のことは、各国使節にもすでに話してしまったし、すでに用意をととのえて待っているところもあるというのに、いつまでも引き延ばすわけにはゆきませんな」

――困ったな。

と二人が黙りこくってしまったときに、シーボルトがはいってきたのだ。

「全権閣下、どこかお悪いのですか」

にこやかな微笑を浮かべていたシーボルトは、向山と視線が合うと、さっと表情を変えて、心配そうに、訊《たず》ねた。

「いや、そうではないのだが、シーボルト君、実は困り切っているのだ」

山高は、あわてて向山を制止しようとしたが、制止してみても自分に名案が浮かぶわけでもないと思い直して、口を噤《つぐ》んだ。

「シーボルト君、ほかならぬ君だから打ち明けていうが、公子の各国巡遊の日が迫っているのに、金がない。フロリヘラルドに頼んだが、断わられてしまった」

「どのくらい、ご入用なのです」

「まあ、十万ドルもあれば、十分だと思うが」

シーボルトは少し考えていたが、

「私がなんとかしてみましょう。英国のオリエンタル・バンクに親しい者がおります」

いい機会だ。ハモンドを通して話せば、大丈夫。

と、彼は計算したのである。

「シーボルト君、ほんとうにできるか」

「おそらく」

「ありがたい、助かる」

向山は、急に元気な声になった。

「全権閣下。私としても公子様のお役にたてれば、光栄です」

シーボルトがうやうやしく答えたが、

「閣下、今日は公子が、ロンシャン競馬場においでになるご予定ではありませんか、お伴《とも》するつもりで参ったのですが」


あらゆる種類の馬車が、カスカード門から、絶え間のない列をつくって繰り込んできた。五十人乗りのポーリーヌ式大型乗合、無蓋四輪馬車《ビクトリア》、豪華な四頭立てのランドー馬車、駑馬《どば》に曳《ひ》かれた、がたぴしの辻《つじ》馬車、鋼鉄の大きな車輪を光らせたバギー馬車、駿馬《しゆんめ》を二頭縦につないだ軽快なタンデム馬車、四頭の馬を一人の御者《ぎよしや》が操っているフォア・イン・ハンド、折畳幌付四輪馬車《カレーシユ》、リボンを飾った二輪馬車《パニエ》、不格好な郵便馬車《メイル・コーチ》――そして歩行者は、それらに踏みにじられまいとして右往左往している。

ロンシャンの競馬場は、西側をサン・クルーとシュレンヌの緑の丘に囲まれ、その上にヴァレリアン山が傲然と顔を覗《のぞ》かせていた。夏の青い空が、おびただしい群衆でぎっしり埋まっている芝生や、審判員の櫓《やぐら》や、決勝線や、掲示板や、看貫場《かんかんば》や、煉瓦《れんが》と木組みの五層のスタンドや、簡易食堂の灰色のテントなどを呆《あき》れたような顔つきで見おろしていた。

公子一行が到着したとき、ちょうど、イスパハン賞レースが済んだところで、メシヤン厩舎《きゅうしゃ》のベルランゴ号が第一着と報告されて、狂気じみた声が、場内に渦を巻いていた。

スタンド正面には貴賓席があったが、公子はとくに微行を希望していたので、シーボルトの案内で目立たぬように、スタンドの右端の三層目に席をしめた。

公子は、あたりの喧騒《けんそう》に内心肝をつぶしていたが、外面に現われた表情はいつもと変わらない。幼少のころから、そのようにしつけられているのだ。

シーボルトが、今日の呼びものである大賞《グランプリ》レースの勝馬の本命や、ダークホースや、調教師や、予想屋などの役割について説明をしたが、ほとんどなんのことかわからない。

ただ目の前の人の波――とくに赤い蝶《ちょう》結びのついたねずみ色の絹のドレスや、光る黒絹のドレスや、黄色い筋のはいった白繻子《しゅす》のドレスや、色とりどりの帽子をかぶった女たちの姿に見とれていた。

目を輝かせ、大きな声を張り上げ、白い歯を見せ、手ぶり身ぶりをして臆面もなくしゃべりまくっている女たちは、彼の中にある女という概念にまったく一致しないものだったのだ。

にもかかわらず、彼にはそれらの傍若無人の女たちが、すてきに美しく見えた。

「お気に入った女がありますか」

公子の視線を捕えたシーボルトがそっと耳もとで囁《ささや》いたので、公子はあわてて目を遠くに移した。

競馬場のまわりの野原が、視野の外から不意に飛び込んできたかのように新鮮に目に映った。右手にきづたに覆われた水車小屋があり、その背後が草原、正面は丘の裾を流れるセーヌ河まで並木道、左のブーローニュのほうは広く開けて、彼方《かなた》のパウロニアスの林に続いている。そして、入場料を払えない見物人が、林の中に陣取っていた。

突然、大地がゆらぐような喊声《かんせい》が上がった。

大賞レースの馬が走り出したのである。

群衆が猛烈な勢いで、柵のところに押しかけた。

一団の馬が、電光のように走り出す。

それからしばらくの間、公子は、激しい火炎のように揺れ動く空気の中で、ぼんやりしていた。

——スピリット、スピリットだ、スピリット万歳！

男たちはわめきながら飛び上がり、帽子を放り投げ、女たちはヒステリカルに笑いころげて日傘をふり回した。

貴賓席でさえ、大声で叫び、拍手をしている者が何人もいた。

その大混乱の最中《さなか》に、公子は、一人の女に目を吸いつけられた。

その女は青い絹の胴着と上着がぴったり肌について、ふくらんだスカートの流行しているこのころとしては大胆すぎるぐらいお尻の線をくっきり描き出していたのである。ジジ——と呼ばれている高名な娼婦《しょうふ》であった。後にゾラが彼の作品「ナナ」のモデルにしたのが、この女だ。

公子はむろん、それが娼婦だとは知らない。ただ、そのすばらしい曲線に惹《ひ》かれて、そのほうにからだを少しむけた。

その瞬間、驚くべきことが起こった。

一本の短刀が、巧みに人の間を縫って、下方から飛来し、公子の右の袖をかすめて背後にいた山高の刀の柄《つか》に当たったのである。

公子が、ジジを見るためにからだを動かさなかったならば、おそらく、公子の右の腕につき刺さっていたであろう。

短刀は、山高の刀の柄の金属に、鋭い小さな音をたてて激突して、下に落ちた。

「あっ——」

即座に気づいたのは、当の山高と、傍らにいた篤太夫とだけである。

「追えっ」

山高がそう叫ぶより前に、篤太夫はスタンドから芝生に走り出していた。

が——狂い舞っている群衆が、彼の疾走をすぐに妨げた。この膨大な人の渦の中で、誰かを捜し出すことは不可能だった。

追跡をあきらめて戻ってくると、山高が、事件を知って騒ぎ立てようとする人びとを押えていた。

「静かに。フランス人たちに知られないほうがよい。幸いに誰も気がついていないのだ」

息を切らして戻ってきた篤太夫にも、

「逃がしたか。よい、一同、すぐ引き揚げるのだ。何事もなかったふうにせい」

いつものややくすんだ感じの山高とは別人のように堂々たる取りさばきである。

公子をとり囲むようにして、待たせてあった馬車に乗った。

馬車の中では、一同興奮しきって、ほとんどしゃべらなかったが、館に帰りつくと、山高がシーボルトに言った。

「シーボルト君、今日の事件は、われわれのほかは、君が知っているだけだ。君がしゃべらなければ、誰にも洩《も》れないだろう」

「誓って、他言しません」

シーボルトは神妙な顔をして答え、早々に辞去する。

山高の部屋に一同が集まった。

「何者かな、公子様を狙ったのは」

「その短刀は日本の品だ。薩摩の者でしょう」

田辺が言下《げんか》にそう言ったが、山高から受け取った短刀をじっと調べていた篤太夫が、

「大体の見当はつきます」

「えっ、何者だ」

「松井源水一座に浪吉という短刀投げがおります。あの男が、舞台で使っていた短刀に似ています。短刀を投げて公子様を刺そうなどと考えるのは、あいつのような特技をもっている者に限るでしょう」

菊池がいきり立った。

「松井の宿を調べて、すぐ押しかけて、そいつを引っとらえよう」

「大勢はいかん、たかが芸人一人を捕えるのだ。二人か三人で行け」

菊池と井坂と篤太夫とが、さっそくアンペリアル劇場に行き、松井源水一座のものがヴィリエ通りの安宿にいることを確かめた。

勢い込んで、そこに行き、案内も乞わずにどかどかと、室内にはいっていった。

「浪吉を出せッ」

菊池が怖《おそ》ろしい目つきで怒鳴ると、源水がくぼんだ目に恐怖の色を浮かべながら言った。

「あいつが何かしましたんで？　実は、今朝《けさ》がた早く、有り金をさらって逃げやがったので、あっしたちも血眼《ちまなこ》になって捜しているんでございますよ」

公子傷害未遂事件は、完全に秘密のうちに葬り去られた。

シーボルトにしても、残念ながらあれほどはっきり釘《くぎ》を打たれては、しゃべりまわるわけにはゆかなかったのだろう。

ただ、数日後、卯三郎を訪れた吉之助が、若干の情報をもたらした。

それによると、バル・ノワールに、ぐでんぐでんに酔っ払った日本人が現われ、吉之助が同国人だと知ると、

——おれはトクガワの公子を短刀で傷つけてやった。ほんとうだぞ。

と大声で、何度もわめいた。周囲の者が、あの男は何をどなっているかと聞くので、吉之助が通訳してやると、みなが嘲笑した。

——そんな事件がほんとうにあったとすりゃ、新聞にでかでかと出るさ。なにしろパリの新聞記者ときちゃ、地下道のドブねずみの喧嘩《けんか》まで知っていやがるんだからな。

——おい、若いの。おまえ、ベリゾウスキーのまねをして、英雄になろうったってだめだぜ。

誰一人として信用しなかったという。

「嘘《うそ》っぱちでしょうな、むろん」

という吉之助に、卯三郎も、

「あたりまえさ、そんなばかげたことがあるものかい」

と、笑った。

その男——浪吉が、次の夜半、シーボルトを訪れ、何事か言い争った後、金と手紙を与えられて、ロンドンに向かって去っていったことは、誰も知らなかった。

公子一行の憤慨は、事件が秘密に葬られたとしても容易におさまらなかった。

しかし、手分けして浪吉を捜すといっても、雲をつかむような話である。

むしゃくしゃして、誰も彼も、

――こんなパリからは、一日も早く離れたほうがいい。早く、ご巡遊の日程を決めていただきたい。

と、向山に迫る。

「シーボルトが、金をつくってくれるはずになっている」

といわれて、そんな話を初めて耳にした篤太夫が、びっくりした。

「いつ、そんなことになったのです？」

「ロンシャンに行った日の朝、シーボルトが来たので、相談したら、一肌脱ぐというのだ。あの男、まったくよく働いてくれる」

「いくら、お頼みになりました？」

「十万ドルだ。なんでもオリエンタル・バンクとかに知人がいるから、大丈夫なんとかなると言っていた」

「それは、いけません」

篤太夫が、きっぱり反対したので、向山と山高が顔を見合わせた。

「なぜいけないのだ。フロリヘラルドも、クーレーも都合がつかぬという以上、しかたがないではないか。それとも、おまえに何か心当たりがあるか」

いわれてみれば、篤太夫にもなんのあてもないのである。

「しかし、十万ドルの大金を、明らかに反幕府と見られている英国の銀行から借りるのは感心できません」

「反幕というが、シーボルトほどの親幕の男はいないではないか。それにイギリス人も、こちらに来てから接してみると、日本にいたときに考えていたのとまるで違う。パークスの考えは必ずしも英国政府の意向を忠実に代表しているとは思われぬ。ちょうど、ロセスのやり方が必ずしもフランス政府の本心を代表しているとは思われぬようにな」

イギリス皇太子の館の宴会に招待されたとき、かなり愛想のいいもてなしを受けたことは事実だった。

篤太夫は、しかし、食い下がった。

「シーボルトとの話は、決定をしばらく待ってください」

そういいおいて、フリュリ・エラールのもとに急いだ篤太夫は、この事情を詳しく語った。

「どうでしょう。あなたのほうでなんとかなりませんか、十万ドル全部でなくとも、せめて半分だけでも」

フリュリ・エラールは、さっそくクーレーを呼び、膝をつき合わせて相談した。

「どうも、ソシエテ・ゼネラルの資金集めがうまくゆかないので、とても、五万ドル、十万ドルという金は出せませんな」

クーレーが、弱音を吐いた。

「だが、いま、イギリスに公子巡遊費用のすべてを出させるということになっては、フランスの面目にも関するでしょう。なんとか考えてください」

篤太夫は、がんばる。

いろいろ考えていたフリュリ・エラールが、不意に、膝を叩いて、言った。

「そうだ、ハンデル・マートシュカペーに頼んでみよう」

「なんです、それは」

「オランダの銀行だ。日本には好意を持っているし、なんとか話に乗ってくれるかもしれない」

「ぜひ、なんとかお願いします」

三日後、フリュリ・エラールから、

――ハンデル・マートシュカペーで五万ドルだけ融通してくれる。

という報《しら》せがあった。

あとの半分五千ポンド（五万ドル）は、シーボルトを通じて、オリエンタル・バンクから、借り入れるほかなかった。

安芸守派遣

公子一行がパリに向かって出発した後、日本内地では、めまぐるしい政局の変転が展開されていた。

新将軍慶喜は、おのれの才知を頼んで、果敢にこの難局に取り組んでゆく。

彼にはほんとうの意味の勇猛心や、卓越した見識があったとは思われない。

大きな時世の流れの底に動く力はついに把握することができなかったし、後に決定的な打撃を受けると、一度で意気沮喪《そそう》して、何もかも投げ出してしまったのだが、少なくもこのころは、眼前の事件を一つ一つ、なんとかかたづけるにつれ、自己の能力を、過信して、張り切っていたのである。

そして、このとき、慶喜の最高のブレーンは、ほかならぬ駐日フランス公使レオン・ロッシュであった。

開港開市問題、長州処分方針、幕政改革案などの重要問題のすべてについて、ロッシュは、慶喜と面談し、思いきった助言を与えた。『徳川慶喜公伝』付録文書には、両者密談の次第が、生き生きと記録されている。

ロッシュは、

「これからは大君とフランス公使という資格ではなく、ただただ、真に日本のためを思う一外人としてお話し申し上げますゆえ、ご側近の家来同様にお考えになって、ご腹蔵のないところをお訊《たず》ねください。私も少しも遠慮なく言上《ごんじょう》いたします」

と前置きして、塩田三郎《しおださぶろう》の通訳で、大略、次のごときことを述べた。

一、現在、日本には二重の外国勢力があり、その一つは、日本国内を裂き、諸侯と結んで自国の利益を図ろうとするもの。他の一つは、大君政府（幕府）に力を合わせ、日本国内統一と国力の増進を望んでいるものである。前者はいうまでもなく、薩長土と結ぶ英国、後者はフランスである。

二、現に江戸、大坂の開市、兵庫、新潟の開港が問題になっているが、江戸、大坂を外国人に対して開くことは国内人心を動揺させるのみで貿易上の利益はない。薩長が英国をつついてこれを要求しているは、ただ幕府を窮地に陥れようためである。幕府は薩長の裏をかいて、この際、江戸、大坂の代わりに、下関と鹿児島を開港することとし、ここに幕府の役人を駐在せしめれば、薩長を制する絶妙の方策となる。

パークスは反対するであろうが、英国政府の意向は必ずしもパークスほど頑迷ではない。パリ滞在中の向山全権に命じ、英国政府と直接交渉せしめるがよい。

三、長州は、さし当たり寛大に処置し向後《こうご》二カ年ほどの間に、幕府の海陸軍を十分に整備した後、一挙に討滅してしまうのを良策と考える。

四、京のミカドは日本最高の地位にあるが、天下を統治する職務権限はまったく幕府にあることを、中外《ちゅうがい》に徹底させるべきである。
五、以上の諸方策強行のためには幕府の職制を大改革し、先般来進言した六局案（従来の分担不分明な行政組織をあらためて、陸軍、海軍、会計、外国事務、全国部内、曲直《きょくちょく》裁判とするもの）を早急に実現しなければならない。
六、貿易上の利益を確保するため、商社を取り立て、その利益を見返りとして、対仏借款を起こし、陸海軍強化の経費に当てねばならぬ。
これは現に、クーレーが努力しているが、幕府としてはさらに強力に推進すべきである。
七、幕臣の俸禄《ほうろく》はすべて金払いとし、米の実際相場の半額に計算して支払えば、残りの半分は、幕府の収入増となる。
八、軍備は幕府で統一する。少なくも譜代大名は各自に兵を養うことをやめて幕府がこれを統一し、その経費は各大名が分担するものとする。
幕府が三万の精兵と十五、六艘《そう》の軍艦を保有すれば、国内の大名を抑圧することは容易である。
九、その他、商人、寺院、御朱印地、除地、門前地にも課税して収入を殖《ふ》やすこと、通路、水路を開くこと、等々。
こうしたロッシュの進言がことごとく採用されたわけではない。
どれ一つとってみても相当抵抗の多いものなのだ。

しかし、幕府諸制度の改革、陸海軍強化、役人俸禄の金給などが、漸次実行に移されていった。

いっぽう、薩長とこれを支援するパークスは、この慶喜の巻返し運動に対して強力に反撃した。

慶喜は、三月二十八日、英蘭仏、四月一日、米の代表者と大坂城において正式謁見を行なったが、蘭仏米三国公使はいずれも、慶喜に対して、陛下 Your Majesty の尊称を用いたのに、英公使パークスだけは、殿下 Your Highness としかいわなかった。

また、米蘭仏の各代表者が、各自の元首の信任状を呈出したのに対し、パークスはただ言葉で友好の意を述べるにとどまった。

パークスは、

――大君将軍は、真の意味の君主の資格を持っていない。

と、公言したのである。

休戦状態にある長州に対する処分方針についても、慶喜はロッシュの忠告を容《い》れて、さし当たり寛大な処置をとることとし、ただ面目上、長州から嘆願状を出すべきことを要求したが、長州は、これを拒絶した。

そして、薩摩と密約して、武力をもって幕府を打倒する計画を着々と進めていたのである。

慶応三年五月における幕府首脳部は次のごとくである。

国内事務総裁　稲葉美濃守《いなばみののかみ》

外国事務総裁　小笠原壱岐守

会計総裁　松平周防守《すおうのかみ》

陸軍総裁　松平縫殿頭《ぬいのかみ》

海軍総裁　稲葉兵部大輔《ひょうぶ》

すなわち五人の老中に五局のおのおのを専管せしめたのだ。

しかし、最も実行力のあったのは、依然として、会計局に属した勘定奉行小栗上野介であった。

彼はつぎつぎに起こってくる難問題に、最も精力的にぶつかっていたが、上司や同僚や部下の因循《いんじゅん》無能に、いつも腹を立てていなければならなかった。

彼を幕吏のなかで最も有能だと信じているロッシュも、何かにつけて、文句を持ち込んでくる。

小栗は、外国奉行の平山《ひらやま》図書頭《ずしょのかみ》を呼んだ。

対等の地位だから用件があれば自分が出向くのが順序だが、実力の差はいかんともしがたい。

平山は、

「ちょうどお目にかかりたいと思っていたところだ。実は――」

と、何か言いかけて懐中から書類を取り出そうとしたが、小栗はそれを無視して、

「今日、ロセスから言ってきたが、パリで向山らがメルモッチ僧正を、ひどく冷遇しているという。けしからんことだ」

「そのことなのですが」

平山は、懐中のものを出して展《ひろ》げた。

横浜でベーリーという宣教師の出している万国新聞紙である。邦字新聞紙の元祖といわれているが、三カ月に二回ぐらいの割で、各国別のニュースを報《し》らせている。後年の雑誌に近いものだ。

平山の見せたのは、その第五集で、カションのことが載っていた。

――仏人カションなる者は、パリに赴かれた大君尊弟に随従し通訳役を勤めおるが、日本において得た多くの恩沢を忘れ、日本政府についてははなはだ笑うべき箇条を仏国新聞紙上で述べたり。

彼は日本に居たるころは、将軍は日本の国君なりと述べ居たるにもかかわらず、いまやまったくこれと異なり、将軍は各大名と同じく大将たるにすぎずといえり。かくのごとき佞奸変節《ねいかんへんせつ》の人物を、大君尊弟の側《そば》に侍《はべ》らしむるは実に不可解というべし。カションはこの他にも多くの愚劣なことを述べたるも、読者の煩を避けて省略す云々《うんぬん》。

「メルモッチが真実このような行動をとっているとすれば、向山がこれを斥《しりぞ》けたのも当然かと思いますが」

「信じられぬことだ。そのようなことがあれば、当然、向山から直接報らせてくるべきだ。大体、向山といい田辺といい、何をしておるのか。博覧会では薩摩にしてやられ、商社取立ても、借款契約も進捗させておらず、金ばかり要求してきておる」

「また、金が足りないと言ってきたのですか」

「横浜のオリエンタル・バンク支店長のロベルトソンが今朝、この電報を届けてくれた」

小栗の示した電報は、向山からの送金請求のもので、電文は、

——クーレーより金あらず、ただちにオリエンタル・バンクに為替《かわせ》を組むべし、向山。

とある。五万ドル借金返済のためであろう。

電報といっても、発信日から一カ月経《た》っていた。

大西洋回りでサンフランシスコのオリエンタル・バンクへ打電し、それをグレート・レパブリック号が横浜まで運んできたものだ。

これでも、当時としては、最短期間の通信であり、おそらく日本人がヨーロッパから打った最初の海外電報であろう。

「どうも金をつかいすぎるようだ。パリのクーレーから報らせてきたところでは、新館に移るについて、調度馬匹《ばひつ》その他だけで二十七、八万フランも支出したらしいという」

「しかし、将軍家直弟、日本国代表としての面目もあり、あまり切りつめるわけにもゆかないでしょう」

「パリで傭《やと》った使用人が十六名、これに全部平服から礼服まで作ってやったという。クー

レーは、日本からついてきた随員だけでも多すぎるぐらいだ、現在の人数を半減し、むだな失費をなくしたほうがよいと言ってきておる」

「公子ご出発の折り、どのくらい持ってゆかれたのですか」

「五万五千ドル。五千ドルは当座の雑用として現金で携帯し、五万ドルは為替にしてパリに送っておいた。それだけの金をたちまちのうちにつかいつくし、フロリヘラルドを通じてすでに三万ドルを借り入れたうえ、それもどうやらなくなってしまったらしく、金を送れと言ってきたので、わしはしばらく放置しておいたところ、この電報だ」

「しかし、公子が各国ご巡遊をなされるにしても、その後、数年にわたってパリにご滞在ご勉学なされるにしても、所要の資金はなんとか確保して差し上げねばならないでしょう」

「そのためにこそ、ソシエテ・ゼネラルの設立と、六百万ドル借款契約とを急がせているのだ。あの借款に成功すれば、そのなかから、公子のご入用経費ぐらい出すことは容易だ」

と、苦りきった顔つきで言った小栗が、急に眉をけわしくして、

「とにかく、向山は無能だ。田辺も失態つづきだ。あの二人を召還しよう」

「それでは、しかし、向山の面目が――」

「仕事ができぬ以上、やむをえぬ」

「誰か、向山に代わる人物がおりますか」

もしかしたら、自分をやるつもりなのではないかと、平山は内心ひやりとしながら、反問した。

外国へは行きたくないのである。

「いる」

小栗は、平山の目をきっと睨《にら》むようにして言った。

「栗本ならなんとかやれるだろう」

「あっ、安芸守《あきのかみ》」

平山の前任者であり、小栗の腹心の一人であり、周知の親仏論者であり、しかも有能な吏僚である。

「なるほど、栗本殿なら適任でしょう」

「明日にも、老中方に申し上げて、決定しよう」

小栗が強力に主張すれば、そのとおりになることはほとんど確定的だと言ってよい。

平山が辞去しようとして、ふっと思い出して、小栗に聞いてみた。

「過日、パリから、功牌《メダイユ》とやらいうものについて申し越してきていましたが、あれはどうなったのでしょうか」

「縫殿頭（陸軍総裁松平乗謨《のりかた》）に言うておいた。至急研究してみるという。いずれにしてもあんなものはたいしたことではない」

無愛想に言い捨てた小栗が、なんと思ったか、帰りかけた平山に、無器用なお愛想を言った。

「図書殿のご子息、たしか縫殿頭のところで働いておられたな」

「はあ、伜成信《せがれしげのぶ》、陸軍局で松平殿にお世話になっております」

「たいそう、働き者だと承っている。お楽しみだな」

栗本安芸守（瀬兵衛）はこの年一月、陸軍奉行を罷免されてから、寄合（三千石以上で無職の旗本）として若年寄に属していた。

外国奉行を罷《や》めさせられたのは、彼があまりに有能だったからかもしれない。兵庫開港問題や、下関償金支払い延期交渉において、栗本は英公使パークスと真っ向から衝突して一歩も退《ひ》かなかった。

生まれつき容貌魁偉《ようぼうかいい》、青年のころは「お化け喜多村《きたむら》（喜多村は実家の姓）」と呼ばれたくらいだ。

その怖《おそ》ろしい顔で、パークスを睨みつけて怒鳴り立てる。

これにはパークスもてあましたらしい。

薩摩の大久保や西郷をついて、

――栗本を罷めさせなければ、開港問題はうまくゆかぬ。

と吹き込み、京都朝廷を通じて、幕閣にその内意を伝えさせた。

小栗は断固反対したが、長州休戦問題で朝廷の力を借りる必要があったときだったので、慶喜が、栗本罷免を呑《の》んだ。

それ以来、小栗は何かの機会があれば、栗本を再び登用したいと思っていたのである。

小栗は、老中一同の承認をとりつけたうえ、栗本を呼び出した。

今日は、小栗、はなはだ上機嫌である。

「お主と仲良しのメルモッチが、パリでひどく評判が悪い。どうじゃ、パリに行って、助けてやらぬか」

まるで冗談でもいうように切り出した小栗に対して、栗本はいつもの伝で、ずばりと切り込んだ。

「ほんとうのご用件はなんですかな」

「相変わらず気短だな。なに、向山に代わってもらいたいのだ」

「向山、何か失策をしでかしましたか」

「失策以外、何もしとらんというほうがよいくらいであろう」

小栗は、パリで問題になっている件をひととおり話した。

「すると、私のやらねばならぬことは？」

「たくさんある。第一に、薩摩やモンブランとかいう男などの策動を叩《たた》きつぶして、将軍家こそ日本の統治者であるということを、フランスの朝野に知らしめること」

「メルモッチ僧正が、反幕の言辞を弄しているとは、とうてい信じられませんな」

「何かの間違いと思う。よく調べることだ。そして、メルモッチを厚遇してやることだ。

これは、ロセスに対しても、必要なことだからな」

「たしかに」

「第二は、遅々として進まない借款契約を促進することだ。ソシエテ・ゼネラルの資金集めがうまくいっていないというが、おかしな話だ。クーレーは絶対に自信があると言っていたのだ。これも、モンブランあたりが、フランスの財界人に水を差しているためかもしれぬ」

「十分に取り調べてみましょう。しかし、あるいは、わが国に対する信用問題かもしれません。何かしっかりした担保を出せば、存外とまとまりやすいのではないでしょうか」

「もう、担保は何もない。もともと借款の担保になるように、ソシエテ・ゼネラルによる貿易独占を考えたのだ」

栗本は、かつて箱館に在住していたし、箱館奉行の経験もある。北辺の事情には通じていた。

その知識が、とっさに思いつかせたことがあった。

「樺太《からふと》の鉱山採掘権を担保にしては、どうでしょう」

「ほう——そうか。なるほど、もしそれが担保になるなら、やってみてくれ。お主に任せよう」

「ロシアとの関係がありますから、困難かもしれませんが、調べてみましょう」

「第三に、公子一行の経費節減だ。各地ご巡遊はできれば中止すること、少なくも範囲を縮小すること。英国訪問の計画は断然とりやめること。一行はややもすれば、フランス宮廷と疎隔しているようだが、これはいかん。あくまで、フランスとは親善を保ち、フランスと日本の間に留学生の交換などもできるようにしてもらいたい」

「だいぶ、仕事がありますな」

「まだある。この春、大坂城の各国代表者謁見の際、英国公使パークスのみは、将軍家に対して、陛下の称号を用いなかった。これははたして、英本国よりの指令か否かを確かめたうえ、至急改めるよう交渉すること。もし、パークスの独断であった場合には、パークスを本国へ召還するよう要求すること」

「パークスの無礼は聞きました。いまに始まったことでありませんが、きゃつ、けしからぬ男です」

「パークスはお主、年来の仇敵《きゆうてき》だったからな。ここらで一本、お返しをしておくのも面白いだろう」

栗本はただちに、渡仏の準備にかかった。

とりあえず次の二編の宣伝文書を用意する。
一、国体記（The Constitution）
これは、わが国では、頼朝《よりとも》以来、将軍家が主権を行使しており、ミカドは六百年来まったく政治に干与《かんよ》していないこと、ミカドも公家《くげ》も事実上、大君将軍の扶持《ふち》によって生活していること、大名の支配権はその領地に限られており、大君の命令には服従せざるをえないこと——などを説明したものである。

二、琉球略記（Historical Notices of Lioukiou）

これは、琉球は将軍家から島津氏に与えられたものであって、薩摩領主が琉球王を称する権利はまったくないことを明らかにしたもの。

この二文書は、パリ到着後、クーレー、カション、箕作貞一郎らに翻訳させ、仏英その他各国に配布する。

ほかに、慶喜からナポレオン三世に対する親書を一通用意したが、その中にはとくに、

——仏公使ロセスを、ぜひとも、永く日本に駐在せしめられたい。

という意味のことが述べられていた。

ロッシュ召還はすでに一度、内諭され、カションもその留任運動を一つの目的として渡仏したぐらいなのであるが、フランス外務当局は、依然として召還意図を捨てていない模様だったからである。

栗本派遣の旨がパリに通達されると、シーボルトはただちにハモンド次官に急報した。

——栗本は従来、しばしば英国の利益を脅《おびや》かし、不利をもたらした人物です。私は彼の来仏をすこぶる憂慮しております。彼は必ず再びカションを抱き込んで、策動するでしょう。

巡国日録

パリでは、いよいよ公子が諸国巡遊の途に上ろうとしていたが、その直前、向山、山高と水戸派の連中との間で激論が闘わされた。

向山が山高と相談して、

「経費節減の必要もあり、ヨーロッパの風習から考えても、少年公子随員として、二十数名が出掛けてゆくのは、あまりに大げさすぎる。公子付のお伴《とも》は二名に限りたいと思う」

といい出した。水戸派の連中が、大髻《おおたぶさ》に結い上げ、姫路革《ひめじがわ》のひきはだのついた大刀をひねくりまわし、いっさいの洋風儀礼をまったく無視してしまう態度に、手を焼いていたからだ。

菊池平八郎が憤然として、反撃した。

「われわれは公子に付添いの役目をもってやってきたのだ。経費節減はほかにいくらも方法があるはず。公子をわれわれから離すというのなら、公子は一歩もパリから動かさぬ」

いかに説得しようとしても聞き入れない。

向山は篤太夫を招いた。

「なんとかしてくれ。こういうことは、おまえに限る」

「水戸派の連中がいうことをきかぬなら、全権と傅役《もりやく》の職権をもって、彼らに帰国を命じられればよいでしょう。もし反抗するようなら、取り押えるまでのことです」

「いや、ヴィレットも館内にいることだし、そんな騒ぎを起こしたくない」

「ではとにかく、話してみましょう」

と、菊池たちの部屋に行ってみると、みな非常に憤慨している。菊池が、

「われわれをあくまで疎外するなら、断然引き揚げる」

と、口をすべらした。篤太夫は、すかさず、

「ごもっともだ、自分の意見が容《い》れられないなら帰国するよりほかない。私が諸君を日本までお送りしよう」

とやると、水戸派の連中が、急にシュンとしてしまった。しばらくして、

「公子をお独りにして帰国するのは、どうも困る」

菊池が、ぽつんと言った。

「それじゃ、全権のいうことをある程度聞き入れるよりしかたがない。どうです。あなたがた全部が一度にお伴するのをやめて、二人か三人ずつ、代わるがわるお伴することにしては。つまり、スイス、ベルギーへは誰と誰、イタリアへは誰と誰というふうに」

篤太夫が妥協案を出すと、

「うん、それならよい」

と、結局、最初の向山の要求どおりの結果となった。

八月六日(陽暦九月三日)、スイス、オランダ、ベルギーへの巡遊に出発、同行十三名。午前六時、汽車でパリをあとにし、夕刻八時、スイスのバール着、翌日、午後一時半、首都ベルン着。

八日午《ひる》、大統領、副大統領以下に面謁、九日朝は軍事総督の案内で、ツーンというところで、発火演習を見学。その後、湖畔の豪商邸で饗応《きようおう》を受け、すばらしい風景を愉《たの》しんだ。

十日、ベルンの兵器廠《へいきしよう》見学、十一日、ジュネーブ湖を横切って、ジュネーブに着く。当日はイタリアの英雄ガルバルジーが来ていたので、全市民が熱狂的に歓迎し、東洋の貴公子は完全に黙殺された。

翌日は、時計製造所、金属工場など視察。十三日、ベルンの旅館ベルネホークに戻ると、意外にも栗本安芸守が待ち受けていた。

栗本は十一日パリに到着したが、公子一行の出発を聞いて、ただちにあとを追ってきたのである。

翌十四日は、朝から、栗本を中心に大論議が行なわれた。

栗本のさし当たりの要求は、巡国を縮小することと、その随員を減少させることである。

前者については、向山も山高も頑強に反対した。

「各国に対してはすでに申入れを行なっており、先方から承諾の返事が来ている。歓迎の準備もしているだろう。この際、訪問をとりやめるのは国際信義に反する」

という主張は、筋が通っている。

「それでは、いちばん最後に予定している訪問国はどこか。そこを取り消しても、なお日もあることだし、対手国《あいて》に対して、さして迷惑はかけないだろう」

「プロシャとロシアとは、十二月の予定だ」

「それでは、それを、取りやめにしよう」

「どうしてもというなら、やむをえぬ」

「イギリスは、どうなのだ」

「十一月の予定だ」

「それも取り消せぬか」

「イギリスからはとくに来着を待つという挨拶があった。いまさら、やめるわけにはゆかぬ」

「小栗殿は、イギリス行きを好まれぬ」

「小栗殿の意向と、国際信義とどちらが大切か」

栗本が来たのは、いずれ自分が罷免される前兆だと覚悟を決めているから、向山は小栗の名に対しても反抗した。栗本もこれ以上無理押しはできぬとみて、

「ともかく、随員縮小は、即時実行してもらいたい」

「それは、私も大賛成だ。水戸派の連中も、お公儀の厳命とあれば、従わざるをえないだ

ろう」

向山みずから、栗本とともにパリに帰ることにし、公子に扈従《こじゅう》するのは、山高、保科、高松、渋沢、シーボルトの五名のみとした。水戸派の菊池らも幕命といわれて、やむなく、パリ帰還を承諾する。

さらに、杉浦以下三名はパリからただちに田辺と共に日本へ戻ることを命じられた。田辺はいわば、懲戒免職処分を受けたことになったのである。

シーボルト同行には、栗本が難色を示したが、向山は、

――様子の不案内な諸国巡遊にはぜひとも必要な人物だ。

と譲らなかった。


八月十六日、公子を入れてわずか六名に減少した一行は、ベルンを出発して、オランダに向かった。

バーデン、ロッテルダムを経て、十八日、首都ハーグへ到着、停車場には国王から出迎えの馬車が待っており、侍従シャウベル男爵がテベルビュというホテルに案内した。沿道には市民が群がって歓迎する。ホテルには、ハーグに留学中の日本人留学生も何人かやってきて、公子に面謁した。

十九日、国会開会式に臨席、二十日、兵器廠、兵営視察、夜オランダ国王謁見式。

二十一日、軍楽隊に迎えられて、軍艦製造所見学。オランダとは、国交久しい仲である

から接待すこぶる丁重で、王弟フレデリーもわざわざ挨拶に来訪した。

二十三日、アムステルダム視察、二十四日はシーボルトがレイデンにある亡父フランツ・シーボルトの別邸に招待し、各種の日本品や書画のコレクションを見せたので、公子は、なおのことシーボルトに対する信頼を厚くした。

二十六日、国王の別宴。国王は、

――一八〇〇年の初めナポレオン一世に侵略されて全国を蹂躙《じゅうりん》され、東洋の植民地もすべて本国から離反し、港々のオランダ国旗がすべて引きおろされてしまったとき、ただ独り日本の長崎出島《でじま》にはオランダの国旗がひるがえっていた。日本の好誼《こうぎ》は永久に忘れない。

と、半世紀前の謝礼を述べた。

二十七日、ハーグを発してベルギーに向かい、夕刻、首都ブラッセルに着く。停車場には王室礼式係が馬車で出迎え、沿道市民歓迎の中を旅館に導かれた。

翌日、国王レオポルド二世並びに王妃と謁見、二十九日は、陸軍大学、化学工場見学、夜は花火大会に招待された。

三十日、アントワープ砲台。

九月一日、大砲弾薬工場、二日、観劇。

三日、製鉄所、四日、ガラス工場、五日、地理学校、六日、公子のための狩猟。

八日、陸軍調練、九日、国王の招宴。

この夜の饗宴の席で、国王と公子とは通訳を通じていろいろの話をしたが、篤太夫はそれを傍聴していて、非常に強い印象を受けた。

レオポルド二世は言ったのである。

——今後の世界は鉄の世界だ。製鉄事業の盛んな国は栄え、その貧弱な国は衰える。私は日本の国情は知らないので、鉄の生産がどれほどあるか、製鉄事業がどうなっているかわからないが、日本を富強ならしめるためには、どうしても鉄を多く使用する国にしなければならない。貴下は将来日本において重要な地位につくかたであるから、よくこの点に留意されたい。それにつけても、将来日本が鉄を盛んに使用するようになったら、ぜひ、わがベルギーの品を利用していただきたい。ベルギーの鉄生産は豊富であり、品質もすこぶる良質だ。

前半、鉄の重要性を説いたあたりは、もっともとうなずいたが、後半ベルギー産品の宣伝をやったのに、篤太夫は驚いたのだ。

日本のミカドや将軍が、こんな商売気のあることを、ひと言でも口にするであろうか。

呆《あき》れながらも、

——これでなければ、ほんとうに国の経済力は伸びないのかもしれぬ。

と、感心もした。

九月十二日朝九時、ブラッセル発、夕刻五時、パリに帰着した。

栗本は公子が巡遊中に、例の文書の仏訳を終え、各方面に配付を始めていた。

公子が帰館すると、日本から持参した幕閣諸老からの土産物《みやげもの》などを差し出し、公子の旅行中の話などに打ち興じた。

一週間あまりは休養。

栗本は機会をとらえて、再び、英国訪問中止をもち出した。

パリで向山、田辺以下の連中と話しているうちに、栗本は彼らのことごとくが、フランスに反感を持ち、むしろ英国に親愛の情をもっているのを知って大いに驚いたのである。

――これでは、公子をパリに派遣した当初の目的とまったく相反する。

と考えて、なんとかイギリス行きを断念させようと試みた。

「イギリスが公子一行を招待するというが、万一、ひどい待遇をされたら、国辱ものだ。香港では、その怖《おそ》れがあったので、公子は上陸さえされなかったというではないか」

と、向山を説いたが、向山は、

「そんな心配はない」

と、受けつけない。向山罷免の正式命令がまだ届いていないので、栗本はどうすることもできなかった。

九月二十日、公子一行六名は、パリを出発して、イタリアに向かう。

一夜を車中に明かし、翌日午後一時サンミセールに着いたが、これから先は山路峻嶮《しゅんけん》のため、まだ鉄道が通じておらず、イタリアのスーザーまでは馬車によるほかはない。トンネルによる鉄道敷設工事が、ようやくその緒《しょ》についたところだ、という。

スーザーまで馬車の馬を替えること六度、山中の寒村に一泊し、翌日午後四時ようやくスーザーに達して汽車に移乗し、七時トリノに安着した。

二十四日朝、イタリアの首府フロランスに到着、礼式係に迎えられて、ホテルにはいった（ローマが首都になったのはこの三年後である）。

二十六日、議政堂、石油工場見学。

二十七日、国王謁見、当時イタリアの政情はすこぶる騒がしく、すべてきわめて簡単に行なわれた。

ここで、一行は、スイスで耳にしたガルバルジーの名を、しきりに耳にする。ガルバルジーは共和政体を主張し、ローマ攻撃を高唱して市民を大いに動かしていたのである。

二十九日、ミラノに向かう。

十月一日、二日は、ミラノで皇太子の接待を受ける。

五日、ピサの斜塔に驚きつつ、フロランスに戻った。

本来ならば、一行はここからパリに帰るはずであったが、数日来シーボルトとしばしば密談していた山高傅役は、突然、

「イギリス国王からの招待があったから英領マルタ島を巡覧する」

といい出した。

シーボルトは栗本が公子のイギリス訪問に反対していることを知ると、ただちにその旨

を、ハモンドに報《し》らせたのだ。

――栗本の懸念は、公子が英国で冷遇されて面目を失いはしないかという点にあり、向山も山高もこれを否定しながら内心一抹の不安を持っております。この不安を除去するため、公子をイタリアからただちにマルタ島に案内し、十分に手厚くもてなしてみせるのがよいと思います。

マルタ島総務長官ロジャーは、英国外務省次官名で、次の書簡を受けとっていた。

――フランスは、日本公子を掌中に収め、政府の感化と小権謀家の工作によって、イギリス軽侮の念を植えつけ、東洋における利益の増大を図っている。イギリスは公子を招待し、公子に強い感化力を与えるため、公子の資格が正式にどんな称号であろうと関係なく、国賓として待遇することに決定した。マルタ島においても国賓としてあらゆる礼遇を与えられんことを望む。

英国軍艦エンデミェーン号が、こうした英仏外交戦の一翼を担って、リヴォルー港に公子一行を迎えにやってくると、英国領事はフロランスまでやって来て、公子たちの案内役をつとめる。

十月八日、一行は軍艦に移乗。

エンデミェーン号は、万国旗で飾られていたが、主檣《メインマスト》には日章旗が高くひるがえり、艦長以下すべて、礼服をまとい、軍楽隊の奏楽裏に水兵が捧《ささ》げ銃《つつ》をして、敬意を示した。

九日、十日の両日は、海上戦闘の訓練を見せたり、水兵の曲芸を見せたりして公子の旅情を慰め、十一日朝、マルタ島のヴァレッタ港に入港。

砲台から二十一砲の礼砲がとどろく。

馬車で総督官邸に迎えられ、至れりつくせりの歓待だ。

「公子たちは、夜会や舞踏、観劇などはあまり好まない。それより、軍隊の教練や、兵器廠や、各種軍事施設に異常な関心を持っているようですから、そのおつもりで」

シーボルトは、総督に耳打ちした。

十二日から四日間にわたって、砲台、ドック、製鉄所、武器庫の視察、守備兵四千人の大調練、大砲の実弾射撃の見学などがつづいたが、歓迎夜会はただ一回にとどめられた。

十月十六日、マルタ島に別れを告げ、ヴァレッタ港を発したが、夜半、突然の大音響とともに蒸気機関が破裂して大騒ぎになった。

二十日午後に至って強風吹きつのり、船の動揺はげしく、機関の破損個所《かしょ》から海水が浸入した。翌朝になっても、黒雲たれ込め、豪雨が襲いかかって、方向もわからなくなった。

艦長も一時は悲愴《ひそう》な覚悟をきめたらしいが、幸いにして午後になると、風雨おさまり陸地が見えた。マルセーユである。

二十二日はマルセーユで蘇生《そせい》の思いをし、翌二十三日午前十一時同地発、途中リヨンに休憩、二十四日、パリに帰着した。

その夜、シーボルトはただちにハモンドに向かって、報告を送っている。

――私の見るところでは、マルタ島で公子に与えられた歓待栄誉は、フランス人の影響下に日本人が抱いていたと思われる英国不信の感情をまったく消散せしめたようでありま す。フランス政府推薦の士官その他の人びとの態度に不満であった公子は、マルタ島で示された英国の好意に感動し、かつ、マルタ島の陸海軍施設の完備は彼らに多大の興味を覚えしめたと思われます。英国訪問の際も、宴会舞踏観劇などよりも、陸海軍士官による軍需施設工場などの案内こそ、最も適当な歓待方法だと考えられます。

翌日、シーボルトは向山に会った。

「シーボルト君、ご苦労だった。今度に限らないが、君にはずいぶん働いてもらった。感謝する」

「私の日本に対する感情は、亡き父から譲り受けたものです」

シーボルトはつつましく答えたが、

「全権閣下、公子が英国を訪問されれば英国が大君政府に対して抱いている親愛の情がお解《わか》りになると、思います。日本におけるパークスの行動は、まったく彼個人の感情によるものにすぎません。その点で私はしばしば、彼と争い、ついに彼に嫌悪されるに至ったのですが」

「将軍家に対して陛下の称号を拒否したのも、パークス個人の考えだというのかね、実はその問題について、公子の訪英の以前に英国政府と談判するように、栗本からうるさくいわれているのだが」

「英国政府は、日本の実状を深く知らないので、パークスのその点に関する進言を容認しているのかもしれません。しかし、公子が行かれれば、各国帝王の尊弟とまったく同じ、またはそれ以上の待遇を与えられることは、私が保証します。いずれにしても、ただちに尊称問題について即時回答をイギリス政府に強要することは、少し当を得たものではないように思いますが」

「私も、そう思うが、栗本が――」

「私は、むしろ、この際、公子がフランス留学をやめて、イギリス留学に切り換えられたらどうだろうかとさえ考えております。そうすれば、尊称問題など容易にかたづくでしょう。パークスが反対したら、パークスを召還してしまえばよいのです」

「なるほど、公子の留学地をパリからロンドンに変えるか」

向山は大いに心を動かされたが、

「それは大問題だ、私一存では決められまい、少なくも、栗本は反対だろう。彼は小栗殿の腹心として、親仏派の巨頭だからな」

「そういえば、栗本殿が、カションを再び近づけているとか、ちらりと聞きましたが」

「うむ、ロセス公使から小栗殿に強硬な申入れがあったらしい。メルモッチを厚遇しろとな」

カションは熟知の仲である栗本が、パリに来たのを知ると、さっそくやってきたのだ。

そして「公子一行の裏切り」について声をふるわせて訴えた。

「僭正、それは聞いている。しかし、あなたは、リベルテ紙に、幕府の悪口を書き、将軍は真の君主に非《あら》ずと書いたそうじゃありませんか」

栗本が、ややきびしく、きめつけるとカションは両肩をすくめて、

「あれは私が悪かった。向山さんたちの態度があまりひどいのでカッとしていたとき、モンブランにうまいこと煽《おだ》てられて、ついあんなものを書いてしまったのです。あれは取消しの記事を書いてもいい。私の大君政府に対する忠誠心は、少しも変わっていない」

「モンブランはどうしました？」

「あれはつい先日、薩摩の岩下といっしょに日本へ行きました。もう私と関係ない」

「私はむろん、あなたを支持するつもりだが、向山も山高もほかの連中も、ばかにフランスに反感を持っていてね。おかしな話だ。フランスとの好誼を固めるためにきた使節が、いわば反仏コンペニーを結成してしまったのだからね」

ミス・ジェーン

公子一行がイタリアおよびマルタ島巡遊から戻ってきたときには、パリの様子はかなり変わっていた。

博覧会はすでに終わり、各国使節はそれぞれ帰国してしまっていたし、巡業の芸人たちも、おのおの巡業地への出発の支度をしている。

松井源水一座はオーストリアに向けて発《た》っていったし、浜碇定吉一座はベルギー、オランダを経て、来春はロンドンに行くという。

シーボルトのミツに対する求愛は、ついに実を結ばなかったらしい。

六左衛門、卯三郎の一行は、当分、パリに留《とど》まるという。篤太夫の口利きで、日本側の博覧会出品処分について、ある程度の委任を受けていたからだ。

三人の女たちは、暇をもてあましていた。マルタ島から戻って数日後、篤太夫が訪れると、おさとが走り出てきて、

「渋沢様、お待ちしておりました。シーボルトさんは、一昨日、おすみさんのところに来たのに、どうしてあなたは今日まで来てくださらなかったのです？」

「いろいろ忙しくてね。シーボルトは、おすみに何か言ってなかったかな」

「おすみさんに聞いてみましょう」

おすみははたして、シーボルトから情報を仕入れていた。シーボルトはおすみに自分といっしょにロンドンに来るように、しつこくすすめたというのだ。

――公子は今度、イギリスを訪問する。その結果、おそらく、パリ留学をやめて、ロンドン留学ということになるだろう。そうなれば万事、私が一手に切り回すことになる。おすみさん、ロンドンで私といっしょに暮らさないかね。

おすみは半信半疑だった。公子が、幕府嫌いのイギリスに留学するなどということがありうるだろうか。

だが、シーボルトは、いかにも自信ありげに言ったのである。

――大丈夫、公子は、イギリスのものになる。いま、栗本が必死になって食い止めようとしているが、私は彼の策動をうち破ってみせる。

「私は、幕府は大嫌い、だから公子様も大嫌い、イギリスに行くのはいいけれど、あなたが公子様のおつきになるのならいやです、と言って、ごまかしておきました」

「シーボルトがそれほど、確信をもっていうのは、何か考え、何か手を打っているからだろう。おすみ、これからも、うまくシーボルトから、いろいろなことを聞き出してくれ」

「はい」

「モンブランは日本へ行ったそうだね」

「ええ、私は、たった一度でポイされました。異人さんは、図々《ずうずう》しく口説くくせに、薄情ですね」

「モンブランに未練があるのか」

「誰が、あんなひと」

きっと言い切ったものの、おすみの瞳の底に、ちらっと淋《さび》しそうな影が走った。たとえ心にそまない男でも、たった一度きりで振り棄《す》てられてしまうのは、女の身として堪えられぬものであったに違いない。

おさとの部屋で、二時間ばかり、久しぶりの逢瀬《おうせ》を楽しんでから、篤太夫は別れを告げ、リボリ街のほうに歩いて行ったが、前方をゆく男を認めると、急いで追いついた。

「栗本殿、お一人で、どちらへ」

「あ、渋沢か。少し買物をしようと思ってな。実はフロリヘラルドのことだが、あれにはいろいろ世話になっているが、何も礼をしておらん。彼の細君に頸飾《くびかざ》りでも贈ろうと考えたのだが、ちょうどよい、つき合ってくれ」

「それなら、リュー・ド・ラ・ペイにいい店があります。ご案内しましょう」

ブランシャールという店にゆく。

「ばかに小さい店だな」

「店は小さくても、パリでは有名な貴金属品の老舗《しにせ》です」

店員に幾つかの品物をみせてもらった。篤太夫も簡単な会話ならもうできる。

栗本がダイヤモンドのはいった美しい頸飾りをとり上げて、

「これは見事だ、これならいいだろう」

と、値段を聞いてみると、

「八万フランでございます」

という。約一万六千ドルだ。

「少し高すぎるな。渋沢、いくらか値引きしてくれるよう交渉してみてくれ」

渋沢が、極力交渉してみたが、対手《あいて》はうんといわない。

「残念だが、それだけは出せぬ。一度向山や山高と相談してみることにしよう」

栗本は心を残して戻ったが、借款問題その他について、フリュリ・エラールの努力によらなければならないことはますます多そうだ。思い切って、その頸飾りを買うことに決心した。

——向山に相談しないほうがよいかもしれん。おれのほうから経費節減をうるさく言っているときだから。

と篤太夫だけにその旨を話し、二人で再び、ブランシャールへ行ってみた。

「この間の頸飾りを、も一度みせてくれ」

というと、店員が両手をひろげて、

「残念ながら、ムッシュウ、あれは売れてしまいました」

「そうか——どんな人が買ったのかね」

「皇后陛下《サ・マジエステ・ランペラトリス》でございます、ムッシュウ」


二週間ほど休養した公子は、十一月六日、英国訪問の旅に立った。

今度は向山が、自分もゆくといい出し、同勢十三名、栗本は残留。

六日夜はカレー港に一泊。七日正午、乗船。凄《すさ》まじい荒天の中を、三時間で海峡横断、ドーバー港にはいる。

ドーバー市長以下の大歓迎を受けた後、午後四時、王室特別列車に乗ってロンドンに向かい、六時半、貴賓館になっているブルクック・ストリートのホテルに案内された。

海峡を一つ距てただけで、ロンドンの気候はパリといちじるしく異なり、濃霧が深く立ちこめ、寒気が肌を刺す。

八日は外務大臣スタンレー卿《きょう》と打合わせ。女王は現在ウインゾール城に滞在中であり、皇配アルバート公の喪中でもあるから、謁見式は礼式にとらわれない内輪のものにしたいとの希望で、公子も平服（羽織袴《はかま》）ということにした。夕刻、国会議事堂見学。

九日午後二時、ウインゾール城で女王に謁見、通訳はすべてシーボルトがつとめた。

同夜は観劇。

——こういう催しは、今夜一回だけです。お気に入らなければ、いつ席をお立ちになっても結構です。

と、シーボルトが耳打ちした。

公子はじめ、劇場はもうかなり慣れていて、さほど珍しくもない。どうせ、舞台で演じられていることの内容はわからないのである。貴賓席に案内された一行の多くの者は、それぞれ、目立たぬ程度に、あたりの客席を観察して、そのほうにより多くの興味を覚えているらしかった。

目立って晴れやかな装いをしている女、宝石の輝いている髪を傾けて端整な横顔をみせている女、白絹のようになめらかに光る肩を惜しげもなく出している女、厚化粧をした金髪の女——そうした女たちの上に、彼らの視線が停滞していたのは、当然であろう。

公子は、しかし、舞台に瞳を注いでいた。しかも、異常な熱心さをもって。

舞台では、黒いフロックコートを着て口髭《くちひげ》を生やした伊達男《だておとこ》が、十六歳の娘を追い回していた。

娘は、きわめて薄い白絹の衣装をまとっているだけのように見える。まだ子供っぽくさえ見えるまるい肩や、かすかにふくらんでいる胸の突起を両手で押え、小さな口から悲鳴を発しながら逃げ回っていた。

長い髪がふり乱され、白い細い足がちらついた。

「公子様、可愛《かわい》い女優でございましょう」

シーボルトが、囁《ささや》くと、公子は、はっとわれに返った。自分の過度の熱中をやや恥じたらしい。少し怒ったような声で、

「うむ」

とうなずいたが、

「なんという名か」

と、尋ねた。

「ジェーン嬢と申します」

公子は急にジェーンに対する興味を喪《うしな》ったように、視線を平土間に移したが、シーボルトは、そっと席をはずしていった。

休憩時間になった。

「廊下にお出になりますか」

山高が訊《たず》ねると公子は頭を振った。好奇的な人びとの目が、うるさいのだ。

そのとき、姿を消していたシーボルトがにこにこして戻ってきて、

「公子様、ミス・ジェーンをご紹介申し上げます」

という。

公子が驚いて、立ち上がった。

ジェーンが、舞台衣装を急いで着替えたらしく、つつましい服装になって立っていた。顔の輪郭からはみ出しそうに思われるほど大きな碧《あお》い目をぱっちり開いて、またたきもせず公子を正視して、挨拶した。

「東洋の美しい国のプリンスのお出《い》でを心から感謝いたします――と申しております」

シーボルトが言った。

「私も――うれしい。この女《ひと》は、たいへん、美しい」

公子が、そういうと、シーボルトは、

――プリンスは、あなたの美貌と演技にひどく感銘されたと言っておられる。

と、ジェーンに通訳した。

ジェーンは、血が薔薇《ばら》色に透いてみえる頬を、少し崩して、うやうやしく答えた。

――光栄でございます。陛下。

山高が、シーボルトの肘をとらえて、慌てた口調で何か言った。

――下賤《げせん》な芸人などを、公子にお近づけしてはいけない。

というようなことだったのであろう。シーボルトは皮肉な笑みをかみしめて、軽く頭を下げ、ジェーンを促して、廊下のほうへ去っていった。

翌日は、ロンドン・タイムス社、武器博物館見学。

公子と篤太夫とが、二人きりになったほんのわずかの時間に、公子が言った。

「渋沢、昨日のジェーンとか申す娘、美しかったな」

「まことに――」

「ウージェニー皇后がお若いころは、あのようだったのではないか――」

篤太夫は、腹の中で苦笑した。ウージェニー皇后とミス・ジェーンとはまったく違うタイプだ。しかし、年少の公子にとっては、女のそんな差異はわからない。ただ美しい女とそうでない女とがあるだけだろう。そして、皇后と少女女優とは、少なくとも美しいという点で、共通してみえたのであろうか。

二人の会談は同行者に妨げられ、公子の口からは、二度とジェーンの名は洩《も》らされなかった。

十一日、ロンドン郊外ウーリッチで、大部隊の騎兵砲兵の調練見学。そのあとで兵士の一人が、とくに進みでて公子に挨拶した。

皇太子の弟だと言う。衣食住ともまったく他の兵士と同様に扱われていると聞いて一同が驚いた。

十二日、図書館。

十三日、水晶宮。

十四日、砲術演習。

十五日、バンク・オブ・イングランド。

十六日、ポーツマスに赴き、翌日は軍港、造船所および軍艦視察、千六百人の兵を搭載し、十四ノットの速力をもつ巨艦セラゼスに目を見張った。

十八日、オールトルジョックで三兵大調練並びに工兵隊の架橋作業などを見て、夕刻ロンドンに帰る。

十九日、テムズ河口の造船所、午後、土産物《みやげもの》など買い求める。

二十日、この間ずっと公子一行に付き添ってくれた英国士官エドワールを招いて謝礼の品を与えた。同じく、何くれとなくご用をつとめた日本人留学生、川路太郎《かわじたろう》、中村敬輔《なかむらけいすけ》の両人にもご下賜品あり。

二十一日、ロンドン発、ドーバー着。

二十二日、朝十時ドーバー出港、午後一時カレー着、少憩の後、列車でパリに向かい、夕七時半、パリの館に安着。


公子一行がロンドンをあとにする前夜、シーボルトが、ひそかに外務省に次官ハモンドを訪ねたことを記しておかねばならない。

ハモンドは上機嫌であった。

「どうだね、アレクサンダー、公子一行は満足しているかね。大体、君の意見どおりやったつもりだが」

「一同、まったく満足しております。ただ私としましては、見込み違いをいたしました」

「ほう、何か、まずいことがあったのか」

「いいえ、その反対です、あまり期待していなかった観劇が意外な効果をもったようです。少なくも公子にとっては」

「どうしてかね、公子は演劇を好まないということだったが」

「公子は演劇を理解する能力はありませんが、美しい女優を観賞する能力はあるようです。あの少年が、ミス・ジェーンの魅力にひどく惹《ひ》きつけられたことは、疑いありません」

「ジェーン？　聞かない名だな」

「ほとんど無名の、十六歳の娘です。素姓は一応取り調べておきました」

シーボルトが差し出した二、三枚の紙片にざっと目を通したハモンドが、

「役にたちそうだな、なんとかしてみよう」

辞去しようとするシーボルトを手で押し止《とど》めるようにしたハモンドが、

「ところでアレクサンダー、面白いことになった」

「何か――」

「今朝、パークスから電報がはいった。将軍慶喜は施政の大権を京都のミカドに正式返還を申し出で、ミカドはこれを受容したという」

「いつのことです？」

「先月十日（旧暦十月十五日）だ」

マルタ島にいたころである。

「ほんとうでしょうか」

「ほんとうらしい」

シーボルトが、複雑な表情になった。

「では、次官、もう公子を抱き込む必要はないではありませんか」

「いや、そうではない。ますます必要だ。つい先刻、スタンレー卿ともよく話してみた」

「どういうわけです？」

「将軍が名目的な治政権をミカドに返上したからといって、万事が簡単にかたづくわけで

はない。サツマ、チョーシュウは武力をもって、トクガワを倒そうと図るだろうし、トクガワは死力を尽くして反撃するだろう。結果的にどちらが勝つかは誰にもわからない」

「パークス公使は——」

「パークスはむろん、サツマとチョーシュウが勝つと見ている。彼はできるだけ応援するだろう。しかし、トクガワにもフランスの援助がある。そう簡単に敗《ま》けるとは思われない。パークスがあまり多くの重みを、サツマとチョーシュウに置くのは危険だ。われわれはしばしば、彼に注意しているのだが、その注意は十分に効果を持っていないようだ。そこで、われわれとしては、公子をどうしても抱き込んでおきたい。万一、トクガワが勝利を得たときに、何かのとっかかりを一つでも残しておくことは必要だからね」

「なるほど、わかりました。では、公子に対しては、従来の方針どおり、なんとかして留学先をロンドンに変更するように、努力します」

「そうしてくれたまえ。それからもう一つフランス政府が実際にどの程度、トクガワを支援するつもりか、十分に探ってもらいたいのだ」

「承知しました。及ばずながら」

「イギリス政府は、アレクサンダー・シーボルト氏の努力を決して忘れはしないだろう。では、ご機嫌よう」

パリに戻ったシーボルトは、幕府の政権返上のニュースについては、当分黙っていることにした。

向山は、公子一行における自分の地位については、栗本がやってきた当座やや不安に感じたが、いまでは、安心している。

マルタ島及びイギリスにおける成功で、公子一行の信任はますます増大しているし、栗本がなんといおうと、公子が自分を離しはしまいと確信している。

カションが栗本の口利きで、詫《わ》びを入れ再び公子の館に出入りするようになっていたが、シーボルトは、歯牙にもかけなかった。

向山、山高らの、いわゆる排仏コンペニーは、明らかにカションに対する嫌悪をかくそうとはしていないからである。

栗本は、たった一人孤立して、悪戦苦闘していた。

しかし、公子一行が、ロンドンから帰るとまもなく、栗本にとってははなはだ有利な状態が展開してきた。

向山に対する全権罷免、帰還の命令と栗本を全権に命ずる旨の公式の書面が到着したのである。

栗本はいまや、向山を無視して、自己の見解に従って、活動することができる。

彼は、パリ着以来篤太夫を督促して、クーレーおよびフリュリ・エラールに借款契約並びにソシエテ・ゼネラル設立についての最後的解決を迫っていたが、公子の巡遊のため篤太夫がパリにいないことが多く、回答はのびのびになっていた。

「渋沢、いつまでも待つわけにはゆかぬ。なんとかしてくれ。公子の滞在費用として毎月五千ドルだけは、わしが責任をもって調達するが、それでは足りないだろうし、莫大《ばくだい》な輸入武器の支払いのためにも六百万ドルの借款は、ぜひとも成功させなければならんのだ」

「私には自信がありません。幕府はいまや、とうていそれだけの借款を起こすに足るだけの信用がないように思います」

「なにを言う、衰えたりといえども、幕府にはそのくらいの金を借り、それを返すだけの力はある。フロリヘラルドが不安を感じるというのならば、改めて樺太島の鉱山採掘権を担保にしてもよい」

栗本が最後の切り札を出すと、篤太夫は信じられないという目つきになった。

「従来申し出ている北海道の特産物専売権を抵当にするという条件でさえ、私は日本の将来にとって危険だと思っています。まして樺太島の鉱山採掘権など——」

「将来のことを論じている場合ではない。眼前の幕府の危機をどう切り抜けるかが問題なのだ」

「はい」

と、頭を下げて退いてきたものの、篤太夫は、きっぱりと自分自身に向かっていいきかせていた。

——いかん、こんなむちゃな借款は断じて成立させてはいかん。幕府を救うために、日本を売り渡すわけにはゆかん。

頭の芯が熱く燃えていた。

大政奉還

ロンドンからパリに戻った翌々日、公子昭武は、初めて洋服を着用した。

これはロンドンに向かって出発する前に決定され、仕立屋が寸法を計りにやってきていた。公子ばかりではない。栗本も山高も、ほかのすべての者も、同様である。

向山をはじめ、箕作、日比野など、帰国の決定している者だけが、除外されていた。

「英国訪問を終えられたら、公子は一留学生として、ヨーロッパの文化を真剣に身につけられなければならぬ、それにはヨーロッパふうの衣食住に慣れることが第一だ」

栗本が、断固として、そう宣言した。

栗本はひどく頑固で、保守的なところがある半面、不可避と思われる事柄には自分のほうから敢然と立ち向かってゆくだけの果断な魂を持っている男なのだ。

昭武が、パリでも一流のバルビェー仕立ての洋服を着て姿を現わすと、沈痛な顔をして広間で待っていた水戸組の七人が、一様に、

――ああっ。

という悲鳴のような声を洩《も》らした。つづいて井坂と加治とが、声をふるわせて泣き出し

た。

「若君が――夷狄《いてき》の服を――」

服部が低く呻《うな》る。菊池は唇を堅く嚙《か》みしめ、必死に感情を抑えようとしている。

まもなく、栗本と山高とが、洋服姿で出てきた。

栗本はからだが大きく、魁偉《かいい》な相貌をしているので、どことなく遠洋航海に従事している船長のように見えたが、わりによく似合う。山高のほうは、小柄で貧相なので、中近東あたりから流れてきたホテル勤めのボーイのようにしか見えない。

二人とも洋服は着ていても、頭は丁髷《ちょんまげ》のままなので、フランス人が見たらすこぶる滑稽に見えたに違いない。頭髪は月代《さかやき》の毛が伸びるまでは、しかたがないのである。

「若君、そのお姿で、お腰のものは、どうなされるのでございます」

水戸組の服部が、詰《なじ》るように言った。

栗本が、じろりと見おろして、

「ばかな、洋服を着て、刀を提げて歩けるか」

「では、丸腰で――」

「あたりまえだ。文明国民で、平常、刀を携えておる者など、どこにもおらん」

「しかし、かりにも武士たるものが、武士の魂たる大小を持たずに出歩くなど、われわれには思いもよらぬことです」

「武士としての覚悟は、心の中に持っておればよい。大小をぶらさげているかいないかなどは、ただ形の上のことだ」

「これは、栗本殿のお言葉とも思われませぬ。武士たるものが町人百姓同然、丸腰で」

服部が顔を真っ赤に紅潮させて反駁《はんばく》しはじめたとき、ヴィレット大佐が、いつものように大幅な足どりで部屋にはいってきた。

「おお、公子、よくお似合いです。それで頭を直されれば、りっぱな青年紳士です」

両手を大きくひろげて昭武に近づくと、昭武の両腕を押えるように抱いて、大きく言った。

「お主たちの服もできているのだろう。早く着替えてくるがいい」

栗本が菊池に鋭い声でいう。

菊池をはじめ、水戸組の七人は、自分たちの部屋に戻った。

「どうする！」

「おれは、いやだ、断じていやだ」

「おれもいやだ」

「しかし若君がすでにあのとおり――」

「洋服はまだしも、両刀を棄《す》てるなど――くそっ、だれが」

「おれは、洋服もいやだ。一度でもあんなものを身につけたら、父祖の霊に顔を合わせられぬ」

激語と怒号とを交えた議論が果てしなくつづいた。

「これ以上は我慢がならぬ。おれはお暇《いとま》を願って日本へ帰る」

服部が、ついに、そう言い切った。

「おれも帰る」

「おれもだ」

服部、井坂、加治、皆川の四名が、帰国の決意を明らかにした。井坂が、

「菊池さん、あんたも、むろん、帰国されるでしょうな」

と、首領株の菊池にだめを押すように問いかけると、菊池は表情をひきゆがめた。

「帰りたい、だが――」

「帰らんといわれるのか」

「帰りたい。しかし、おれは若君の護衛のために、フランスにやってきたのだ。帰りたいという私情のために、公子護衛の公務を棄てるわけにはゆかぬ。若君がパリにおられるかぎり、どんな屈辱をこらえても、若君のお側《そば》にいてお仕えするのが任務だと思う」

さすがに首領らしく、一本筋の通ったいい分である。大井と三輪とが、これに力を得たかのように、

「おれも、菊池さんのご意見に従う」

「おれも、そうだ」

と、苦渋をまじえた表情で言った。

「若君をお護《まも》りするというのは、若君が夷狄の陋習《ろうしゅう》のとりこになることからお護りする

ことだ。すでにそれが不可能とわかった以上、われわれのなすべきことはもう無い」

加治が、反撃した。

「そうかもしれぬ。だが、今、われわれが七人そろって帰国してしまったら、若君はたった一人、夷狄の奴輩《やつばら》と、奴らに降伏した栗本殿や山高殿のただ中にとり残されてしまう。いかなる事情があるにせよ臣下として、そんなことをしてよいとは思われぬ」

議論は沈鬱な色調を帯びて、続けられた。

そして、とうとう、菊池が最後の断を下したのである。

「よし、服部、お主ら四人は水戸へ帰れ。おれと大井と三輪とはパリに残ろう。おれは、たとえ、異国の泥をなめねばならぬようなことになろうとも、断じて若君のお側は離れぬぞ」

帰国と決定しても、東洋へ向かう船がいつでも出帆するわけではない。好便のあるまでは何日でも何週間でも待たなければならないのである。

帰国組は、向山を中心に固まり、残留組に対して、白い目を向け、毎日憂鬱な日を送った。

残留組の連中が、どうやら月代の毛が伸び、丁髷を切り、洋服姿で外出ができるようになったころ、恐るべき噂《うわさ》が一同の耳に伝わってきた。

それを最初に伝えたのは、篤太夫である。

篤太夫は、それを六左衛門から聞いた。

そして、六左衛門にそれを伝えたのは、皇后の風呂番キチィである。

「渋沢様、吉之助が盗み聞きしたというのですが、私にゃ、どうもほんとうとは思われません。なんでも公方様《くぼう》が、国の政治をなさる権力をすっかり、禁裡様《きんり》（朝廷のこと）に返上なさったらしいとかいうのですが――ほんとうとすれば、もう将軍家ってものは、なくなったわけになりますね、そんなばかなことってありますかね」

――政権奉還！

その具体的なことは、もちろん、篤太夫にわからない。

しかし、主君慶喜が将軍職を辞退するということは、十分に考えられることだった。篤太夫自身、慶喜の将軍職につくことには反対したのだ。

だが、慶喜が将軍職を辞して、誰かほかのものがなったのか。それならば、政権返上とはいうまい。あるいは、幕府そのものが廃棄されたのか――そのへんが、キチィの情報だけでは、まったく不明であった。

篤太夫は、公子の館に戻ると、巷《ちまた》で聞いた噂として、それを栗本らに伝えた。

「とうてい、信じられぬことだ。わしが江戸を出るときには、そんな気配は微塵《みじん》もなかった。上様は幕制を改革して六局を取り立て、歩騎砲の三兵を訓練して武備をととのえ、勇猛奮迅、薩長の連中でさえ、東照公《とうしょうこう》の再来ではないかと怖《おそ》れていたほどじゃった」

栗本が怖ろしい顔つきになる。

「政権返上とは、どういうことかな――もしかして、朝廷が島津を将軍に――」

山高がいいかけると、向山が一喝した。

「ばかな、そんなことは断じてありえぬ」

「渋沢、おまえ、どう思う」

「私も、島津が将軍職につくことはありえぬと思います」

篤太夫の確信は、かつて従兄《いとこ》の喜作とともに京の相国寺に西郷吉之助を訪ねて、その雄大な意見を聞いたことから出ている。

西郷は幕府制度そのものの時代遅れであることを痛論し、列藩会議を主張していた。

むろん、その会議で薩摩が指導的立場をとるつもりではあったろうが、西郷のいるかぎり、島津が幕府という旧体制に再び乗るはずがない――と、信じたのだ。

「私にも、はっきりしたことはわかりませぬが、もし、この噂が真実とすれば、京の朝廷が親《みずか》ら政治をなさるということになったのではないでしょうか。京の公卿衆に実際の国務がとれようとは思われません。もちろん、おそらく雄藩会議というようなものができて実務に当たるのでしょうが、その会議を上様が指導なさる――というのではないかと思いますが」

篤太夫の答えは、期せずして、慶喜が大政奉還を行なったときの心理をいい当てていた。

だが、栗本らには、そこまでは容易に消化し切れない。

「なんとしても奇怪なことだ。渋沢、もっと詳しいことを調べてみてくれ」

篤太夫はただちにクロワ・デ・プティシャンのアパルトマンにシーボルトを訪れた。自分の国の政治的大異変について、他国人に質問するのははなはだ不見識な話だが、この際やむをえない。

——こういう噂を耳にしましたが。

と、切り出すと、シーボルトは両肩をすくめて、

「聞いていますよ、その噂は。正確なことがわからないし、あなたがたのほうから何もい い出さないのに、私のほうから発言するのもどうかと思っていましたがね」

「どの程度のことまで、あなたがたにはわかっているのです?」

「渋沢さん、今あなたから聞いたことぐらいしかわかっていません。リベルテ紙の記者から数日前に聞いたのです。新聞社でももう少し明確なことがわかるまで、掲載を待っているようですね」

これは、むろん、嘘《うそ》であった。

シーボルトは、ハモンドからの通信で、慶喜が大政奉還を奏上した日に、討幕の密勅が、薩長両藩に下されたことまで知っていた。ハモンドは、

——先日述べたごとく、今後、徳川と薩長との間に死活の闘争が行なわれることは避けがたいと思われる。われわれは薩長の勝利を希望しているが、実際にはどうなるか正確には予測できない。薩長はすでに十分わがほうの手に入れてある。万一、徳川氏が勝利を得た場合を考えると、慶喜の後嗣《こうし》となるべく予想される公子昭武を把握しておくことはきわ

めて重要である。公子を手なずけ、できれば、ロンドンに拉《らっ》し来たれ。なお、幕府側の対仏借款は、なんとしても成功させてはならぬ。

という指令を、重ねてよこしていたのだ。

「朝廷に政権を返上したって、朝廷には何もする能力はないでしょう。将軍であろうとなかろうと、慶喜様は日本最大の大名なのですから、形はどんなに変わっても、やはり慶喜様が政治の中心におられるのではありませんか。いずれにしても私個人としては公子様のために全力を尽くします。わが英国政府が公子様にどれほど親愛と敬意を抱いているかは、渋沢さん、あなたがついこの間、ロンドンで親しく見て来られたとおりですよ」

愛想のいいスパイは、にこやかに笑いながら、篤太夫の肩を叩《たた》いた。

十二月二十一日、向山隼人正らの帰国組は、不安な心を抱いて、パリを離れた。篤太夫と保科俊太郎とが、リヨン駅まで送る。

それから十日あまり、慶応四年一月二日（西暦一八六八年一月二十六日）日本から書状が届いて、去る慶応三年十月十四日にいわれた大政奉還の実情が、やや明らかになった。

――当今、外国との交際日に盛んなるにより、いよいよ政権一途に出《い》でず候《そうらい》ては綱紀立ち難く候間、祖宗《そそう》以来二百六十年伝襲せし政権を朝廷に返上し奉ることを英断あり云々《うんぬん》。

――諸侯上京の上、追って御沙汰ある迄《まで》はすべてこれ迄通り相《あい》心得候様《よう》との朝命あり、外国関係事務はすべて、従前通り御委任のことと相成候。

一同はこの最後の一条で、やや愁眉を開いた。

「将軍職を辞されても、やはり上様が国務の実際に与《あずか》っておられるのだ」

山高が救われたように言った。

だが、ちょうどこのとき、日本内地では旧幕軍が上京のため大挙大坂城を進発しつつあり、翌三日、旧幕府の止《とど》めを刺した伏見《ふしみ》、鳥羽《とば》の戦いが行なわれる状況にあったことは、もとより夢想もできなかったのである。

パリの各新聞社にも、続々と日本の政変に関する情報が載るようになった。

それは、いずれも、栗本らが国もとからの書簡によって知りえたよりもはるかに詳細なものであったが、大体二つの傾向に分かれていた。

一つはおそらく、パークスの報告をもとにイギリスを通じて伝えられたものであろう。

――大君（将軍）は自発的にミカドに国務の最高指導権を返上し、ミカドは幻影の君主たることをやめて、真の政治権力を回復した。しかし将来政権が専制的形式で行使されることはおそらくないであろう。行政権の活動は、代表会議の審議によって運営されるであろう。いずれにせよ、国家全体の利益のために、また、外国との友好関係維持のために、全国を通じて承認されるような強固な政府の必要が日に日に明白となっている。

――ミカドとその閣僚を助けるために、諸大名の全体会議が招集されつつある。大君はこの会議で指導的地位を占めようと希望しているらしいが、彼が自らの権力の縮小に同意しないかぎり、強固な中央政権は成立しえないであろう。

といった調子のものである。

他の一つは、ロッシュからフランス政府への報告が材料になっていることは疑いない。

前者とはまったく調子の違ったものであった。

――大君は外国人渡来以後の新事態に適合するため、自発的に憲法改訂の手を打ったのである。これによって彼の威名はかえって高まり、彼は憲法改訂のためミカドが招集する会議の議長となるものと予想されている。

――万一西南地方の敵対的諸侯が、大君の愛国的呼びかけに応じないならば、彼は江戸に退いて、そこに政府の中枢を再建し、日本の最も富みかつ広い州である関東の君主としての地位を確保し、北部の諸大名、譜代大名、旗本を率いて闘うであろう。封建諸領主とただ一人の手に強く組織されている権力との間の闘争において、勝利者となるのは常に後者であることは歴史の教えるところである。

――大君が日本の統一と繁栄を得ようと欲《ほっ》する人びとに呼びかけ、条約を維持し、外国貿易の自由をいっそう拡大し、締約諸国の支援を得て、再び権力を手中に収めることは、日本の上層階級のひとしく確信するところである。

栗本たちは、もちろん、ロッシュ系の報道のほうにより多く興奮した。

「上様の広大なお心からなされたご英断に対して、薩長はなんと思うているのか」

「畢竟《ひっきょう》、戦いは避けられぬ。断固、薩長を討滅すべきときでしょう」

「もとよりだ。しかし、それにはなんといっても武器だ。薩長は英国から十分の武器を供与されるに違いない。われわれはなんとかしてそれ以上の新鋭武器を送らねばならぬ」

　栗本と山高とは、言い合わせたように、視線を篤太夫の上に据えた。

「渋沢。例の話は、その後少しも進展しておらんのか」

　栗本が叱りつけるようにいう。

「申しわけありません。たびたび交渉はしているのですが、フロリヘラルドもクーレーもまったく気乗り薄なのです。おそらく、モンブランあたりが、幕府の財政基礎の弱いことを誇張して吹き込んだためと思いますが」

　モンブランばかりではない。シーボルトもあらゆる機会を利用して、幕府の財政がすでに破綻に瀕《ひん》していること、これに金を貸すのは底のないザルに水を注入するようなものであることを宣伝して回っていたのだ。

　シーボルトは、その際、いつも、付け加えた。

　――これは、幕府の連中でさえ、はっきり公言していることですよ。公子についてきている渋沢という会計担当の青年など、いまの幕府には借金返済能力などゼロだと白状していますよ。

　それは事実だった。

　篤太夫は、フリュリ・エラールにも、クーレーにも、シーボルトにも、はっきりそう言っていた。

　借款の成立を望まないのだから、当然のことである。

たとえ、篤太夫がそういわなかったとしても、幕府財政の窮乏は明白だった。公子の各国巡遊の費用に困惑し、毎月の生活費さえ、ひどく切りつめている状況なのだ。

どうやら、いままでやってこられたのは、博覧会への出品物を、六左衛門と卯三郎とに命じて、逐次売却し、その売上げ金でつないできていたからである。

「担保がしっかりしていさえすれば、金を貸さんというはずはない。北海道の特産物、樺太の鉱物資源のすべてを担保に出そうと言っているのだ。それでも信用しないというのか」

「彼らは、幕府の実際権力が、樺太はもちろん、北海道全地にわたって確保されているかどうかを危ぶんでいるのです。今や、大政奉還の報《しら》せがあった以上、ますますこの点についての彼らの危惧は増大しているでしょう」

「ばかな。たとえ薩長と対立して決戦ということになろうとも、関以東（箱根《はこね》より東）は絶対に幕府方のものだ。現にフランスの新聞でもはっきりそう述べているのではないか」

「しかし、栗本殿、経済人は何よりも確実さを求めるのです。たぶん、あるいはおそらく、そうなるだろうという予測だけでは、彼らは絶対に動きません」

「彼らがそれほど、われわれを信用しないのなら、北海道にフランス軍隊の保証駐屯を認めてもよい」

栗本が驚くべきことを放言した。

「いけません。それは、断じていけません。経済的利権のための駐屯が、領土獲得に転換された事例は数えきれないほどあります」

篤太夫は、全身を熱くして叫んだ。

「それは国力と国民の志気いかんによる。国民さえしっかりしていれば、そんな心配は断じてない。保証駐屯の件は、小栗殿も了承しておられる。さっそくその条件で、フロリヘラルドに交渉してみるがいい——いや、フロリヘラルドとの交渉は、わしが直接にやろう。こうなっては一刻を争うことだ。渋沢、今日中にでも、フロリヘラルドに会見できるよう手配をしてくれ」

栗本はいっさいの反対を封殺する語気でそういった。

借款問題の帰結

公子昭武は馬をパッシー門から乗り入れ、ボア・ド・ブーローニュを横断する競馬場通りを進んでいった。

早朝の空気は身を切るように冷たい。

数日前に降った雪が、樹間に白く残っている。夏中は岸辺の緑を映して美しい緑色に輝いていたシューペリウール湖の水も、鉛色に沈んでいた。

毎朝、こうしてボアを横切りロンシャン競馬場に赴いて、馬を走らせるのが、昭武の日課の手始めである。

最初のうちは、ヴィレット大佐がついていって、乗馬法を教えたが、このごろは大佐が連れだってゆくのは、週二回、その他は、保科か菊池か篤太夫らのうちの誰かが、お伴《とも》をした。

今日は、菊池である。

この頑固な水戸藩士も、今は丸腰で洋服を着し、髪をザン切りにしていた。

初めて洋服を身につけた日、

——ますかがみ心を照らせ姿こそ変はれど同じ大和魂《やまとだましひ》
と詠んで、辛うじておのれを説き伏せたのである。いったん覚悟を決めてしまうと、こ
の男はそれなりに、公子のために全力を挙げて奉仕していた。
貯水池の左手から、森を出はずれると広大なロンシャン競馬場が、ぱっと視野をひろげ
るように展開した。

競馬場には、すでに何人か馬を走らせている者がいる。

「若君、今日は、五周いたしましょう」

菊池が元気よくいう。乗馬は得意なのだ。

「よし」

昭武も、勢いよく答えた。騎馬の悦《よろこ》びがようやくわかってきたので、面白くてしかたが
ないときなのであろう。

馬が奔《はし》り、風が耳を切って飛ぶ。

痛いような寒気がいつの間にか、全身をほてらす熱気に変わって、背に汗が滲《にじ》んでくる。

「お見事でございました」

昭武が手綱を引いて、少し荒い息をしながら顧みたとき、菊池が無骨な顔に笑いを漲《みなぎ》ら
して言った。

帰途は、ブーローニュ村のほうを回って、オートゥイユ門に出るのが常である。

ブーローニュ門の近くまで来たとき、前方から来た二人の乗馬紳士の一人が、連れに向

かって何か言った。二人が通り過ぎてから、菊池が、

「若君。あの男、若君を見て、ワラシノアと言ったようでございますが、ワラシノアとは、どういうことでございましょう」

昭武は、笑い出した。

「ワラシノアではない。Voila, Chinois, シナ人だ——と言ったのだ」

「けしからぬ、若君をシナ人だなどと」

「彼らには、日本人とシナ人の区別はつかないのだ。われわれにフランス人とイギリス人の区別がわからないように」

「さようでございますかな——それにしても、若君はもう異人の話すことが、ちゃんとおわかりになるとは」

「毎日、習っているのだ、あのくらいの簡単なことはわかるさ」

と答えた昭武が、ふっと視線を光らせて、

「菊池——」

「は？」

昭武の視線を追うと、こちらに向かってくる馬と、そのうえに跨《またが》った女の姿が目にはいった。

女の乗馬姿はここでは少しも珍しくない。しかし、朝のこの時刻に、連れもなくたった一人というのは初めてである。

そのうえ、女の姿がひどく小さく、まるで少女のように見えたので、菊池は新鮮な驚きをもって、眺めた。

だが、昭武の瞳は、女の馬が近づくにつれて、異様な光を帯び、頬に紅《あか》みが上ってきていた。

「おー、日本の公子さま！」

十メートルぐらいの間隔になったとき、女が顔を昭武のほうに向けて、甲高い澄んだ声で叫び、急いで馬を寄せてきた。

「ミス・ジェーン」

昭武が、口ごもりながら、答えた。

ジェーンは薄紫色の婦人乗馬服を着て、大束に編まれた捲髪《まきがみ》の上に小さな男子用の帽子を戴《いただ》き、ヴェールを肩へずり落とし、目にも唇にも、頬にも、大きな悦びを溢《あふ》れさせて、大胆に真正面から、昭武をみつめた。

それは昭武がロンドンの劇場のボックスで近々と見たあのジェーンに違いなかった。同時にそれはまったく違う女のようにも見えた。おそらく、彼女を見る環境がまったく異なり、彼女の服装も化粧もまったく違っていたからであろう。

ジェーンの鼻は格好はよかったが、東洋人にとっては、あまり端然と鋭く、やや威圧的にすぎた。だが、すべっこい顔の皮膚は乳白色の琥珀《こはく》のようだったし、大きな暗灰色の双《そう》眸《ぼう》は何かの競技における勝利者のようにきらめき輝いていたし、額に渦巻く金髪はその下の小さな顔に妖精のような不思議な魅力を与えていた。

「公子様、こんなところでお目にかかれるなんて、なんという仕合わせでしょう」

ジェーンは、フランス語でそう言った。公子が、フランス語ならば、多少は理解することを、教えられていたからである。

「私も、たいへん、うれしい」

昭武のおぼつかないフランス語も、どうやら会話をつづけることは可能だった。

「公子様、毎朝、乗馬のお稽古でございますか」

「そう」

「私もです。では、これから、いつもお目にかかれますわね」

「私も、それを望む」

「いつもこんなにお早いのですか」

「六時に館を出る」

「では、私も、明日から、もう少し早く出て参ります。公子様と、馳《は》せくらべをいたしましょう」

「悦んで――」

「公子様、では明日、必ず」

ジェーンは、菊池のほうをちらっと見て、にっこり微笑すると、馬の手綱を引いた。

少し馬を馳せてから、ふり向いて、片手を高々とあげ、姿を消してゆく。

魂の抜けたように茫然《ぼうぜん》と見送っている昭武に、菊池が目を丸くしたまま訊《たず》ねた。

「あれは、自体、何者でございます？」

「ミス・ジェーンという。ロンドンの劇場で会った」

「河原者（役者）でございますか」

「そうだ」

「これはけしからぬ。賤《いや》しき河原者の分際で、若君に対して慣れなれし気に――あ、若君」

突然、馬に鞭《むち》をあてた昭武に驚いて、菊池が後を追った。

栗本は、篤太夫に命じて、フリュリ・エラールとクーレーとを公館に呼び寄せた。堂々たる体軀《たいく》と、魁偉《かいい》な容貌を持ち、フランス語を一応理解する栗本は、向山や山高とはまったく異なる威圧感を与えたらしい。二人とも、篤太夫を対手《あいて》にするときとは違って、どうやら受け太刀《だち》にならざるをえない様子である。

カションも呼ばれて同席していた。

栗本は、始めから、賢明にも、法理論で責め立てた。

――六百万ドル借款の件、並びにこれに伴うソシエテ・ゼネラル設立の件はすでに慶応二年九月、ロセス公使の仲介で、仮契約成立しておるはず。クーレー氏がその衝に当たりながら、今に至って実現を見ないのは、明らかに契約違反ではないか。

というのだ。契約当時、連絡や通訳に当たったカションも、それを立証した。

だが、契約自体は、フリュリ・エラールもクーレーも、もとより否認してはいない。ただそれが実行不可能に陥っている現状を、栗本に納得させなければならないのである。

フリュリ・エラールよりも戦闘的なクーレーが、もっぱら陳弁に努めた。

「栗本殿、申しわけないが、情勢がまったく変わってしまったのです。ソシエテ・ゼネラルの創立計画はまったく失敗に終わりました。すべてを始めからやり直さなければならなくなっているのです」

「情勢が変わったというのは、どういう意味ですかな」

「もともとこの計画は、フランス政府の絶大な支持がなければできないものなのですが、フランス政府の東洋諸国に対する方針が、メキシコ遠征の失敗以来、すこぶる消極的になっているのです」

「しかし、フランス政府の代表であるロセス公使は、私が日本を去るときにも、はっきり借款契約の有効と、その実現を信じていました」

「それはロッシュ公使の独断でしょう。彼の方策はしばしばフランス政府のそれを離れて独走するので、彼に対して帰国の命令が出されているのですが、彼は留任を懇願しています」

クーレーは、カションを横目でちらっと眺めた。カションがロッシュの留任運動に一役買い、当局の各方面に贈り物などをして、頼み込んでいるのを知っているからだ。

「フランス政府内の事情については、私の介入するところではないが、一度決定した方針をかってに変更することは、国際信義に反するでしょう」

「いや、これはフランス政府にばかり責《せめ》を帰《き》すわけにはゆきません。政府の方針は、経済界の意向を反映しているのですから」

「では、フランス経済界の意向が、どうして、短時日の間に、急変したのか、それを承りたい」

クーレーはいささか当惑したような様子を見せたが、思い切ったように答えた。

「日本の大君政府に対する信用が急速度に下降したからでしょう」

「それはどういう根拠にもとづいてです？」

「大君政府の財政はすでに破綻を示しており、借款返済能力はまったくないと認められるからでしょう」

「わが政府の財政は窮迫はしているが、けっして回復不可能ではない。すでに財政収入増資のための各種の手をつぎつぎに打っています。破産状態だなどというのは、モンブランやシーボルト輩《はい》の悪意ある中傷にすぎぬ」

篤太夫は、クーレーがおのれのほうに視線を向けたのを感じて、内心ぎくっとした。

――モンブランやシーボルトばかりではない、あなたの忠実な部下であるこの渋沢も、そう言っているのだ。

と、クーレーが暴露したら大変なことになる。篤太夫は、一瞬息を呑《の》んだ。

しかし、クーレーは紳士であった。上司の面前で篤太夫の面子《メンツ》を潰すようなことはしなかった。

「栗本公使、それは中傷や流言にもとづくものではありません。現実の事態にもとづいているのです。幕府の顧問シャノワンの要請もあり、われわれが借款契約とは別に、昨年夏コエル商会を通じて、一万五千人の歩兵、五百人の騎兵、千二百五十人の砲兵に供せられる兵器装備、価格にして四百万フランすなわち八十二万ドルに当たるものを日本に送った。しかるに幕府は三十万ドルだけようやく支払ったのみで、あとは支払い不能のため、ヨコハマの税関の倉庫に眠っているという状態ではありませんか」

栗本はこの明白な事実に少したじろいだが、逆襲を試みた。

「だからこそ六百万ドルの借款契約の成立を望んでいるのです。即時支払い可能ならば、借款の必要はない」

「それは、議論を悪循環させるだけでしょう。元利の支払い能力がないと思われるものに貸すものはありませんよ」

「今、即金で巨額を支払う能力はない。しかし、借入金を長期にわたって分割返済する能力は十分にあります」

「いや、その能力を、フランスの財界人は信じないのです」

「だから、確かな担保を提供しようと言っている。北海道の特産物、樺太の鉱物資源」

「公使、大君政府は政権をミカドに返還したのでしょう。どうしてミカドの承諾なしに、それらのものを担保として提供できるのですか」

　これは、痛い質問であった。

　栗本は最後の切り札を出した。

「名目上、政権をミカドに返しても実権は依然として大君（将軍）が握っている。その点の心配はありません。もしフランス財界がその点で不安を持つのならば、われわれはフランス軍隊が北海道と樺太に保証駐屯することを認めましょう」

　この思い切った新しい提案は、明らかにクーレーとフリュリ・エラールとを驚かした。

クーレーはしばらく沈黙していたが、

「公使、これは重大な提案です。私たちではただちに回答することはできません。フランス政府とも打ち合わせたうえでご返事しましょう」

「なるべく速やかにご回答くださるよう望みます」

　栗本は精力的に活動した。

　民間人だけを対手にするよりも、フランス政府に働きかけることが重要だと考え、カションを外務省に遣わして、外務大臣ムスチェー侯に面会を申し入れた。

　しかし、ムスチェーとの会談は、実質的には何ものももたらさなかった。老練な外相は、

——わがフランスでは民間財界人の動きに対して政府は深く介入しない。彼らから真剣な要求があれば、派兵のことも考慮しよう。

と、軽く捌《さば》いてしまったのである。

栗本はムスチェーについて、

――温和の人物には御座候《ござそうら》えども、因循家《いんじゅんか》にて望みもこれなく。

と、国もとに報告している。だが別の意味で、彼を驚かしたことがあった。

ムスチェー外相との談判に当たって、外相が一人で文書を処理し、ストーヴの前に自ら椅子を持ってきて気軽に話し、つぎの間に書記が一人いてタイプを打っているだけという簡略さ――幕府の閣老たちが外国使節に接するときの大げさなやり方にくらべてあまりに違うのに、啞然《あぜん》としたのである。

――しかし、これがほんとうだな。これでなければ国務ははかどらぬ。

栗本は戻ってくるとすぐに、このことを公子らに話した。

いっぽう、クーレーとフリュリ・エラールとは、栗本の新提案を検討するため、まずシーボルトを呼んで、意見を聞いた。シーボルトは、内心大いに驚いたが、さあらぬ態《てい》で、

「私には、幕府、いやもう、幕府ではないのでしょうが、旧幕府の権力は樺太どころか北海道も十分に把握していないと思われますね。栗本は自分の持っていないものを担保に出すと言っているのですよ」

と一蹴したうえ、付け加えた。

「この点は、渋沢に訊ねてみたらどうでしょう。彼は正直な青年ですからね」

彼としてはおそらく――渋沢はばか正直な青年ですからね、といいたかったのであろう。

篤太夫が招かれた。

同じ質問が発せられると、

「樺太については、先年来ロシアとの間に領土権についてたびたび紛争があり、まだ国境も、いや正確な所属機関も決着がついていないのです。もしフランス軍隊の派遣ということになれば、ロシアとフランスとの国交上、めんどうなことが起こるのではないでしょうか」

「北海道については、どうなのです？」

「北海道は明白にわが日本の領土です。しかし、ミカドに対して政権奉還が行なわれた以上、北海道の利権に関する契約は、ミカドの承諾を必要とするでしょう。もし大君政府だけを対手にして契約を結べば、開港問題以上の大きな紛糾を招くに違いありません」

――まさしくそのとおりだろう。

クーレーとフリュリ・エラールは、顔を見合わせてうなずいた。

シーボルトは、篤太夫の答えにすっかり満足し、愛想のいい顔をさらに崩して、

「では、渋沢さん、大君政府の借金返済能力に関するあなたの悲観的見解は、少しも変わらないのですね」

「変わるどころか、政権奉還によってますます悲観的になっています。こんなことをいうのは、栗本公使への裏切りのようになりますが、私はフランスと日本という二つの国の国交や貿易は、どんな政権が樹立されようと平和に継続されるべきだと思うからあえて言う

のです。フリュリ・エラール氏はかねてから、経済人にとって最も重要なものは信用だと繰り返し、私にいわれました。私は一時のがれの虚偽を述べて、フランス経済人のわが日本に対する信用を失うべきではないと考えて、ほんとうのことを申しているのです」

「りっぱですよ、渋沢さん」

シーボルトは何度もうなずき、篤太夫の腕を叩《たた》いたが、そのチョビ髭《ひげ》は、

――おばかさん、ありがとう。

というように、軽く悦びに震えていた。

篤太夫は、シーボルトにはとり合わず、フリュリ・エラールに向かって、

「しかし、公子の滞在費についてはわれわれが少なからず困難に当面していることはご承知でしょう。この件についてはなんとかご配慮いただきたい。幕府も今は、そこまで手が回らないほど動乱しているのでしょうが、いかに落ちぶれても、そのくらいのものは十分に返済できるつもりです」

「それはわれわれも信じている。だいいち、われわれには公子にご不自由をかけないだけのことをする責任がある。なんとかしましょう。それについて渋沢さん、例の博覧会出品物の払下げはどうなっているのですか」

「江戸から来ていた商人で卯三郎というのと六左衛門というのに委《まか》してありますが、どうもはかばかしく捌けないのです。蒔絵《まきえ》類が早く売れたので、今のところ、それでなんとかやりくりしていますが」

「フランスの事情に通じた者にやらせたほうが能率があがるでしょう。トルコの出品物を一手に扱っているアシベリオンという男がいます。これに委せれば、有利に処分してくれると思うのだが」

「ぜひその手筈《てはず》をつけてください」

「アシベリオンは、メナール街十二番地に店を持っている。さっそく話してみましょう。手数料はトルコの場合五パーセントと聞いています」

「結構です」

「総額どのくらいのものですか」

　篤太夫は即座に数字をあげた。

「買上げ元値は、総計一万四千六百六十四両、そのうち二千四百六十両だけ売却済みです。目録をさっそく、お届けしましょう。元値で売れればいいのです」

　篤太夫が、フリュリ・エラールのもとを辞去しようとすると、シーボルトもついて出た。

「渋沢さん、何から何まであなた一人で大変ですな」

　と、お世辞をいったシーボルトが、語調を変えて、篤太夫の耳に囁《ささや》いた。

「渋沢さん、フランス政府も経済人も、あてにならないことがわかったでしょう。どうです、公子の留学先をロンドンに変更しては。滞在費などでご心配はかけませんよ」

公子の恋

ジェーンの乗っている馬は、馬上の美しい所有主と同じようにすっきりと肉が締まって、生き生きとした、熱しやすい魂を秘めた金栗毛《きんくりげ》の牡馬《ぼば》であった。

公子昭武のは、ヴィレット大佐が入念に選んだものだけに、いかにも逞《たくま》しく、尻の幅の広い、濡羽《ぬれば》色の、重厚な感じの馬である。

三番目の、篤太夫の乗馬は、この場面では馬上の人とともに、無視してよいだろう。少なくも、昭武とジェーンとは、篤太夫のことなどまったく念頭になかったのである。

「公子様、走らせましょう」

ジェーンが微笑すると、何か自分の得意なすばらしいことを始めようとして、緊張と幸福の感情を、顔面いっぱいに溢《あふ》らせる幼い少女のような表情が現われた。

――なんという美しい女だろう。

昭武は軽い眩暈《めまい》を感じる。いつも能面のように無表情で、たまに人間らしい表情を示すときは、必ずうつむいてしまって、それを隠そうとした故国の侍女たちと、それはまったく違った存在だった。

ジェーンが鞭《むち》を振って、馬の弓なりにそった滑らかな頸部《けいぶ》を叩《たた》いた。馬は高くいななないて、後脚《あとあし》で棒立ちとなり、一跳ね跳ねてから、全身をうち震わせ、鼻を鳴らしながら奔《はし》り出した。

昭武も、手綱を強く引き、馬腹を蹴る。

昭武の目は、すぐ前を跳んでゆくジェーンのコルセットに緊《し》められたほっそりした胴体が、快適なリズムに乗って、左右上下に揺れている姿に、吸いつけられている。

並み足から、跑足《だくあし》へ——ジェーンは自信に満ちた様子で、ロンシャンへの道を進んだ。

やや冷たい風が耳をかすめ、遠くに角笛を聞くような音を立てる。

空はまだ灰色だったが、前夜の雨のためか樹々《きぎ》の葉は、枝の間に青い雲か精緻なレースでも一面にかけたように、美しい新鮮さに光っていた。

前方に柔らかい砂の馬場が見えてきたとき、ジェーンが、急に手綱を引き絞り、馬首を並べた昭武に向かって、

「公子様、馬場はまだ濡れています。馬場を横切って、セーヌ河岸の径《みち》に出ましょう」

と言ったが、その視線が少し背後についてきている篤太夫の上に注がれると、初めてその存在に気づいたように、くすりと笑って、

「公子様、私たち、いつもけっして二人きりにはなれませんのね」

「あ、あれは——去らせる」

「そんなこと、できまして？」

「あれは私の家臣だ。私の命令はなんでも聞かねばならぬ」

昭武は、篤太夫を呼んだ。

「先に、帰っておれ」

「しかし、若君――」

「帰っておれっ」

たとえパリでも、主君の命令は絶対である。篤太夫は頭を下げて、馬首をめぐらせた。

「公子様、あなたのお国では、どんなにお若くても、プリンスは全能でいらっしゃるのですね。すばらしいわ。さあ、参りましょう。こんどは、思い切り走らせますよ」

「かまわぬ」

昭武は少し不安を感じながら、虚勢を張って答えた。

ジェーンは、さっと馬を走り出させた。

池の畔《ほとり》を、森の小径を、砂地を、水溜《たま》りを、二頭の馬は、むちゃくちゃに疾駆した。

セーヌの河岸に出ると、シュレンヌの橋を渡り、対岸をヌイイ橋まで走りつづけ、再びこちら側に戻って、セーヌ門から、公園の中にはいり、サンクロー門へ通じる小径にやってきて、ようやくジェーンは馬の足並みをゆるめた。

昭武は渾身《こんしん》の努力で、そこまでついてきていた。疾走がもう少しつづいたら、へたばっていたかもしれない。

彼の乗っている馬に劣らず、彼も息を切らせ、喘《あえ》いでいた。

だが、それにもかかわらず、馬を並べたジェーンの顔を見つめたとき、彼の心は恍惚《こうこつ》とした若々しい激烈な悦《よろこ》びに満たされていた。目も頬も鼻も口も、妖《あや》しい光に包まれて、貪るように呼吸しているジェーンの顔が、左右の肩に乱れかかっている捲髪《まきがみ》の間で、まるで燃えているように見えたのだ。

「公子様、少し休みましょう」

ジェーンは、茂みの間に別荘のような小さなレストランを見つけて、鞭の先で指さした。近づいてみると、森を見渡すガラス張りのテラスがあり、大理石のテーブルを囲んで木の椅子が置いてあったが、店は開いていないらしい。

客の少ない十一月から三月までは冬季休業をする店なのだろう。

建物の背後にはいくつかの厩《うまや》や小舎《こや》があり、蔦《つた》が這《は》っていた。木の椅子をちらっと眺めたジェーンは、少し失望した様子で、すわろうともせず、テラスの端に進んでいって、ガラス越しに、森を眺めている。

「どうやら、時節はずれに来てしまったらしいわ。せめてコーヒーの一杯ぐらいご一緒にいただけると思っていたのに」

傍らに並んで立った公子のほうを見ようともせずにそう言ったが、

「公子様、この前の小径をなんと呼ぶか、ご存知？」

「いや、知らない」

「恋人の散歩道——って言いますの。暖かくなると、ここには仕合わせな二人連れがたくさん、肩を抱き合ってやってきます」

そういいながら、ジェーンが顔を昭武のほうに向けた。碧《あお》い巨《おお》きな目が、昭武の全身を呑《の》みつくしてしまうかのように大きく開かれていた。

「――公子様、いつか、私、公子様とこの道を歩きたいと思います。そうして、あの、大きな栗の木の下で、こうして――」

昭武の首にジェーンの両手がまつわりつき、その格好のよい唇が、かすかに震えている昭武の唇にぴったりと合わされた。

シャンゼリゼー通りに近いアンタン街の、こぢんまりした、粋な、部屋全体が化粧道具のような感じのするジェーンの寝室で、昭武は、生まれて初めての体験をした。

まだ全身を羽毛でくすぐられているような戦慄が、永く余韻を残して走っており、鼻先には、すみれと燕子花《かきつばた》の香料が、もやもやと漂っていた。

寝台には、花絡《ギルランド》と松毬《まつかさ》の装飾があり、麻のシーツと柔らかい敷蒲団《しきぶとん》が、生きもののように艶《なまめ》かしく、くぼんでいる。

部屋の一隅にある暖炉に、松毬と細かい木片とが、明るい炎をあげ、ときどき火花をはぜていた。

半ば夢心地で、昭武はからだを起こし、両脚を寝台から垂らしたが、むき出しになっている自分の細い黄褐色の足をみると、あわてて、羽根の掛け蒲団をその上に覆った。

鏡台の前にすわっている真っ白なジェーンの両肩を見ると、急に恥ずかしくなったのだ。彼女の足もとには、薄い絹の衣装が、春の雲のようにふんわりと脱ぎ散らされたままだった。両肩と背中の半ば以上を裸にしてみせているジェーンの姿は、文字どおり目がくらむほど鮮やかに、たった今、彼に与えてくれた奇妙な、肉を融《と》かし骨を燃やす悦びを、彼の全身に再びよみがえらせてくれた。

――ジェーン。

昭武は、胸の中で呟《つぶや》き、鏡の中に映っている女の顔に見入った。

すっきりと細い鼻も、小さく締まった口もとも、あどけなさを残している顎も、紅《あか》みのさしている頬も、ちらりと見える白い歯並みも、つややかな肌も、くびれた腰も、ふっくらと円《まる》い臀部《でんぶ》も――すべてが、現にそれを完全に所有したことが夢ではないかと思われるほど、美しい。

だが、確かに、彼はそれをすべて与えられたのだ。全身に残る強烈な感触が、それを雄弁に立証していた。

ジェーンが、乱れた髪を直すために両手をあげると、腋《わき》の下が金色に光った。

ジェーンが、立ち上がり、寝台に戻ってきて、優しく昭武の首を抱いて口づけをした。

「公子様、ご満足?」

昭武は、茫然《ぼうぜん》と見とれながらうなずいた。

「公子様、私、美しい?」

「美しい。そなたほど美しい女子《おなご》は見たことがない」

「うれしい、公子様」

ジェーンは、また接吻《せっぷん》した。

「公子様、いつまでも、私を愛してくださる？」

「いつまでも――必ず」

「でも、公子様。私、そのうち、ロンドンに帰らなければなりません。そうすれば、お別れすることになりますわね」

「私も、ロンドンに行く」

「そんなこと――クリモト様が、お許しにならないでしょう」

「私は栗本にいう。パリよりもロンドンで勉学したいと――私のいうことには、栗本でも反対は許されない」

「そう、そうでございましたわねえ。公子様がロンドンにいらして、いつまでも私を愛してくださったら、私、どんなに仕合わせでしょう」

「私は、もう、絶対にジェーンを手離さない」

故国日本も、徳川の家名も、公子の地位も、この魅力溢れるいとしい少女の前には、完全に光を喪《うしな》ってしまったのだ。

昭武のすべての思考力は、湯をかけられた砂糖のように融けてしまい、少年らしい熱情だけが、ぎらぎらと燃え上がっていた。

「あ、公子様、もう、お帰りにならなければ」

ジェーンが、時計を見て、哀《かな》しげに眉をひそめて言った。

今日の伴《とも》は菊池であった。それをマイヨー門から追い返しておいて、ジェーンの家にやってきたのだ。

連日、従者を追い返して、ジェーンと二人で何時間も過ごすようになっている。菊池をはじめ、随員一同は、みなひどく心配し、ジェーンに対して激しい怒りを爆発させているのだが、まだそれを栗本には報《し》らせていない。栗本に対して、若い主君を庇《かば》ってやることが、暗黙のうちに了解されていたのだ。

だが、いつまでそれが続くか。

やがて、栗本の耳にもはいるだろう。

それを考えると、昭武も少し憂鬱になる。栗本は苦手なのだ。

ジェーンには大きな口を利いたが、栗本を説き伏せることは容易ではない。

——あいつがなんといおうと、自分はどうしても、留学地をロンドンに変える。

昭武は自分を励ますように、心の中でその決心を繰り返した。

ジェーンに別れて、馬に乗った。

全身が、まだ、くすぐられているような感じだった。

昭武の姿が消えてからまもなく、ジェーンの家に現われた男がある。

鼻下のチョビ髭《ひげ》を、やや淫《みだ》らに笑わせて、

「ミス・ジェーン。とうとう、手に入れましたね、獲物を」

と、女のからだを、じろじろ眺めまわしながら言う。

「ええ、ミスター・シーボルト。震えて、上気して、可愛《かわい》い少年だわ」

「で、ロンドン行きは？」

「必ず、ロンドンに行くと言っていたわ」

「大成功だ、おめでとう。すぐにハモンド氏に報らせよう」


篤太夫が六左衛門のところに訪ねてゆくと、卯三郎と額を合わせて、何やらひどく真剣な顔つきで話し込んでいたが、

「あ、渋沢さん、明日にも私のほうからお伺いしようと思っていたところです。ま、どうぞ、こちらへ」

「何か、用だったのかね」

篤太夫は、すすめられた椅子に腰をおろした。

「ええ、博覧会出品物の処分も、アシベリオンがやってくれることになりましたし、もう私たちがパリにいてもしようがないので、引き揚げようかと思いましてね」

「うむ、あの件は、どうにも金が緊急に必要なものだから、お主たちにはすまなかったが――」

「いいえ、私たちも、実のところがお手上げだったのです。大きなことを言ってお引受

けさせていただいたものの、やはり慣れない土地の哀しさ、思うに任せず、仲に立ってくださった渋沢さんのお顔を潰すようなことになってしまって、申しわけなく思っています」

「いや、そう言われると、私も心苦しいが、まあ、量見《りようけん》してくれ――そのことについてだが、何か当地の商人との間にごたごたがあったとか聞いたが、どうなっているのかね」

「ブリオンという奴《やつ》が因業な奴でしてね、つまらねえことで訴え出たのですが」

と、卯三郎が引きとって、

「私が裁判所に行ってきましたが、いやどうも驚きました」

裁判所から出頭せよという通達を受け取った時には、卯三郎も六左衛門も、内心どきりとした。

日本の「お白洲《しらす》」をただちに連想し、どうせ外国人の自分たちは、さんざんとっちめられるのだろうと考えたからだ。

ところが、裁判所に行ってみると、裁判官なるものが、

――ムッシュウ・ウサブロー。

と、まるで友人のように呼びかけ、左手を上げさせて宣誓という奇妙なことをさせ、

――ブリオンから君に対して売掛け代金について訴えがあったが、その事情を述べてください。

という。

――町人卯三郎、面《おもて》を上げい。

と、やられるものとばかり思っていたので、あっけにとられた。そのまま帰してくれ、数日後再び喚《よ》び出されると、

――原告の申立て、しかじか。被告の申立て、しかじか。証人の立証、しかじか。ナポレオン法典、商法第何条によって、原告の申立て成立せず、被告に賠償責任はない。閉廷。

これで、すっかり片がついてしまった、というのである。

「まったく、大岡越前守《おおおかえちぜんのかみ》様だって、あんなぐあいにゃいかねえでしょう、驚きましたよ」

「法治国では、そうあるべきものだ。早く、わが国もそうならなきゃいけないな」

篤太夫も、感心した。

「ところで、帰国するといっても、すぐには、船はないだろう」

「ええ、来月の初めに、マルセーユから上海にゆく船があるそうですから、それにしたいと思っています」

「とすると、もう十四、五日しかないわけだな。それは名残り惜しい」

「おさとが、いちばん、気を落としています。渋沢さん、今日はゆっくりして、おさとを慰めてやってください」

「いや、私は――」

「何を言ってるんですよ。なにも照れることはありませんよ」

六左衛門は、篤太夫の背を押すようにして、おさとの部屋に入れた。

おさとは、篤太夫の来ていることを知って、胸を躍らせて待っていたらしい。

「渋沢様」

と、すがりついてきた。

「帰るそうだな」

「ええ、お別れしなければなりません」

「なに、私だって、いつまでもパリにいるわけではない。公子のご勉学が終われば日本に戻る。いや、それ以前に、お役替えになって、帰国するかもしれぬ。永《なが》の別れではなし、じきにまた、会えるさ」

「男のあなたには、たいしたことでなくっても、私には――渋沢様、私、哀しい」

篤太夫は、心底おさとに惚《ほ》れていたわけではない。しかし、おさとの控え目な、優しい性格も、ほっそり見えるくせに、案外、豊かなその肢体も気に入っていた。パリに来てから、何人かの異国の女の肌を知ったが、そのどれよりも、やはり同国人のおさとのほうがよかったと思っている。もし、おさとがいなかったとしたら、パリでの心労の多い生活は、かなり索漠たるものだったにちがいない。

そのおさとが日本に帰ってしまうことは、なんといっても淋《さび》しい。泣きくずれている女の姿を見ていると、不意に激しい愛情がわき上がってきた。

「おさと、何も今日明日帰るというのではないし、まだ日もある。元気を出してくれ」

涙にぐっしょり濡れた頬を、自分の頬にぴったりくっつけて抱き上げ、寝台に連れていった。

別離――という感情は、異常な刺激となって、二人の抱擁をより緊密にし、二人の愛撫《あいぶ》をより執拗《しつよう》にした。

二人とも疲れ果て、滲《にじ》み出るような哀しみのなかに、茫乎《ぼうこ》として抱き合っていると、扉を軽くノックする音がして、

「すみです、渋沢様。おじゃまでなければ、ぜひ、お耳に入れておきたいことがあります」

「ちょっと待ってくれ」

篤太夫が慌てて、からだを起こした。

おさとも、急いで身仕舞いをととのえようとする。

「そのままにしているがよい」

篤太夫は、部屋を出ていった。

おすみは、六左衛門と話していたが、

「お愉《たの》しみのところを」

と、笑いながら頭を下げた。

「ばかな」

篤太夫も照れかくしに笑った。

「なんだ、話というのは」

「私、今、シーボルトから聞いてきたのです。どうもほんとうとは思われないのですけれ

ど、渋沢様がいらしているというので、一応お話ししておかねばと思って」

「シーボルトが、何を言ったのだ」

「公子様が、ジェーンとかいう美しいイギリスの女優に夢中になって、いよいよ近くロンドンに移ると言ってらっしゃるとか。ほんとうでございますか」

「うむ――若君は、そう望んでおられる」

篤太夫はしぶしぶ、うなずいた。

「まさかと思っていましたが――シーボルトのいうには、自分がロンドンに帰る日も近いだろう。おまえも心を決めていっしょに来てくれ。ロンドンにゆけば、自分が公子様のことはすべて取りしきるようになるから、収入もずっとよくなるし、おまえにも、どんな贅《ぜい》沢《たく》でもさせてやる――と、前にも何度もこのことは言ったのですが、今日は、すっかり決まったことのようにして、しつこく誘われました」

「公子はロンドンに行きたいと言っておられるが、栗本殿は絶対に反対している」

「それも、シーボルトが言っていました。栗本様がどんなに反対しても、必ず、公子様をロンドンに連れてゆく――って。私が、そんなことできっこないって言うと、シーボルトはやっきになって、いろいろな手がある。たとえば、公子が女優にうつつを抜かしているという噂《うわさ》がパリでひろがれば、公子もここには居にくくなるだろう――私は新聞社の者をたくさん知っているからね――などと言うのです」

英国《イギリス》政府のスパイ

栗本安芸守の魁偉《かいい》な相貌は、このごろとみに焦燥と憂惧《ゆうぐ》の色とを加えていた。ここ数カ月の間に、髪も半ば白くなっており、それが長くのびて、枯れ草のように、乱れている。深夜、ひとりで大きな肩を丸め、暖炉に向かって酒を飲んでいる姿は、駐仏日本公使というよりは、徹底的打撃を受けて脱出してきたどこかの亡命政客のように見えた。

この忠実な幕臣、小栗上野の腹心は、彼に与えられた使命のほとんどすべてが、まったく失敗に終わろうとしているのを、いやでも認めなければならなくなっていたのだ。

彼の使命の第一は、ミカドではなく将軍が日本の実際的主権者であることを、ヨーロッパ各国に宣伝することにあった。

だが、その将軍が、自ら政権をミカドに返還してしまったのである。このうえ、どうしたらよいのか。

彼の第二の使命は、幕府のために六百万ドルの借款を成功させることにあった。

だが、そのために出した最後の切り札である北海道全特産物の専売も、樺太の鉱山採掘権も、いや保証駐兵でさえもフランス政府と財界とから無視されてしまったのである。その失敗に篤太夫が一役買っていることを知ったら、彼は狂気のごとくになったことだろう。

彼の第三の使命は、公子昭武を、幕府とフランスとを結ぶかすがいとして、パリで勉学させることにあった。

だが、その肝心の公子が、パリを忌避して幕府の仇敵《きゆうてき》ともいうべきイギリスの首都ロンドンに移りたいといい出している。それも、あろうことか、賤《いや》しい一女優の色香におぼれてのことだ。

昭武の情事は、なんとかそれを隠そうとしていた若い随員たちの努力にもかかわらず、もはや公館のすべての人びとに明白になってしまっていたのである。

ヴィレット大佐のほうが先にそれに気づいて、昭武の毎朝の乗馬練習を禁止した。

昭武がその禁止を無視すると、憤慨したヴィレットは栗本にこれを訴えた。

栗本という男の怖《おそ》ろしさを、若い連中が如実に知ったのは、このときである。彼は、不動明王のように凄《すさ》まじい形相になって、公子を叱りつけた。年少とはいえ主君に対して、それほど乱暴にきめつけようとは、何ぴとも考えもしなかったほどの激しさで。

東照権現《とうしようごんげん》から兄将軍慶喜まで持ち出して、宗家の名誉と日本の体面を論じて、真っ向からたたみかけてくる栗本の論法には、昭武も一言の返す言葉もない。

少年は、最後の抵抗として、その日からおのれの部屋に閉じこもり、病気と称して出てこない。

いや、事実、彼は病気になったのだ。

始めは、自分の怒りを表現する手段として、病気と主張し、一日ベッドに横たわっていたのだが、初めて知った恋情を、一挙にせきとめられた苦しさは、いまだかつて精神の苦悶《く もん》を知らなかった脆弱《ぜいじやく》な少年の魂を苛《さいな》み、ほんとうの病人としてしまったらしい。

医学修得のため、公子の館を出て下宿していた高松凌雲が呼び戻され、公子の看護に努めることになったが、恋情に原因する病いは、もとより、医薬で癒やしうるものではない。

栗本は連夜、広い額をぴしゃぴしゃ叩《たた》いて、憂悶《ゆうもん》を酒に紛らわした。

随員の若い連中も憂鬱だった。

山高はすでに昭武の傅役《もりやく》を罷免され、留学生総取締りの地位にあったが、昭武病臥《びようが》となると再び事実上の傅役として、昭武の寝室の隣りに起居していた。彼にとっての関心事は、いまや公子の一身のみである。

彼は、向山の帰国後残留していた菊池、大井、三輪、保科、高松、渋沢らを集めて、

——どうしたものであろう。

と、相談を持ちかけた。

「あの牝狐《めぎつね》がいけないのだ」

菊池が、怒号するように叫んだ。この男は依然、毛唐人のすべてをひどく嫌悪していたが、なかんずく、自分を虫ケラのように無視する高慢なイギリス娘ジェーンに対して、煮えくり返るような憎悪の念を沸き立たせていたのである。

「そうだ、あの娘を、ぶった斬ってやろう、畜生」

大井も、三輪も、ほぼ、菊池と同じ心境である。

「まさか、斬るわけにもゆかぬが、なんとかして、あの娘をロンドンに追い返す工夫はないものかな」

山高が、篤太夫を顧みた。

「ジェーンは、シーボルトに操られているのです。正確にいえば、シーボルトの背後にあるイギリス政府の命令によって動いているのでしょう」

篤太夫の発言は、一同を驚かせた。

「シーボルトが、英国政府の隠密《おんみつ》だというのか」

「そうです。彼は始めからイギリス政府のスパイでした。パークス公使との争いは、芝居でしょう」

「まさか――シーボルトは日本を離れてから、あれほど公子のために尽くしてくれたではないか」

「そうです、公子に取り入るために」

「渋沢！」

菊池が声を荒らげた。

「お主はそれを始めから知っていたのか」

「始めからではない。しかし、パリに来る途中から、怪しいと思っていた。パリに来てからは、明白なスパイだとわかっていた」

「なぜ、それを早く言わなかったのだ」

「言っても、お主たちは信じなかったろう。シーボルトを絶対信用していたからね」

「しかし――」

「しかし、私は、彼がスパイならスパイで逆用する方法があると思っていた。事実、彼は公子のために役にたった面もある。少なくも公子のご巡国のときなどは、彼のいたことは大いに便利だった」

――彼は借款契約叩きつぶしにも、大いに役にたった。

篤太夫はその点をこそ、より高く評価していたのだが、それを言うわけにはゆかない。

「それにしても、女を用いて公子を誤らしめようとする卑劣な策略に一役買っていたとすれば、きゃつ断然許せぬ」

山高が沈痛な声で言ったが、

「きゃつ、公子をロンドンに移してどうしようというのだ。イギリスは薩長方、公子に用はないはずだ」

と、首をかしげる。

「慶喜公は大政を奉還されましたが、幕府と薩長との争闘はまだ決着はついておりません。老獪《ろうかい》なイギリス政府は幕府方が勝利を得た場合を考えて、公子を手中に収めておこうとしているのです」

篤太夫のほかには、誰もそこまで深く読んでいるものはいない。一同の視線は期せずして篤太夫の上に集中した。

「公子をロンドンに移そうなど、栗本殿はじめ、われわれが絶対に認めるはずがないことくらい、わかりそうなものだ」

山高が、不審を表明する。

「シーボルトは、いざとなれば、公子とジェーンの情事を新聞に暴露すると言っています。そうなれば、公子のパリにおける面目は失墜し、パリにいられなくなるだろうと計算しているのです」

「なにっ、新聞に暴露する？　ほんとうか、それは」

「昨日、シーボルトがある女にそう言ったそうです。その女は、私が命じてシーボルトの意中を探らせていたのですが」

──ほう、この男、そんなことまでやっていたのか。

山高が、改めて篤太夫を見直した。

「私は今まで、シーボルトの行動を傍観していました。彼の意図を探るためです。だが、もうこのままには放置できないところまで来たようです。これからシーボルトに会って決着をつけてきます。公子のことを新聞に出さすようなことは、断じてさせません」

篤太夫は、決然として立ち上がった。

「シーボルトのところにゆくのか、おれも行くぞ」

菊池が、三輪が、大井が、立ち上がった。

った。

「来てくれ、交渉は私一人でするが、頼みたいことがある」

篤太夫は自分の部屋に戻ると、和服に着替え、両刀を帯びた。菊池たちも、これにならった。

この姿でパリの町を歩くのは久しぶりだ。

すれ違う人びとが、四人のサムライ姿をちらっと振り向いたり、何か囁《ささや》き合うのを無視して、まっすぐに、クロワ・デ・プティシャンのシーボルトのアパルトマンに向かう。

「あなたがたは、ここで待っていてくれ」

と言いおいて、篤太夫はただ一人、階段を上がって行った。

「おや、渋沢さん、今日は珍しく、国粋的なスタイルをしていますね」

シーボルトは、例の愛想笑いをいっぱいに湛《たた》えながら、両手をひろげて迎えた。

「ミスター・シーボルト。今日は友人として来たのではない」

「ほう、われわれの間で、どうしたことです。何か誤解があるようですね」

「誤解ではない。いまや、あなたという人を、われわれ公子随員一同が、正確に理解するに至ったのです」

「私を、どのように理解したのです」

「イギリス政府のエスピオン（スパイ）」

シーボルトの頬から微笑が消えた。

「渋沢さん、私はあなたを紳士だと思っていましたが、どうやら思い違いだったらしいですね」

「あなたは私を紳士だとは思っていなかった。容易に騙《だま》し、操れる、半未開国の、頭の悪い青年だと思っていた」

「自分を貶《おと》しめるのは恥ずかしいことですよ」

「あなたに対する善意以外、何ものもなかった公子とその随行員たちを、欺くことはもっと恥ずかしいことだと思いませんか」

「私は、公子に誠心誠意つくしてきた。欺いたことなどない」

「よろしい。では、これからもそうしていただきたい」

「むろんです」

「公子にジェーンを近づけたうえ、その情事を新聞に暴露して公子の面目を傷つける――というようなことは、絶対にしないでしょうな」

「そんな――ばかなことを、私が――」

「あなたが、そうすると、昨日はっきり、ある女性に告げたはずだ」

――しまった、おすみの奴《やつ》に、うっかり口を辷《すべ》らせたのは、まずかった。

シーボルトはひそかに臍《ほぞ》を嚙《か》んだ。

「その女性こそ、でたらめを言ったのだとお答えするよりほかありませんな」

「そうであることを希望します。だが、ミスター・シーボルト、万一にもパリの新聞に公子とジェーンに関する記事が、一行でも載ったら、私は断じて許しませんぞ」

「それはむちゃだ。新聞記者がかぎつけたらどうしようもない」

「今のところ、新聞社はまだ何も知らない。公子は数日来、病臥して一歩も外出されていない。この間に、ジェーンをロンドンにお帰しなさい」

「そんなことは、私の権限外だ」

「では、イギリス外務省にいるあなたのボスにその手筈《てはず》をとらせなさい」

「ばかなことを。英国外務省と私とは、何も特別な関係はない」

「では、ただちに関係をつけるがいい」

「渋沢さん、あなたは驚くべきほど無礼な人だ」

「もっと無礼なことをいおう。シーボルト君、ジェーンが三日以内にパリから退去しない場合には、私はあなたを斬る」

篤太夫は、双眸《そうぼう》をらんらんと輝かし、右手で刀の柄《つか》をちょうと叩いて、言い放った。

アパルトマンから出てきた篤太夫を見て、三人が馳《は》せよった。

「渋沢、どうだった?」

「三日以内にジェーンをロンドンに送り返さねば、斬ると宣言してきた。シーボルトが逃亡したり、新聞社に連絡したりしないように、これから三日間交替で彼の行動を見張るのだ」

「ようし、やるぞ」

「みろ、あいつ、四階の窓のカーテンの陰からこちらを覗《のぞ》いている。われわれの一人が二六時中見張っていると知ったら、あいつ、音《ね》を上げるだろう」

篤太夫の策戦は、効を奏した。

シーボルトは、両刀を挟んだサムライが、窓を見上げて睨《にら》んでいるのを見ると、言いようもない恐怖にとらえられた。

サムライが、殺害を決意したとき、彼は必ずそれを実行するという実例を、シーボルトは日本にいる間に、いやというほど見せつけられたのだ。

だが、ハモンドからの命令に背くわけにはゆかない。それは彼の今までの努力をいっさい、水泡に帰せしめるだろう。

愛想のいいスパイが、絶望的な身振りで部屋の中を歩き回っているとき、一通の手紙が届けられた。

それを開いたとき、彼は思わず歓喜の声をあげた。

――助かった。

彼は建物から出てくると、見張り番に当たっていた大井に向かって、渋沢に会わせてくれと要求した。

同道して公館に赴き、篤太夫に会うと、

「渋沢さん、私はこれからジェーンのところに行きます。そして彼女の帰国をとりきめます。いっしょに来てください」

「よろしい、ミスター・シーボルト。あなたはいつもながら賢明です」

「そのとおりですよ。ミスター・シブサワ」

シーボルトは皮肉のこもった返事をした。

シーボルトは、ハモンドから受け取った書面によって、もはや、ジェーンの役割が終了したことを知ったのである。

案外、あっさりとシーボルトが引っ込んで、要求を容《い》れたので、篤太夫はじめ一同は大いに悦《よろこ》んだ。

「あいつも、命は惜しいのだろう」

「いっそ、あいつが拒絶すればよかったのだ。そうすれば、奴をぶった斬ったのに」

「三輪、お主はいつもシーボルトを賞《ほ》めていたではないか」

「それを言うな。あいつが隠密などとは夢にも知らなかったのだ。それにしても、渋沢、よく気がついたな」

「渋沢、女を使ってシーボルトを探ったとか言ったが、お主、なかなかやるのう。どこの女だ、それは」

「みな知っているだろう、博覧会のとき、日本の茶屋にいた娘の一人、おすみというのだ」

と答えた篤太夫が、

——そうだ、おすみに報《し》らせておかなければ。シーボルトの奴がおすみの裏切りを恨んで何かやるかもしれぬ。

と気がついて、六左衛門のところに急いだ。シャンゼリゼーまでやってくると、前方から、その六左衛門がひどく慌ててこちらに向かってくるのに出会った。

「どうしたのだ、今、お主のところにゆくところだが」

六左衛門は、はあはあ息を切らせながら、

「渋沢さん、大変なことを聞きました。ぜひとも至急お報らせしなけりゃならないと思って――ま、歩きながら話しましょう。あ、苦しい、どうも、齢《とし》にゃ勝てませんや」

六左衛門は、皇后の風呂番キチィこと、志村吉之助がもたらした驚くべき情報を、手短に、語った。

キチィは、例によって、皇后と皇帝の夜の会話を盗み聞きしたのだ。

そのとき、彼は、

「陛下、ムスチエー侯から、マキシーム・ウトレイを駐日大使に任命する件について、かねてからお願いしてあったと思いますが、こうなっては、一日も早く赴任させたほうがよいのではございませんか」

と言うウージェニー皇后の金属的な甲高い声に、はっとして聞き耳を立てた。

「ウトレイはアレキサンドリア駐在の総領事として相当の成績を挙げているし、穏和な男だから、ロッシュほど行きすぎることはあるまいと思うが」

皇帝の、疲れたような声が、答えた。

「ロッシュには、日本の大君《タイクーン》（将軍）の軍隊が、あんなに弱いということがわからなかったのでしょうか。たった一日か二日の戦いで、サツマの軍隊に壊滅的な打撃を与えられてしまったというではありませんか。そのうえ、大君自身も、日本で最も堅固だといわれているオーサカ城に籠りながら、全然戦おうともしないで、エドへ逃げて帰ったというのでは、ロッシュの見込みはすべて誤りだったということになります」

「彼を推薦したのは、ドリュインだし、その口添えをしたのは、ウージェニー、あなたではなかったかね」

皇帝は弱々しく反駁《はんばく》したが、皇后はそれを無視して、

「ともかく、もう大君政府とミカド政府との勝負はついたものとみていいでしょう。あまりに大君政府に密着しすぎていたロッシュは、この際一日も早く召還して、ウトレイと交替させるべきでございましょう」

「ロッシュには、もう帰還命令を出した。ウトレイの赴任は一日も早く実現させよう」

「大君政府が滅亡するとなれば、あの小さなプリンス——アキタケは、どうなるのでしょう。私はあの少年が好きなのです」

「彼は政治に関係なくパリで勉学をつづけるかもしれない。しかし、フランス政府の彼に対する興味は、もうまったくなくなったといってよいだろうな」

キチィは、全身が、がたがた震えた。

廊下に脱《ぬ》け出て、自分の部屋に戻ると、背中に汗をじっとりと滲《にじ》ませていた。

――幕軍が薩摩の軍と戦って、惨敗したらしい。おそらく京都の近くだろう。それに、将軍家は一戦も交えずに、江戸へ逃亡されたという。いったい、なんということだ。公子様たちは、おそらくまだこのことをご存知ないだろう。一刻も早く渋沢さんに報らせなければ。

夜が明けると、彼はすぐにも飛び出してゆきたかったが、つぎつぎに仕事が続いた。昼すぎになって、ようやく、少しの暇を見つけ、同僚に断わっておいて、六左衛門のところに駆けつけたのである。

「いくらなんでも、そんなだらしのねえことってあるもんですか。あっしはどうにも信じられねえんですが」

六左衛門は興奮し切っていたが、篤太夫は、

――やっぱり、そうだったのか。

と、腹の底で呟《つぶや》いた。

旧幕軍と薩長軍の間に、死活の闘争が行なわれるだろうことは、大政奉還以後の情勢が伝わってくるにつれて、当然予想していた篤太夫である。

そして、その結果についても、旧幕軍の敗北の可能性を、より多く危惧していた彼だったのである。

最後の抵抗

徳川慶喜が政権を朝廷に奉還したとき、駐日フランス公使ロッシュは熱海《あたみ》で病気療養中であったが、京都からの飛脚便でそのことを知ると、非常に落胆した。

しかし、剛腹なこの男は、急遽《きゆうきよ》江戸に帰って老中らに面会すると、内心の失望はいささかも表面に現わさず、

——大君（将軍）は時勢を達観して、自らその地位を抛《なげう》った。この高潔な心境によって彼の権威はかえって増大し、やがて開設されるべき列侯会議においては、当然、彼が議長となるであろう。

と主張した。本国政府にも、このとおり打電している。

これはおそらく、政権を返上した慶喜の内心の願望を最も適切に表現したものであったと言ってよい。しかし、事態は、慶喜の、そしてロッシュの希望的観測を裏切って、まったく逆の方向に展開していった。

十二月九日、王政復古の大号令が発せられ、慶喜に対して、いっさいの官位を辞し、領地を朝廷に差し出すべきことが決定されたのだ。

――辞官納地。

この峻厳《しゆんげん》な命令は、慶喜麾下《きか》の旧幕臣や会津《あいづ》、桑名《くわな》諸藩を非常に激昂《げきこう》させ、今にも、京都に戦乱が起こりそうになったので、慶喜は、同月十二日、大坂城に退いた。

当時大坂には、政局の異常な急変に備えて各国公使が集まっていたが、ロッシュはただちに大坂城に赴いて慶喜に面謁し、

「大君《うえさま》にとって刻下の急務は、大君の権威維持のため、少なくとも外交関係は大君以外に十分によくこれを処理する能力を持つ者がないことを天下に明示することでしょう」

と、言上《ごんじよう》する。

「――それにはどうしたらよいか」

と反問する慶喜に、

「在坂の六カ国の公使を引見《いんけん》し、政治機構の変化にもかかわらず、外交は依然として、大君が処理する旨を告示されるのがよいでしょう」

「それには朝廷からの正式な委任状がなければならぬ」

「委任状――それが必要ならば、おつくりになればよいでしょう。公使連中のうち、誰一人として、日本文字を読みうるものはいないのです」

この驚くべきロッシュの放言に、慶喜はさすがに躊躇《ちゆうちよ》したが、傍らに侍した松平豊前《ぶぜんの》守《かみ》は、

「上様はご存知なきことにして、私が朝廷の御委任状を作成いたします」

と、万一の場合は切腹の覚悟で、委任状偽造を引き受けた。

十二月十六日、このロッシュ演出による慶喜の外国代表との会見が行なわれたが、これは旧幕府にとって確かに、一時的な成功であったと言ってよい。少なくも対外的には、慶喜が、依然として日本の代表者であることを示したものだからである。

だが、その後の形勢は、まったくロッシュの企図を裏切った。

慶喜は、十二月九日の政変後の事態を承認せず、彼の考えによれば、岩倉と薩長の傀儡《かいらい》にすぎない京都政権を打倒しようとしていたし、ロッシュもそれを支援していたのだが、翌年一月三日から五日にかけて行なわれた伏見、鳥羽の戦闘は、旧幕軍の惨憺《さんたん》たる敗北に終わってしまったのである。

溢《あふ》るるばかりの才気には恵まれながらも、剛毅《ごうき》の精神を欠いていた慶喜は、相つぐ敗報に気力萎えた。

ことに、現に老中をしている稲葉正邦《まさくに》の居城である淀《よど》城が朝廷軍に降《くだ》ったことと、徳川家と最も縁故の深い藤堂《とうどう》藩が朝廷軍に荷担して幕軍を砲撃したことは、彼のまったく夢想もしないことであったに違いない。

――いつ、誰が裏切るかわからぬ。

慶喜は生命の危険を感じた。

山口駿河守をひそかに呼び寄せて、

「至急江戸へ戻りたいが、開陽丸《かいようまる》は今、薩摩の舟を追撃している。外国船に乗ってでも大坂を離れたい。ロセスにその便宜を計らってもらってくれ」

と、ロッシュのもとに走らせた。

ロッシュは、

「大君は、要害日本第一といわれる大坂城にあり、緒戦に敗れたりとはいえ、まだ一万以上の軍隊を持っておられるのに、一戦も試みずに逃亡されるのですか」

と、信じられぬ顔つきであった。

「現に手もとにある兵力は、確かに薩長軍の倍近くありますが、敵兵の多くが回転式ライフル銃を持ち、また新式の砲をそろえているのに、われわれは兵器の点で著しく劣っている。大君は一応江戸へ帰って、戦備を立て直そうとしておられるのです」

と、駿河守が弁明すると、ロッシュはまじまじとその顔を見つめて、大きな首を左右に二、三回振ってから、言った。

「よろしい。では、アメリカの軍艦の艦長に紹介状を書きましょう」

慶喜は、松平容保、定敬《さだあき》その他の側近だけを連れて、六日夜大坂城の裏門から脱出し、天保山《てんぽうざん》沖の米国軍艦に投じ、翌日開陽丸に移乗して、江戸へ逃げ戻った。

執拗《しつよう》なロッシュは、これでもまだあきらめていない。慶喜のあとを追って、一月十八日江戸へ下り、十九日登城して慶喜と面談した。

自分の本拠に戻ってきたため、やや落着きを取り戻した慶喜は、

——自分が政権を奉還してから以後、朝廷の意志として公表されたものはすべて、薩長

の意向だ。幼少の帝《みかど》は監禁されているようなものだ。自分は、祖先以来の領土はあくまでも防衛する決心である。

と、興奮して語る。

ロッシュは、江戸に大本営《パース・デ・オペラシオン》を置き、関以東の全勢力をもって、京都軍を破砕する一大政略を進言した。

ロッシュの建言は、政治、軍事、経済の三面にわたるもので、まず政治面においては、大君の真意を内外に宣明し、ヨーロッパ各国に対しても在パリの栗本安芸守に命じて通達せしめること、譜代諸侯および旗本諸士をことごとく糾合して、慶喜自ら徳川氏のために身命を抛つべきことを説くこと、朝廷の使者が東下したならば、京都朝廷から薩長土諸藩が手を引き、朝廷が真実に独立したうえでなければ、これに接見せざることを伝えることなど。

つぎに軍事面においては、駿河辺に堡砦《ほうさい》を設けて東海道を遮断するとともに、浦賀《うらが》、横須賀辺の諸島に大砲を備え、軍艦を配置して海上よりの敵勢の侵入を防ぐこと、江戸の守備を固め浮浪の徒を取り締まること、海陸正規兵のほか、別動隊を組織しフランス士官に指揮せしめること（右フランス士官は本国勤務より脱退するものとする）など。

さらに軍費については、先にソシエテ・ゼネラルと結んだ契約に従って兵器軍艦弾薬の輸入を図るほか、全旗本より献金せしめること、会計経理の仕法を明確にし、冗費を省くことなど。

ロッシュは、このときまだ、パリにおいてソシエテ・ゼネラル設立が難航し、六百万ドル借款が事実上不可能になっていたことを知らなかったらしい。政治、軍事に関する建言に比べると、経済面のそれは著しく内容空虚である。

ともあれ、ロッシュはなお、徳川氏の伝統的権威と、関東の武力とに多くの望みを嘱した。彼は、旧幕府の実力者である小栗に面会することを要求したが、意外にも、

——小栗は、去る十五日、罷免された。

と聞いて、唖然《あぜん》とした。

小栗上野は、慶喜が江戸へ逃げ戻ったことを痛烈に批判し、当然大坂城に踏みとどまって決戦すべきであったと論じたうえ、

「すでに東帰された以上は、やむをえませぬ。箱根碓氷《うすい》の関門を扼《やく》して、薩長土の賊軍どもを討ち、海軍をもって駿河湾から側面攻撃をかけてこれを殲滅《せんめつ》し、進んで無敵の軍艦をもって遠く馬関、鹿児島の賊軍本拠を衝《つ》けば、形勢の逆転、絶対に可能と存じます」

と、例の気性で、あまりにも強硬に主張したため、内心大いに逃亡を恥じていた慶喜の怒りに触れて、免職されたのである。

ロッシュはおそらく、このとき、もう自分の説はとうてい行なわれないだろうと観念したらしい。にもかかわらず、彼はその後二回にわたって慶喜に面謁し、徹底抗戦を説いている。

その間に、慶喜の闘志は、しだいに衰えていった。このときになってようやく彼が明確に知りえた旗本諸士の驚くべき腐敗無気力が、幕府の財政と兵器の恐るべき窮迫と劣弱さが、帰順派の勝義邦《よしくに》（海舟）や大久保忠寛《ただひろ》（一翁）の意見とともに、彼の一時的精神の高揚を鎮静させたのである。

慶喜は一歩後退した。

日本全国の主権者として返り咲くことはあきらめ、関東における大大名として残存しようとして、ロッシュに朝廷との調停を依頼した。

だが、このとき、京都では、徳川氏の徹底的追討が決定され、慶喜の生命さえ要求されていたのである。

ロッシュは、慶喜の依頼を拒絶した。もはやすでに調停による和平の時期は去った。焦土抗戦するか、無条件降伏するか、いずれか一つのほかはないのだ。

慶喜はさらに大きく後退した。

二月十二日江戸城を去って上野寛永寺《かんえいじ》にはいり、恭順の意を表することにしたのである。

この報《しら》せを得たとき、ロッシュは折りから読んでいた新聞を丸めて、卓子《テーブル》を力いっぱいに叩《たた》き、憤然として叫んだ。

「なんということだ。うじ虫だって、鉄槌《てっつい》で打たれるとすれば、四肢をふみ張って、抵抗の意志を示すだろう。二百七十年の間全日本を治めた政権が、わずか二、三の強大藩とたった一度戦って敗れたからといって、全然戦意を喪《うしな》い、ただひたすら頭を下げて寛大な処置を懇願するとは、あきれ返ったことだ。こんな意気地のない君主は、古往今来、世界史上他に例がないだろう」

彼の憤怒《ふんぬ》は、単に慶喜の不甲斐《ふがい》なさに対して激発したのではない。彼の生涯が、これによって台なしにされてしまったことに対する絶望も、そこに含められていたのだ。

就任以来、徹頭徹尾、幕府を支持し、その支持の正当さを本国ナポレオン三世に力説してきたロッシュとしては、幕府の瓦解、慶喜の屈伏は、彼の外交官としての生命の終末を意味する。

——おれは、若造のパークスに敗れた。

それは、幕府が薩長に敗れたこと自体よりも痛酷な無念さをもって、ロッシュの胸を掻《か》きむしった。

十五日、有栖川宮熾仁親王《ありすがわのみやたるひと》が東征大総督として京都を出発、官軍続々として東下。

このころになってようやく、伏見、鳥羽の幕軍敗北、慶喜東帰の事実が、パリに、ロンドンに、伝わった。

キチィが、ナポレオン三世とウージェニーの会話を盗み聞きして、六左衛門に報《し》らせたのは、二月二十五日。

篤太夫からこのことを聞いた栗本以下、呆然《ぼうぜん》として、しばらくは信じられぬ思いであった。

が、二十七日には早くも、パリの各新聞紙が、そのことを報道した。いささかの疑いも残しえないほど、明白に。

薩長が完全に政局の主導権を握ったことは、外交団においては、イギリス公使パークスの制覇を意味した。

横浜の治安維持に関する東征軍との交渉を、各国公使はいっさいパークスに依頼した。薩長と連絡の方法のないロッシュは、どうしようもない。

江戸城攻撃問題についても、慶喜の処遇問題についても、調停の役をつとめたのは、パークスである。

天皇政府を最初に承認し、これにヴィクトリア女王の正式の信任状を呈出したのも、パークスである。

ロッシュははなはだしい敗北感に打ちひしがれて、公使館内に閉じこもっていた。

彼の滞日中の愛人であるお富《とみ》という女性だけが、彼の部屋にいた。

書記官のブラン男爵が、ときどき、情報をもって指示を仰ぎに来たが、ロッシュはもうそれに対して熱意を示さない。

本国政府からの指令が来て、彼の後任であるウトレイが着任次第、ただちにフランスへ引き揚げるよう命じているのだ。

敗軍の将――その意味では、慶喜も自分と同じだ。だが、自分は最後まで戦った。しかるにあの小利口な意気地なしの男は――と、ロッシュは、考えるたびに、呻《うな》る。

四月十一日、江戸開城の数日後、このロッシュを訪れてきたものがある。旧幕府陸軍教官である仏士官ブリュネとカズーノフの両人だ。

ブリュネは幕府が横浜で三兵伝習を始めたとき以来の教官で、兵学および築城学にくわしい。カズーノフは勇猛機敏、クリミア戦争の経験がある古強者《ふるつわもの》だ。

「公使、とうとう、江戸城は、一発の弾丸《たま》も撃たずに明け渡されましたよ」

カズーノフが、自棄《やけ》っぱちのように言う。

「日本のサムライについてわれわれが聞いていたことは、すべて嘘《うそ》だったらしい。勇気があって、自尊心が強くて、主君のためならばいつでも生命を捧《ささ》げ、降伏よりもむしろ死を選ぶ――といったお伽《とぎ》ばなしを、私は多少とも信じていた。ばかだったよ、私は」

ロッシュが、吐き捨てるように言ってから、かすかに皮肉な笑いをみせた。

「日本の女についてわれわれが聞いていたことは、しかし、もっと信頼してよいらしいね。このお富は、私が最も得意だったときよりも、意気消沈しているこのごろのほうが、より優しく忠実に仕えてくれる。私について、フランスへ行きたいとさえ言ってくれているよ」

「公使――それは――」

ブリュネが驚いて口を挟んだ。

「ブリュネ君、心配しなくてもいい。私はフランスに妻も子もいる。お富は愛してはいるが連れて戻る気はない。それより、君たちは、どうするのかね。旧幕府が君たちの俸給を支払わないのなら、私が新政府に要求してあげよう。それぐらいのことなら、この私でもまだできるだろう」

「公使、われわれが今日参ったのは、そんな問題のためではありません。われわれは公使の推挙によって旧幕府に招聘《しょうへい》されたのですが、われわれが今、フランス軍隊の軍艦を離脱するとすれば、公使に大変なご迷惑をかけることになるでしょうか」

ロッシュは、上体を起こして、目を光らせた。興奮すると、この男は口髭《くちひげ》の先をかすかに震わせる癖がある。

「ブリュネ君、私には信じられないが、旗本の中で、まだミカドの軍隊と戦おうという気力を持っているものがあるのかね。君たちは、おそらくその連中のために戦おうというのだろうが」

「公使、旧幕府の海軍副総裁の榎本釜次郎《えのもとかまじろう》や陸軍奉行の松平太郎《たろう》は、まだ旧幕府の軍艦を保有しています。彼らが、終局的にそれをどう使うかまだわかりませんが、むなしく京都軍に引き渡すことはないと思われます。松平は、昨日、私たちを呼んで、彼らの内密の意図を告げました。榎本は軍艦を率いて脱走し、東北のどこかに拠《よ》って戦うことになるかもしれないというのです。彼らが、われわれの援助を期待していることは明らかです。われわれは、われわれの教えた伝習隊の兵士がどれほど実戦に役だつかを示すためにも、彼らと行動を共にすることにしました。ニコール、コテシュ、ブラジェ、フォルタン、トリプ、プーヒへなど十名ほどだが、同行する約束です」

「ほう、それはすばらしい。軍籍を脱することは自由だ。君たちの思うようにやりたまえ。だが、榎本は、どういう具体的な計画をもっているのかね。慶喜があのようにだらしのない降伏をしてしまったあとで」

「彼らは、慶喜にはもはや、なんの期待も持っていませんね。彼らの狙っているのは東北各藩が一致して、東征軍と戦うことですよ。会津はもちろん、東北諸藩は、旧幕府に対する忠誠というよりもむしろ、薩摩と長州に対する憎悪のために手を握って反抗するかもしれない。少なくも、榎本や松平は、それを信じています」

「もし、それが事実となれば、案外面白い状況になるかもしれない。しかし、残念ながら、私は諸君を援助することはできない」

「なぜです、公使。公けにはもちろん、援助をお願いしません、しかし――」

「いや、私が日本に留《とど》まっていれば、たとえ本国政府から処罰されても、君たちを援助するだろう。だが、私はすでに召還命令を受けている。新任のウトレイ氏は三、四週間もすれば、到着するだろう。入れ替わりに私は日本を離れなければならないのだ」

「ウトレイ氏が、新公使に――」

カズーノフが、落胆して叫んだ。

「私はあの人を知っている。彼がアレキサンドリアの総領事をしていたころにね。あの人は評判とは反対にきわめて慎重な、消極的な性格だ。おそらく何事もしてくれないでしょう。われわれのしようとしていることを禁止すること以外には」

「そして、パークスに頤使《いし》されることになるだろう」

ロッシュが、苦々しげに付け加えた。

ロッシュはその数日後、彼が最もその才腕を高く評価し、最も肝胆相照らした小栗上野の悲惨な死について、詳細を報らされた。

慶喜から解任された小栗は、自己の所有である上州群馬郡権田《ごんだ》村に退き、

——このままでは天下は治まるまい。一大動乱が起こるに違いない。そのときは。

と、ひそかに時の至るのを待っていたらしい。

が、東征軍は、幕府の大黒柱として最後まで朝廷に楯《たて》つこうとした小栗に対して強烈な反感を持っていた。

閏《うるう》四月五日、高崎、安中《あんなか》、吉井《よしい》三藩に命じて小栗を逮捕させ、翌日、

——天地の間に容《い》るるべからざる大罪人。

として、烏川《からすがわ》のほとりで斬罪に処してしまった。

前将軍慶喜をはじめ幕府の旧閣老重臣以下、彼のほか誰一人として死をもって罰せられたものはない。ただこの小栗上野のみが、この惨《むご》たらしい処罰を受けたのだ。

ロッシュは、

——たった一人の最も勇敢な男が、最も無惨な死をとげたわけか。この私も、もし日本人であったら、小栗とともに、いや小栗より先に殺されていただろうな。

と考えたが、ふっと小栗の腹心栗本のことを思い浮かべて、眉をひそめた。

——栗本も、日本に戻ってきたら思いがけないきびしい処罰を受けるのではないかな。

閏四月二十三日、新任公使ウトレイが横浜に到着したことを報じた横浜新聞へラルドは、次の記事を掲げている。

——（前略）よって前ミニストル・ロセス君は、次の飛脚船に乗組み、当港を出帆すべし。彼も一個の人物なりしが、惜しいかな、貿易上の事に至っては、大いに我等《われら》の説と違うこと多かりし。併《しか》れども我輩決してその人となりを信用せざるに非《あら》ず。却《かえ》って反対の事論よりして信頼を増せる事も多かりき。君の今まさに当港を去らんとするに当りて、尊敬の念離別の情、敢《あえ》て止《とど》むること能《あた》わざるなり云々《うんぬん》。

幕府敗れたり

ペルゴレーズ街の公子館では、不安と論議の日が続いた。

江戸へ逃れ帰った慶喜がいったいどうしているのか、どうするつもりなのか、まるでわからないのである。

カションやフリュリ・エラールが、たびたびやってきて、新聞社や官庁筋で耳に入れた情報を伝えてくれたが、どれも具体的なものではなく、また、どこまで、信用してよいかわからない。

伏見、鳥羽の敗退と、慶喜の大坂城放棄については、あまりにも不甲斐《ふがい》ないという憤懣《ふんまん》はすべての者に共通していたが、今後の見通しということになると、

「上様が江戸城に籠って、天下に大号令をお発しになれば、親藩譜代旗本はもとより、徳川家累代のご恩を忘れぬ諸藩はことごとく起《た》つはずだ。薩長のごとき、一蹴できる」

「万一東下する軍があっても箱根の嶮《けん》を固めて防ぎ、軍艦を摂海《せっかい》（大阪湾）に回して背後を衝《つ》けば、たちまち殲滅《せんめつ》できる」

と、強がりを言う者と、

「いや、薩長だけならば問題ない。だが、彼らが朝廷を戴《いただ》き、錦旗《きんき》を掲げてくれば、上様は朝敵《ちょうてき》ということになる。これは由々しいことだ」

「薩も長も、ひとたびは外国軍艦や外国軍隊と戦った教訓から、全力をあげて新式の兵器をととのえている。残念ながら幕軍の兵器は彼らに劣っている。苦戦は免れないのではないか」

前者の声は大きかったが、大声で叫ぶ者も確信はもっていなかった。そして後者の声は小さく、その内心の不安を如実に現わしていた。

篤太夫は、議論を避けた。

彼も、幕軍のあまりにもたわいない敗れ方にはあきれたが、終局的には幕府の命脈はすでに尽きたものとみている。そして幕府の倒壊を悲しむ心はない。彼の懸念するところは、彼の畏敬する主君慶喜の一身の安全と、幕府に代わって現われるべき新政府の形式とその内容なのである。

だが、それを具体的に議論するためには、十分の基礎がなかった。現実の状態がほとんどまったく不明だからだ。

「伏見、鳥羽で敗れたについては、わしにも責任がある。小栗殿から、借款の促進、新兵器の輸入を、懇々と依頼されながら、その依頼に応えることができなかったのだからな」

栗本は、暗然として呟《つぶや》いた。

栗本の自責の言葉は、篤太夫の胸を刺した。借款の成立を妨げ、したがって兵器輸入を阻害したのは、ほかならぬ彼自身だ。彼は、それが、小栗の、そして栗本の、最大の悲願であると知りながら、あえてそれを妨害した。そのためには仇敵《きゆうてき》ともいうべきイギリスのスパイと協力さえしたのではなかったか。

——いや、あれでよかったのだ。おれのしたことは正しい。万一借款が成立し、そのためにフランス兵が北海道や樺太に駐屯し、新兵器その他の輸入貿易をめぐって、イギリスとフランスが相互の利権保持のために、日本を舞台に、あるいは争い、あるいは手を握って活動しはじめたらどうなるか、一徳川氏の滅亡どころか、日本の独立が失われるようなことになるではないか。おれは全力をあげて、それを阻止したのだ。

篤太夫は自分を、そう説き伏せてはいたものの、かつて、このことを論じたことのある保科が落ち着かない瞳に、詰問の色を浮かべてじっと見つめているのを感じると、やはり栗本に対して忸怩《じくじ》たる思いを禁じえない。座を立とうとしたとき、

「あ——恐れ入りまするが」

料理番の綱吉が、首を出した。

「ただいま、若君様が、おひとりでお馬に召されてお出掛けなさいますのを見ましたが、みなさまご存知でいらっしゃいましょうか」

「なに、若殿がご他出《たしゆつ》?」

病臥《びようが》しているはずの昭武が、単身、それも無断で外出するとは、ただごとではない。

篤太夫と菊池とが、即座に走り出た。

「どちらへ向かわれた？」

綱吉の指さした方向に、二人は馬を飛ばせた。

——この方向なら、見当はついている。

二人とも無言のうちに同意し、アンタン街へ馬首を向けていた。

「渋沢、あそこに、おられる」

「うむ」

二人は、昭武の姿を遠くに認めると、馬の足をゆるめて、注視した。

昭武は馬から降りて立っていた。

さして広くはないが、草花を植えた庭を前に控えた瀟洒《しょうしゃ》な建物が、彼の前にあった。

彼はおそらく、すでにそのドアを叩《たた》き、把手《とって》をむなしく動かしてみたのだろう。あるいは、家の周りをぐるりと回ってみたかもしれない。

家の中に誰も住んでいないことは、明白だった。カーテンの隙間から見える部屋の様子がそれを示していた。

昭武の唇が、わずかに動いた。

——ジェーン。

と、恋しい女の名を呼んだのであろう。

篤太夫は近づいて行き、馬を降りた。

「若君——」

できるだけ優しく呼びかけた。

「渋沢、ジェーンはどこかへ行ってしまった。たぶん、ロンドンへ」

昭武の顔には、いじらしいほど素直な哀《かな》しみがある。

「若君、ほんとうのことを申し上げねばなりませぬ。ジェーンは、英国政府の命令を受けたシーボルトに操られていた娘でございます」

「あの牝狐《めぎつね》め、若殿をたぶらかして――」

菊池が荒々しく叫ぶのを、昭武は信じきれぬ瞳で見上げ、激しい怒りの言葉を出そうとしたかに見えたとき、篤太夫が、

「いや、あの娘は心底、若君をお慕いするようになっていたらしゅうございます。しかし、国の命令とあれば、やむをえず、ロンドンへ戻って行ったものでございましょう。若君、お辛《つろ》うはございましょうが、あの娘のことはお忘れなさいませ」

静かに言ってきかせ、少し口調をきびしくして付け加えた。

「御宗家はただいま、浮沈の瀬戸際にございまするぞ」

昭武は、睫《まつげ》毛をけぶらせるようにして、愉悦の思い出に満ちた家の窓をしばらく見つめていたが、黙って馬に跨《またが》った。

――大名の子には、恋は許されぬ。

ということを、この少年は本能的に知っていた。

数日後、シーボルトが公子館を訪れたとき、篤太夫は、玄関のホールで応対した。

「渋沢さん、勝負はあったようですね。薩摩は幕府に勝ち、イギリスはフランスに勝ち――私はあなたに勝った」

「ほんとうにそうかね、シーボルト君」

「新任の駐日フランス公使ウトレイ氏は日本へ向かって出発するに当たって声明しました。フランスはロッシュの誤った幕府支持政策を棄《す》てて、ミカドの新政府に全面的に協力する――とね。もうここで私の仕事はない。私は明日ロンドンに引き揚げます。ジェーン嬢に何かお言伝《ことづて》はありませんか」

この図々《ずうずう》しい愛想のよいスパイは、彼の最後の俸給をもらいに来たのだった。

四月十六日、大久保一翁からの公式書面が届いて、慶喜が上野に閉居して恭順の意を表したこと、栗本の駐仏日本公使としての使命が終了したことを伝え、その帰国を促してきた。

「上様が政権の座を完全に棄てられた以上、わしにはもう日本政府を代表する資格はない。ただちに引き揚げよう。しかし、若君は、今、混乱のさ中にある日本に帰られてもしかたがない。このままパリに滞在されて三、四年勉学されたほうがよいと思う。徳川家いかに落ち目になったとはいえ、若君の留学費用ぐらいは出せぬことはあるまい」

という栗本の発言に、一同黙然としている。

「渋沢、その心得で一応の計画を樹《た》ててみてくれ」

「栗本殿のお言葉ですが、大動乱の徳川家財政がはたして、パリへの送金を許すかどうかわかりませぬ。現在こちらで都合できるだけの費用でなんとか賄うことを考えてみましょう。ただし、現在、イギリス、オランダなどに留学している幕府の留学生については、今後とても費用の調達不可能と思われますから、これは一応帰国せしめるほかはないでしょう」

篤太夫の示したプランは、次のごときものである。

一、公子随員の大部分を帰国させ、渋沢以下四名のみが公子とともに残留すること。

一、ペルゴレーズの公館を引き揚げ、シェルシュ・ミディの留学生宿舎に移転すること。

一、フリュリ・エラールへの依託金六万フラン、不用品売却五万フラン、博覧会出品物売却二十万フラン、オランダ商社からの借入金を合わせて総計六十万フランを見込み、二十万フランを各地留学生の帰国費用に充当、残りの四十万フランをもって鉄道社債を購入して、その利息年二万フランをもって年々の経費に当てること。

「今までと違い、いろいろな点で冗費を切りつめなければなりませんが、なんとかやってゆけるつもりです」

篤太夫の計数的実際的才能に、栗本は満幅の信頼をおいた。

四月十三日、栗本は山内、大井、高松らを伴ってパリを去る。篤太夫と三輪がリヨン停車場に送っていった。

帰国後の栗本にどんな運命が待っているか、誰にもわからないのだ。刀折れ、矢尽きた感じで悄然《しょうぜん》として列車に乗り込む栗本の姿は、まさしく「亡国の遺臣」という感じであった。

リヨン停車場からの帰途、フリュリ・エラールのところに、鉄道社債購入の件について相談に立ち寄ると、意外にもそこにモンブラン伯爵の姿があった。

「やあ、渋沢さん――でしたね。ちょうどよいところでお会いした。私は、ミカドの新政府から駐日総領事を委託されて、一昨日パリに帰ってきたのですがね、前任者のフリュリ・エラール氏に挨拶のため、参上したところです」

恰幅《かっぷく》のいい、堂々たるモンブランの面上には、明らかに勝利者としての誇りが大きくひろがっている。

「伯爵、お祝いをいわせていただきましょう」

「渋沢さん、あなたはお若いに似ず、実によく働かれた。それをフリュリ・エラール氏から承っていたところでした。事情がこのように激変して、感慨無量というところでしょうな」

「わが国の諺《ことわざ》に、敗軍の将は兵を語らず、というのがあります。まして私のごとき軽輩には、何も申すことはありません」

篤太夫は、いまや万端のあと始末に全力を注がねばならなかった。

イギリスから、オランダから、幕府の留学生たちが、どんどんパリに引き揚げてくる。

中村敬輔（後の敬宇《けいう》、東京大学教授、元老院議官）、外山捨八《とやますてはち》（後の正一《まさかず》、帝国大学総

長、文部大臣)、林桃三郎《はやしとうさぶろう》(後の董《ただす》、駐英公使、外務大臣、伯爵)、箕作大六《みつくりだいろく》(後の菊池《きくち》大麓《だいろく》、文部大臣、男爵)など、いずれも錚々《そうそう》たる連中が二十三名。

これらをすべて、船にのせて、日本に帰してやるための費用を入手するため、博覧会出品物の売却促進、オランダ商社からの借入れなど、誰も金の問題について頭を悩まそうとしないなかで、篤太夫はただ一人、奮闘した。

ところが、五月になると、日本の新政府の外国掛伊達宗城《だてむねなり》、東久世通禧《ひがしくぜみちとみ》の両人から、昭武にあてて、

——留学を切り上げて帰朝せよ。

という公式の命令が到着した。

——どうしたらよいか。

一同は、額を合わせて相談した。

帰還についての指令は、慶喜はもちろん、栗本からも一言もない。まだ正体のわからない新政府の命令に従うのが、はたして賢明であるかどうか。

おりから、カションが、ラ・フランスという新聞をもって、勢い込んでやってきたので、なおのこと一同は迷ったのである。

ラ・フランス紙には、日本の情勢について驚くべき風評が記載されていた。

——東北の有力な諸大名が連合してミカドの軍隊に対抗し、大戦闘が行なわれようとしている。

――ミカドの軍隊が、大君の軍隊に大敗し、江戸、横浜には大君の旗がひるがえっている。ミカドは、逃れて僧兵に衛《まも》られている。

――大坂より十八里（約七十キロメートル）南方で、会津の兵が薩摩の兵と戦い、大いにこれを撃破した。

等々である。

カションは、すっかり興奮して、

「大君のご威勢再び輝く日が来ようとしています。このままパリに滞在して、フランス政府との連繫《れんけい》を固めらるべきでしょう。少なくも、ここしばらく戦火の巷《ちまた》となるおそれのある日本に帰られるのは賢明ではありません」

と、力説する。

半信半疑で、いずれとも決しかねていると、七月初めになってから、ようやく栗本の手紙が届いた。

彼は、無事に生きているらしい。五月十五日の上野彰義隊《しょうぎたい》の戦闘について詳報し、徳川宗家の家督は田安亀之助《たやすかめのすけ》（家達《いえさと》）に決定したこと、領地そのほか未定。会津、庄内《しょうない》を中心とする東北諸藩がいまだ朝命に服していないため、今後も戦闘が続くだろうことなどを記している。

今のところ、朝廷側の優位と、慶喜の完全隠退とは分明したが、東北諸藩の反抗がどの程度強力なものかわからない。

形勢逆転――ということも、ありうるかもしれないのだ。一同の混迷は依然続いた。

だが、ついに彼らの意志を決定したのは、水戸の藩主慶篤《よしあつ》が死去したという報《しら》せである。

水戸の家督は当然、公子昭武が嗣《つ》がなければならないのだ。帰国はもはや、不可避である。

七月二十三日、帰国した前駐日公使レオン・ロッシュが、突然姿を現わして、

――ただいま、帰国するのは不可、日本国内の形勢は混沌《こんとん》としてどうなるかわからぬ。

と、大雄弁を揮《ふる》って説いたが、藩公の死という事実は、もはや、論議の余地のない帰国理由になっていたため、誰よりも先に昭武が首を横にふった。

ロッシュは、ひどく憤激し、晩餐《ばんさん》の招待もすげなく拒絶して、引き取ってゆく。

昭武の帰国は、かくて決定した。

篤太夫は、またしても、いっさいの事務を引き受けなければならない。

しかし、篤太夫は引揚げの事務を、けっして急がずにやった。

――公子は欧州各国を巡国されたが、フランス国内はいまだ十分にご見学になっていない。二度とおいでになる機会はなかろうし、この際、ご見学になったほうがよい。

といい出して、ルアル、ルアーブルあたりに小旅行を試みたりしている。

彼はこうして、できるだけ時を稼ごうとしていたのだ。――日本国内の政情がより安定を見るまで。

八月六日、水戸からわざわざ、井坂泉太郎と服部潤次郎とが、昭武を迎えにやってきた。

同十五日、語学教師ボワシェール以下の外人教師に解約を通知。

同二十一日、日本へ回送すべき荷物五十九箱を、マルセーユあてに送った。

同二十九日、チュイルリー宮に赴き、ナポレオン三世に離国の挨拶をした。

皇帝はひどく冷淡な態度であった。

これはむりもない。この神経衰弱の皇帝は、内外に山積した問題をかかえて、すでに価値を喪《うしな》った東洋の一公子などに考えを向ける余裕がなくなっていたのだ。

保科は、このころ、木曜日ごとに、パリの街頭で売り出されて市民の人気を集めている週刊雑誌をひろい読みして、篤太夫に報らせてくれていた。

それは、アンリ・ロシュフォールの編集しているもので、従来は、とても刊行を許されなかった種類のものだが、皇帝が盛り上がってくる出版自由の要求に屈して、しぶしぶ認めざるをえなくなったものだという。日本では夢にも許されぬ辛辣な風刺が載っていた。

――政府はパリ氏に馬上のナポレオン三世像の作成を命じた。パリ氏が周知のごとく動物彫刻家として当代フランスの大家だからである。

――重罪裁判所弁護士として令名ありしラショー氏は代議士候補として政府の推薦を受けた。最適任だ。悪人の弁護にかけては、彼以上の者はいないのだから。

篤太夫が訊《たず》ねた。

「皇帝はそんなに人気が悪いのか」

「おれたちから見るとフランス国民はずいぶん自由に見えるのだが、フランス人はナポレオン三世を自由の弾圧者とみているらしいね。それに、プロシャとの外交関係でも、事ごとにビスマルクに先手をとられて、勢威を失墜しているらしい」

皇后ウージェニーは、皇帝とはまったく反対に、真情のこもった挨拶をしてくれた。

「せっかく、はるばるご修業にこられたのに、お国の大変で、途中で帰国されるのはほんとうに残念ですね。ご健康に気をつけられて、りっぱな頼もしい青年公子になられるよう、遠くからお祈りしています」

と言って、昭武の手を堅く握った。

その温かく、柔らかい、薄桃色をした、匂いのよいしなやかな手の感触は、ふっと昭武の頬に血を上らせた。

忘れようとしていたジェーンのことを、ちらっと思い浮かべたからである。

皇后は、傍らにいた昭武と同年配の皇太子に合図して、長い廊下を大玄関のところまで送らせた。

九月十八日、いよいよ明日は、公子一行九名、パリを出発してマルセーユに向かうという前日、篤太夫はフリュリ・エラールに、最後の別れを告げに行った。

一年半に及ぶパリ滞在中、この人は最も誠実に公子一行のために図ってくれたし、篤太夫個人としても最も多く教えられるところがあったので、心から謝意を述べた。

「ほんとうに残念ですね。渋沢さん、他の人はとにかくあなたはパリに一日いれば、それだけ何かを吸収する人だった。私はあなたが、公子一行の雑務に追い回されないで、ゆっくり腰を落ち着けて勉強したら、すばらしい成果を収めただろうと思いますがね」

「でも私は、いろいろ仕事をしている間に、本を読む以上のことを覚えました。ことに経済の理法、合本（会社）組織の実際、金融や銀行の仕組みなど、なにもかもあなたに教えていただきました。日本にとってはすべてが未知の知識です。私がこの知識を日本に帰ってからどのように役だてうるかわかりませんが、いつまでもあなたのご恩は、忘れません」

「渋沢さん、あなたが、借款問題などについての交渉には、すこぶる不熱心でありながら、経済の知識を吸収するのにはすこぶる貪欲だったわけが、今になってようやくわかりましたよ。幕府は敗れたが、日本はあなたによって得がたい人材を獲得したことになりますね」

フリュリ・エラールは多少誇張して賞賛した。だが、その彼も、眼前に立っているこの青年が、文字どおり日本資本主義のパイオニアとして、その中核的指導者として、財界の太陽とまでいわれる人物になろうとは予想していなかったであろう。

フリュリ・エラール家を出ると、パリの夜は、いつもながら紅灯《こうとう》まばゆく、ゆき交う美しい女の瞳は、星のように輝いていた。

——もう一度、ここに来る日が、はたしてあるだろうか。

篤太夫は、この異国の首都にいいがたい惜別の情を感じて、あたりを見回した。

老翁の微笑

私が最初に渋沢氏に会ったのは、昔ふうの式台のついた広い玄関を上がった突当たりの十畳ぐらいの応接間で、中庭から来る光線が縁側や畳廊下を越えて、かすかにさし込む簡素な感じの部屋である。

その後三回にわたって、如上《じょじょう》の話を聞いたのは、洋室を改造した氏の居間らしく、正面にマントルピースがあり、絨毯《じゅうたん》が敷きつめられていた。部屋中に種々雑多な装飾品が、雑然と置かれていたのは、各方面からの寄贈品を無造作に並べたのであろう。

壁ぎわに籐《とう》椅子があったが、氏は絨毯の上に敷かれた座蒲団《ざぶとん》に、きちんとすわって、元気よく話をつづけた。

最後の夜は、首に襟巻を巻いて、暖炉に近く座を占めていたが、私がはいって行って挨拶すると、

「また風邪《かぜ》を引いてしまいましてね。私は元来すこぶる頑健なほうなのだが、不思議に風邪だけはよく引く。祖母が情愛の深い人で、私が子供の時分外に出ると、風邪を引いてはいけないといって羽織を持ってあとを追い駆け回したものだ。そんなことで、こんなに皮

肩が弱くなったのかもしれない。しょっちゅう、風邪をひく」

と言ってから、右手で額ぎわをトントンと叩《たた》き、

「それにしても、九十年、よく生きてきたものですよ——風邪をひきひき一世紀——か」

とおかしそうに笑ったが、

「さあ、この前のつづきにかかるかな」

と、第三回目の話を始めた。

慶応四年（明治元年）九月三日、パリを離れて日本へ向かったところまで語り終えると、

「——というわけで、出掛けるときには期待に胸を膨らませていた一行が、いったいこれから先どうなることかと不安に胸を縮めて戻ってきたのだが——そう、横浜につく前に、もう一つ話がある。十月の終わり、香港に着いたとき、会津若松《わかまつ》城が落ちたことを知って、いよいよこれで戦争も終わりかなと思って上海についたときのことだ」

上海では、アスターハウスに泊まったが、往路と違って挨拶に来る者もほとんどない。ひっそりと、日本へ向かう船便を待っていると、思いがけなく旧知の長野慶次郎《ながのけいじろう》が、ドイツ人のシュネールという男を連れて、篤太夫の部屋にやってきた。

久しぶりの挨拶もそこそこに、長野が、

「渋沢さん、あなたが公子の随員中にいると聞いてさっそく参上したのだが——このシュネール氏は、会津藩の軍事顧問として招聘《しょうへい》された人です。会津藩の依嘱を受けて鉄砲を買うために上海に派遣され、私がその通訳を兼ねて付き添って来ているわけですが、残念

ながら若松城は落ちたという。しかし、榎本、松平、大鳥《おおとり》の諸氏が、箱館に立て籠ってあくまで戦うということだ。そこで、このシュネール氏とも相談したのだが、ぜひ民部公子を箱館にお迎えしたい。箱館の義軍は、徳川の一族である公子を首領としていただけば、勇気百倍すると思う。渋沢さん、どうだろう、公子におすすめしていただけまいか」

といい出した。

よく聞いてみると、渡仏前生死を共にした従兄《いとこ》の喜作も、パリで寝食を共にした高松凌雲も、箱館に行って榎本軍に加わっているらしい。

榎本は五稜郭《ごりょうかく》に籠って、北海道自立の策を講じ、おもむろに兵備をととのえて、長期抗戦を図っているという。

篤太夫は、

「長野君、それはだめだ。三千や五千の烏合《うごう》の衆で天下の兵を対手《あいて》に何もできはしない。それも榎本麾下《きか》の海軍力を利用して、不意に京坂を衝《つ》くとか、東京横浜を脅《おびや》かすとかして、いわゆる霹靂《へきれき》その端倪《たんげい》を視《み》る能《あた》わずというような奇襲戦法をとるなら、多少の効果は挙げられるかもしれぬが、自重の策などと称してそんな退嬰《たいえい》戦略をとっているのでは、自滅を待つようなものだ。私は賛成できぬ」

と言い切る。

「しかし、渋沢さん、一応公子のご意向も聞いていただけまいか」

「いや、公子がなんと言われようと、私は断じて反対する」

にべもなく拒絶されて、長野とシュネールは、怫然《ふつぜん》として立ち去って行った。

篤太夫は、表面は戦略上から反対したが、その真意は、事ここに至っては一日も早く国内が統一されることだ、内戦が長びけば、どんなことで外国勢力の介入を見るかもしれない、挙国一致して外国の文明を採り入れるほかに、新日本の生きてゆく途《みち》はない、という点にこそあったのはもちろんである。

十一月三日、横浜着。

出迎えも水戸家の者が数名あったばかり。新政府の役人から意地の悪い取調べを受け、いまさらのように主家敗亡の惨めさを味わわされた。

公子昭武は、東京の水戸藩邸に向かい、篤太夫は、荷物の受取りその他の雑務を片づけたうえ、静岡に赴いて慶喜に面謁する。

「慶喜公は、静岡の宝台院《ほうたいいん》という小さな寺にご謹慎中だった。私が通されたのは六畳ばかりのごく狭苦しい汚ない部屋で、畳などもすこぶる粗末なもので、真っ黒に汚れている。私がそこでしばらく待っていると、慶喜公は羽織袴《はかま》でその薄暗い汚ない部屋にはいっておいでになり、私のすぐ前にすわられた。座蒲団さえも召されず、じかに汚れた畳の上にすわられたお姿を見た瞬間、思わずはっと頭を下げたまま、なんという情けないお姿になられたことかと、涙があふれ出てきて、しばらくは物もいえない。やっと気をとり直して、ひさびさのご挨拶を申し上げたが、まず出るものは愚痴ばかり。慶喜公は私の言葉を止めて——昔のことはいっさい話してくれるな、フランス留学中の公子のことについて、いろいろ聞かしてくれ——と仰せられる。私は心ないことを申し上げたと気づき、公子のご留学中の模様を逐一ご報告した。慶喜公はじっと、興味深げに耳を傾けておられたが、最後に——自分は終始、朝廷に対していささかの逆意もなく、ひたすら恭順の意を表してきたのだが、このようなことになり、賊名まで受けて祖宗の名を汚したことを寔《まこと》に申しわけなく思っている——と、言葉少なに言われ、さらに現在の境遇を悲しみ、朝廷を恨まれている様子も見えない。その泰然自若たる態度、光風霽月《こうふうせいげつ》のご心境には、ただただ頭の下がる思いだった」

おそらく渋沢氏は、この宝台院での慶喜との対面のことを、幾度となくいろいろな人に語ったことだろう。そして、そのたびに、このとき私に見せたと同じ粛然たる顔容で沈痛の語気を洩《も》らしたことであろう。それほど深く強く、このときの印象はこの人の胸中に刻みつけられていたに違いない。

しかし、実のところ、私は、今でもそうだが、渋沢氏からその話を聞いたときも、慶喜に対する評価については、まったく違ったものを持っていた。

私は、慶喜が終始恭順の意図を堅持していたとは思わない。彼はおそらく、大政奉還後も、将軍職とは別の形で政治の主導権を握ろうとしていたのだと思うし、大坂から京都に向かって幕軍の進出を許したときには、実力をもって、それを実現しようとしたのだと思う。伏見、鳥羽の敗北にいったん戦意を喪失して江戸へ逃げ帰った後も、なんとかして自己の権力を維持したいと画策したであろう——側近の無能と、武力の劣弱とが、彼を、やむをえざる恭順に追い込むまでは。

だが、私は、渋沢氏が、その後旧主慶喜のためにあらゆる努力をして、その「冤罪《えんざい》」を雪《そそ》ぎ、その尊皇意図を顕揚しようとしたことを知っていた。

浩瀚《こうかん》な『徳川慶喜公伝』の編集もその一つの現われだ。その序文に、彼は記している。

――慶喜公の当時の有様は如何《いか》にも同情に堪えぬ。誰かその冤魂《えんこん》を慰める人があるまいかと思うところから、せめては事実を明瞭にして、逆賊と誣《し》いられ、怯懦《きようだ》と罵られた汚名が洗い浄《きよ》められるようにして上げたい。御伝記によって、当時の公の御心事はこうであって、御行動はこうであったと云《い》う事が明白になったならば、逆賊でもなく怯懦でもなく、王政維新の大業も実はこれによって順調に運んだのであり、公の御行動は寧《むし》ろ国家に対しての大勲功であると云うことも分《わか》るであろうと考え、云々《うんぬん》。

この伝記が、終始一貫して慶喜の弁明になっているのは、当然であろう。

この伝記編纂《へんさん》を別にしても、渋沢氏が、旧主の晩年を慰めるために、涙ぐましいまでに努めたことを知っていた私は、渋沢氏に対してあえて反対意見を述べることは差し控えた。

ただ私は、渋沢氏の三回にわたる懐古談を聞いているうちに、若き日の篤太夫が、滅亡に瀕《ひん》した徳川家の渇けるもののごとく求めていた対仏借款の成立を、故意に妨げ、ある意味において徳川家に対して不忠の臣であったことについて、深く自責の念を抱いているのではないかと感じていた。

むろん、その行為自体を、篤太夫は後悔してはいない。それが外国の干渉を防遏《ぼうあつ》し、国内統一を促進するうえに、正しかったと信じているにちがいない。にもかかわらず、その当時自分が臣従していた徳川家を裏切る結果になったことは事実であり、その点について、内心、忸怩《じくじ》たる思いを、いつまでも拭い去ることができなかったのではないか。旧主の晩年を慰めるためにあれほどの力を尽くしたのは、その自責の念に一斑《いっぱん》の理由があるのではないか——私は、そう考えだしていたのである。

私は慶喜の心情についての自分の疑問を表明することを控えた代わりに、話題を一転させた。

「ロッシュや、カションや、シーボルトやモンブランなどは、その後どうなったのでしょうか」

「カションがどうなったかは知らない。落魄《らくはく》して、盲目になったともいうが。彼の得意な時代は、江戸にいて栗本と組んでロセスの懐刀として活動していたころだろうね。パリに行ってからは、何もかもうまくいかなかったわけだ。ロセスは帰国したとき、五十八、九だったろう。日本在任中相当の財産を貯《た》め込んだらしく、パリで悠々自適して、九十歳ぐらいまで生きていたらしいね。モンブランはあの後しばらく駐仏日本総領事として、博覧会出品物のあと始末をしたり、日本についての著述を著わしたり、その後も、日本とはかなり関係があった。山師のようにいう人もあり、あの当時は私もそう思っていたが、相当な人物で、今はその長男が、ベルギーのインゲルムンステル城に住んでいる。いつだったか、息子さんの一人が、日本にやってきてね、モンブラン伯爵が滞日中、日本女性を愛人にしていたというが、もしかしたら自分の腹違いの弟が日本のどこかにいるのではないか、調べてみてくれないかと、外務省の誰かに頼んだという話を聞いたことがある。シーボルトは、あの翌々年だったかに日本に来て外務省に奉職していたが、その後、ローマやベルリンの日本公使館書記官として、明治の末年まで日本政府のために働いている。徳川家の立場からみれば、スパイだったにちがいないが、薩摩からみれば偉大な功績者だから、薩長政府に重用されたのは当然でしょうね。シーボルトの父親も日本でお滝《たき》というひととの間に子供ができ、楠本《くすもと》姓を名乗っているとか聞いたが、どこかに現存しているはずですよ」

私は、ちょっと躊躇《ちゅうちょ》したが、思い切って訊《たず》ねてみた。

「おさと——という女性はどうなりましたか」

私が、やや失礼なその質問を発したのは、渋沢氏は道徳と経済の合一説を唱え、「論語」を処世の指針とし、一般の人びとから品行方正の人とみられていたが、七十を超えてからでも、本郷真砂《まさご》町《ちょう》にしかるべき女性を囲っていて、兜《かぶと》町《ちょう》の事務所から飛鳥山の邸《やしき》に帰る途中、しばしばそこにしけ込んでいたというゴシップを聞いていたから、このくらいのことを訊ねても怒られはしないだろうと思ったからである。

「おさと——うむ、あれか」

渋沢氏は、ちょっと照れたように笑った。

笑うと頰の下のほうの凹《くぼ》みが深くなって、顔全体がえくぼになったような愛嬌《あいきょう》が溢《あふ》れ、とても九十の老翁とは思われない若々しさが現われる。

「なにしろ帰ってきたときは、日本国中、上を下への騒動だったし、私自身も、静岡へ行ったり、新政府に勤めるようになったり、それを辞めて銀行屋になったりで、とてもそこまで手が回らなかったのだろう、あれっきりになってしまったね。どうしたかなあ、おそらくもうとっくに死んでいるだろうが——ときどき憶《おも》い出しはしたが、べつに捜してみもしなかった、薄情なものだね、男は」

すこぶる正直な回答であった。

「ジェーンという英国の女優も、どうなったかわかりませんか」

「うむ、わからない——あれは、実に美人だったがね」

渋沢氏は定評のある記憶のよさをみせた。

「あの娘は、なんというのかな、小妖精とでもいった感じだったね。小さくて、ぴちぴちしていて、艶《なまめ》かしい。一度、公子と並んで馬を走らせていたとき、帽子が風に吹きとばされて落ちたことがある。私は馬をとめて、それを拾ってやろうとしたが、その隙も与えず、馬上から身を屈《かが》めると、鞭《むち》の先でさっとすくい上げて頭にのせた。その動作のほとんど間髪を容《い》れぬすばやさ、身ごなしの敏捷《びんしよう》さに、思わず息を呑《の》んだものだ。そうかと思うと、公子により添って、斜め下から覗《のぞ》き込むようにしてほほえむときなどは、えも言われぬ優しく可憐《かれん》な顔つきをした。私は外国女性を美しいと思いながら、あまりにきびしく、鋭すぎるので、どうしても心から好きになれなかったが、あの娘だけはすばらしいと思いましたね。若い公子が心を奪われたのは当然だったろうね」

渋沢氏があまりに愉《たの》しそうな表情を浮かべたので、私は、その瞬間、もしかしたら、彼もまた、この美しいスパイ、ジェーン嬢に心ひそかな愛情を寄せていたのではないかと疑ったほどである。

話はすべて終わった。

私が、退去すべき時刻だと考え、謝辞を述べようとしたとき、渋沢氏が、ふっと思いがけないことをいい出した。

「私は、このごろ、よくむかしの夢を見る。それも近いむかしのことではない。いつも、二十歳代のことだ。とくにしばしば見るのは、公子に従ってパリにいたころのことだね。パリには明治二十五年にも行ったことがある。ずいぶん変わっているので驚いた。想《おも》い出深いチュイルリー宮殿は一八七〇年の騒動で焼けてしまって、公園になっていたし、私のいたころ建築中だったグランドオペラがりっぱに建っていたし、馬車の代わりに電車が走っていたし――だが、不思議に、私が夢を見るのは、いつもそれより三十五、六年前のパリなのだ。私は二十八、九歳の篤太夫になって、好奇心に胸を膨らませ、驚異の目を見張りながら、その街の中を歩いている。あの当時のいろいろな苦労などはすっかり忘れて、愉しかったことだけを憶い出しながらだ、あの一年半は、よっぽど深く私の記憶の中に染み込んでいるのでしょうね」

と、視線をしばらく宙に浮かした。

六十数年前の、帝政華やかなりしころのパリが、そのあらゆる豪奢《ごうしゃ》と光彩と、逸楽と慕情とをもって、この九十歳の老翁の眼底によみがえっているかのようだった。

老翁の瞳の中には、過ぎ去った青春が、束の間《つかま》、薔薇《ばら》色に煙っているかのように見えた。

そういえば、この夜、彼は幾たびか、そのような妖《あや》しい微笑を瞳の奥に漂わせたのではなかったか。

私も、それにさそわれて、まるで、私自身ありもしない遠いパリの想い出をなつかしむようなロマンチックな心情になりかかったとき、渋沢氏は急に手を叩《たた》いて女中を呼び、私のために熱い紅茶と水菓子のお代わりを命じた。

私が座を立ちそびれてすわり直すと、渋沢氏は、卓子《テーブル》の上に上半身を少し乗り出した。

「考えてみれば、人間の一生というものは、どう変わるかまったくわからないものですね。こちこちの尊皇攘夷《じょうい》論者だった私が、幕臣になり、開国論者になり、幕府の倒壊は内心期待しながら、主君慶喜公のためには一身を抛《なげう》つつもりになり、一転して、新政府の役人になって、旧敵長州の井上馨《いのうえかおる》侯と莫逆《ばくぎゃく》の交わりを結び、野《や》に下ってからは、藩閥政府の官僚政治と終始一貫して闘ってきた。どうして自分がそんなことになったのか、自分にもよくわからない。おそらく若いときの考え方というものは、自分自身の意思で考えているつもりでも、より多く時代の波に動かされている。それもその時代の最も先端的な動きを本能的に嗅ぎとって、それに動かされているのではないかな。今の学生諸君の左傾問題も、その一つの現われかもしれない。だが齢《とし》をとるにつれ、自分でも気づかないうちに、その時代の先端からは取り残され、いわば、時代の本流にゆっくりと棹《さお》さすようになる。こちこちの左翼学生も、三十年、四十年経《た》って自分の過去をふり返ってみれば、きっと、自分でも驚くほど変わっているでしょう。学生の左傾化をどう思うか——という君の質問に対しては、この間も言ったが、こんなふうに答えるよりほかはないかな」

渋沢氏は、私の最初の質問を忘れないでいて、そう結論をつけてくれた。

「老人の長話をよく聞いてくださった。ありがとう」

私がいよいよ暇《いとま》を告げようとして腰を浮かしたとき、渋沢氏のほうから先にそう言われてしまったので、私はひどく慌て、はなはだまずい謝辞を口の中でもぐもぐ呟《つぶや》いて頭を下げた。

渋沢邸を辞して外に出ると、三月の夜風はまだ冷たかった。

私は、かなり興奮していたらしい。その冷たい風の中を勢いよく駒込《こまごめ》駅のほうへ向かって歩いた、もちろん、電車賃を倹約するためでもある。

駅の近くに来たとき、けたたましい鈴の音《ね》を響かせながら、号外売りが走って行った。

私は、駅の前で、号外を手にしている中年の男をみると、その背後に行って覗き込んでみた。男は、ちらっと私をふりむき、

「ご覧なさい」

と言って、号外を渡してくれた。

号外には大きな見出しの、

——山本《やまもと》代議士暗殺さる。

というあとに、次のような記事が載せられていた。

——今夕午後九時五十分頃、神田区表神保町《おもてじんぼうちょう》十番地旅館光栄館《こうえいかん》にて夕食中の旧労農党所属京都府選出代議士、元同志社大学教授山本宣治《せんじ》氏(四一)は、折柄訪問してきた青年に突然短刀で肺及び心臓部を一突きに刺されて惨殺された。犯人は七生義団団員黒田保久《くろだやすく》二《に》(三一)と名乗り、凶行後、現場を逃れて一橋《ひとつばし》交番に自首して出た。黒田は懐中に斬奸状《ざんかんじょう》を所持していたが、その内容は、山本氏が選挙民を赤化せしめたこと、治安維持法に反対し赤化運動を容易ならしめたこと、開院式当日不敬事件があったことなどを弾劾する趣旨のものである云々《うんぬん》。

私は、しばらく茫然《ぼうぜん》として、号外を見つめていた。

マルクシズムの大波が若い世代を呑みつくそうとしているかに見える今、すでにファシズムは鋭い刃《やいば》を閃《ひらめ》かしはじめたのだ。

——渋沢氏に、学生の左傾問題ばかりでなく、ファシズムの台頭についても、意見を聞いてみればよかった。

そんなことを漠然と頭の一隅に考えながら私は、ポケットから十銭玉を出して省線電車の切符を買ったのを覚えている。

そう、それは昭和四年三月五日の夜のことであった。

解　説

細　谷　正　充

二〇二一年のNHK大河ドラマ『青天《せいてん》を衝《つ》け』の主人公は渋沢栄一《しぶさわえいいち》である。この人物の事績については、本書で詳しく触れられているので、屋上屋を架すことは止《や》めておこう。近代日本の経済の発展について語るときに、絶対に欠かすことができない人物とだけいっておく。本書はその栄一が、まだ篤太夫《とくだゆう》と名乗っていた幕臣時代の物語だ。仕えていた一橋《ひとつばし》家の慶喜《よしのぶ》が徳川《とくがわ》十五代将軍になると、篤太夫も幕臣となった。そして幕府がパリの万国博覧会（以下、パリ万博）に参加することになると、御勘定格陸軍付調役《しらべやく》として遣欧使節の一員となる。本書『幕府パリで戦う』は、そのパリでの篤太夫の奮闘を、幕府と薩摩《さつま》、フランスとイギリスの争いを絡めて描いた歴史長篇《ちょうへん》だ。内容に踏み込む前に、まず作者の経歴を見てみよう。

南條範夫は、一九〇八年、東京の銀座《ぎんざ》に生れる。本名、古賀英正《こがひでまさ》。一九三〇年、東京帝国大学法学部を卒業すると、さらに経済学部を卒業して大学の助手になる。その後、満鉄《まんてつ》調査部・出版文協・三井《みつい》本社などを経て、戦後は大学の経済学部教授として活躍した。その一方で、四十歳を過ぎてから創作活動を始め、幾つかの短篇新人賞を受賞し、二足の草鞋《わらじ》を履くようになる。一九五六年、『燈台鬼《とうだいき》』で第三十五回直木賞を受賞。この受賞作や、今井正《いまいただし》が映画化しベルリン国際映画祭で金熊賞を獲得した『武士道残酷物語』の原作『被虐の系譜』などの一連の作品により、残酷物ブームを巻き起こす。また、当時の剣豪小説ブームにも大きく寄与した。オーソドックスな歴史小説から、時代ヒーロー・エンターテインメント、現代ミステリー、時代SFに先鞭《せんべん》をつけた『わが恋せし淀君《よどぎみ》』など、作風は幅広い。膨大な作品を残して、二〇〇四年に死去した。

『幕府パリで戦う』は、週刊誌「潮流ジャーナル」一九六七年五月七日号（創刊号）から九月二十四日号にかけて連載されたが、同誌が廃刊になったため中断。その後、続きを書き下ろし、同年十二月に、カッパ・ノベルスから刊行された。その際の「著者のことば」に、

「今から百年前、明治維新動乱の舞台裏では、薩長《さっちょう》の背後にあったイギリスと、幕府を援《たす》けたフランスとが虚々実々の戦略を展開していた。舞台はただ日本のみではない。花の都パリでも、折柄《おりから》、催された万国博覧会をめぐって、将軍代理の公子《こうし》一行と、薩英連合との間にはげしい謀略戦が行なわれたのである。公子の随員であった若き日の渋沢栄一が、その間にあってどのように活躍したか。私は、晩年日本財界の王者となった渋沢の青春を彩った維新秘録の一こまを書いてみたかった」

と記している。一八六七年にパリで開催された万国博覧会は、日本が初めて参加した国際博覧会だ。ただし薩摩藩も独立国の体《てい》で参加し、幕府側と揉《も》めることになる（佐賀藩も参加しているが、本書には登場していない）。作者はそこに、日本を巡る、フランスとイギリスの謀略を絡めた。

幕末維新の動乱に、諸外国が深くかかわったのは周知の事実である。ただし本書が書かれた時代には、まだその点をメインの題材にした歴史小説は少ない。〝徳川幕府―フランス〟〝薩摩藩―イギリス〟という結びつきを明確にし、パリの地で謀略を繰り広げる物語にしたところに、本書の独創があった。

さらにいえば、歴史を整理する作者の手際が素晴らしい。徳川幕府・薩摩藩・フランス・イギリスの四つの勢力にポイントを絞り、躊躇《ちゆうちよ》なく枝葉を切り落としている。これにより時代の流れがすっきり見え、歴史の裏表を理解したような気持ちになれるのだ。しっかりした歴史認識を持つ作者だから可能な、書き方をしているのである。

それにしても作者の視点は、フラットかつ冷徹だ。物語は篤太夫たちがパリに旅立つまでに、かなりの枚数を使い、フランスとイギリスの思惑を描いている。フランスが徳川幕府、イギリスが薩摩藩に味方するのは、当然ながら自国のためである。それにしたって、イギリスの行動は酷《ひど》い。徳川十四代将軍家茂《いえもち》と、孝明《こうめい》天皇の暗殺を裏で使嗾《しそう》するのだ。たしかにどちらの人物も毒殺説があるが、立て続けに暗殺されてビックリ仰天。ストーリーやテーマのために、歴史上の人物を自在に扱うところに、南條範夫の凄味《すごみ》があるのだ。

以上の展開を踏まえて、作者は遺欧使節一行の様子を克明に描き出す。使節のトップは、水戸《みと》藩の徳川昭武《あきたけ》。まだ十四歳の若者である。その昭武お付きの水戸の七人組は、ガチガチの攘夷《じょうい》論者だ。使節の責任者は若年寄格の向山一履《むこうやまかずふみ》。篤太夫は会計役だが、出発前に幕臣の小栗上野介《おぐりこうずけのすけ》から、幾つかの密命を受ける。しかしその中のひとつ、フランスとの借款契約には、いささか思うところがあった。幕府の実力者である小栗の命であっても、日本の未来を考え、あることを決意するところに、若き篤太夫の気概が窺《うかが》える。このように江戸の地で、すでにさまざまな思惑が渦巻くのだ。

しかも、いざ出発すると、アレクサンダー・フォン・シーボルトが一行に接近してきた。日本医学の恩人である、あのシーボルトの息子だ。幕府の味方だというシーボルトだが、その実体はイギリスのスパイである。シーボルトがスパイであることを見抜いた篤太夫だが、利用価値があるとして泳がしておく。

そしてパリに到着すると、登場人物が一気に増える。フランスの意を受けて通訳をする神父のカションだが、シーボルトの暗躍により一行との間に亀裂が入る。また、モンブラン伯爵という怪人物（詳しく知りたい人に、鹿島茂《かしましげる》の『妖人白山伯《ようじんモンブランはく》』を勧めておく）が、薩摩藩の意を受けて行動する。それに対して篤太夫は、パリ万博を当て込んで、茶屋を出すためにやってきた日本人娘たちを協力者にして、独自に情報を収集するのだった。なお、日本人娘のひとりと、篤太夫が男女の仲になるのは、青春の輝きというべきか。そう、本書は篤太夫の青春の記録でもあるのだ。

このようなエピソードからも分かるように、作者は史実から離れることなく、独自のストーリーを組み立てていく。パリ万博における、幕府と薩摩藩の確執。ナポレオン三世や皇后ウージェニーとの謁見。万博後も続く、忙しい日々。異国の地で徳川幕府が倒れたことを知った不安。その間もイギリスの謀略は続く。遊芸人の松井源水《まついげんすい》一座と浜碇定吉《はまいかりさだきち》一座がパリで公演した史実を巧みに使い、昭武を狙わせる。それだけではなく、昭武にハニートラップも仕掛ける。何度も後手にまわってしまった篤太夫たちだが、自分たちを見下していたシーボルトに与える、蜂の一刺しが痛快だ。

しかし篤太夫の真の価値は、別のところにある。パリの地で彼は、銀行や会社について学び、さらに産業や経済の新しい知識を貪欲に吸収していく。そんな篤太夫を作者は、

「――一国の国力の基本は経済だ。そして経済の運行を円滑にするためには、金融組織を調《ととの》えなければならない。

公子一行のなかの最年少の篤太夫だけがこうしたことに目を放っていたのだ。そしてそのために、彼が後に日本資本主義の産婆役をつとめることになったのである」

と書く。本書のテーマは先の「著者のことば」にある通りだが、主人公を若き日の渋沢篤太夫にしたのは、やはり経済学者として共鳴する部分があったからではなかろうか。近代日本の経済の父が誕生する契機を描出することも、本書の目的といっていい。

ところでこの物語は、昭和四年に作者らしき人物が、九十歳になる渋沢栄一翁の話を聞くというスタイルを採っている。ラストでは、当時の若者の左傾について栄一が、

「こちこちの左翼学生も、三十年、四十年経《た》って自分の過去をふり返ってみれば、きっと、自分でも驚くほど変わっているでしょう。学生の左傾化をどう思うか——という君の質問に対しては、この間も言ったが、こんなふうに答えるよりほかはないかな」

といっている。これは本書が執筆された昭和四十年代の、学生運動を踏まえた言葉であろう。そして栄一の口を借りた、作者の予言は当たる。学生運動の時代が過ぎると、それに参加した多くの団塊の世代は社会に適応し、普通に生きていったのだ。人間と社会を見抜く作者の洞察力は、やはりずば抜けたものがある。だから本書が、ファシズムの台頭を感じさせて終わるのが恐ろしい。ファシズム的な言動が増加している、今の時代を予言したのではないかと思ってしまうからだ。優れた歴史時代小説作家が、過去を描くことで、未来を見抜くことを、あらためて実感したのである。

（ほそや・まさみつ　文芸評論家）

本書は「潮流ジャーナル」一九六七年五月七日号〜九月二十四日号の連載作品に加筆し同年十二月にカッパ・ノベルスとして刊行、一九九四年二月に光文社時代小説文庫として刊行されました。

S 集英社文庫

幕府《ばくふ》パリで戦《たたか》う

2021年8月25日　第1刷　　定価はカバーに表示してあります。

著　者　南條範夫《なんじょうのりお》
発行者　徳永　真
発行所　株式会社 集英社
東京都千代田区一ツ橋2-5-10　〒101-8050
電話　【編集部】03-3230-6095
【読者係】03-3230-6080
【販売部】03-3230-6393(書店専用)

印　刷　株式会社 廣済堂
製　本　株式会社 廣済堂

フォーマットデザイン　アリヤマデザインストア　　マークデザイン　居山浩二

ISBN978-4-08-744286-1 C0193